CB058060

▲▲

eu não lhe disse?,

    saiu cedinho, mas deixou o café passado, uns biscoitos de polvilho, sequilhos de nata...,

        vamos ali, na mesa da cozinha,

      mais tarde beliscamos um queijo da canastra,

          sei que gosta,

...o eliseu que vende, coitado,   você se lembra dele?,

      depois que foi despedido se vira desse jeito,

    acho que em são roque de minas,

ou são josé do barreiro, não sei,

    não conta por medo, o que é uma besteira, né?,

a alma do negócio nunca foi o segredo, mas o destempero da quietude, ao contrário do que dizem esses administradores e marqueteiros de empresas alheias,

    qualquer dia lhe explico...,   agora?,

    revende na cidade,   formou uma clientela bem variada,

o queijo da canastra nem precisa de propaganda...,

marx sabia disso, também, que não era bobo nem nada,

     o fetiche da mercadoria espelha a aura das vontades insatisfeitas, da água na boca dos instintos profanos, por assim dizer,

continua casado, sim,   ô,   bonitona, ainda,

já que perguntou, as línguas sem fio rasgam um verbo afiado por aí,

    ...não posso negar,

         parece que ela arrumou um amante rico, aproveitando-se das ausências maritais, derivativas do comércio de laticínios,

           tagarelice caçoísta que aponta chifres de vacas leiteiras até na meia-cura com a qual eliseu remedeia a vida, assim comborçado, pobrezinho,

   beberagem amarga para o desemprego que teve de engolir na marra, segundo os mesmos maledicentes,

              ...ou um vantajoso placebo, sorvido com as narinas devidamente tampadas, na opinião dos mais fleumáticos, consumidores que creem numa cura completa, pois garantem, de pés juntos, que o marido sabe de tudo, restabelecendo-se aos poucos com o adjutório dos cobres e das carnes que, afinal, a família inteira desfrutaria numa escambada sociedade, mais ou menos anônima, como quer o povaréu hipocondríaco, enfim, cada um sente em si mesmo o modo como deve se contorcer pra enfiar as dores numa dobra discreta dos músculos, é ou não é?,

o corcunda olha o chão por comodidade, não por diligência...,

aqui o açúcar,

sabe, procópio, durante a semana pensei muito em tomás e rebeca, relembrei detalhes que, não fosse o intervalo, talvez não lhe contasse,

pormenores que, de repente, nem eu sabia,

isso me encafifou, confesso, ...será que a memória enfatiza os desejos, fabricando as lembranças a partir do ar, respirado neste presente sem fim que nos aprisiona a lufadas continuamente regressivas?,

visto de outro modo, tudo aconteceria, de verdade, apenas dentro de nós e, ainda por cima, muito depois,

...o que não seria inteira falsidade, como você pode supor, já que também os sonhos são feitos de ventos e eventos, soprados na circunstância vivida, é certo, mas, por isso mesmo, quando relembrados, despenteando as palavras no palato, sempre que dadas às ruas...,

boa, boa!, "quedadas" às ruas, ...foi sem querer, juro,

não me escoro no QI para reivindicar a autoria lustrosa dos acasos nos quais tropeçamos, de todo modo...,

se é verdade que o maldito está nos descaminhos do verbo, confirmando a ruindade que, segundo o evangelista argentário, sairia da boca das criaturas, havemos de cuidar também do orifício oposto,

...afinal, *quem cochicha e tropica no próprio rabo, espicha o papo com o diabo*, não é mesmo?,

ou, pra citar meu finado pai, de novo,

perto do saco, um buraco...,

então, relembrar é sobrepor novos significados às palavras ecoadas, coadas e escoadas,   eu...,

olhe,

aquele tempo em que as mulheres colocavam *bobs* na cabeça, por exemplo,

huuumm...,

tudo bem, tudo bem,   quando eram feias, ficavam horrorosas, com aqueles tubinhos coloridos no cocuruto, muitas vezes um lenço amarrado ao desastre, lembra?,

...trombada frontal de um fenemê na banguela com uma scania desgovernada, e você de bicicleta, no meio do acidente,

entretanto, quando bonitas...,

puta que o pariu!,

eu era moleque, sete, oito anos, acho,

      as amigas de minha mãe gostavam de se arrumar em casa,

sim, em várias ocasiões,

      antes da quermesse, na igreja de santo antônio...,

        todas eram festeiras e se sentiam num palco, dentro do cercado das barraquinhas de doces e bolos, onde desfilavam sua piedade cristã, zoológico possível da vaidade, àquela época, numa cidadezinha interiorana,

      quem há de culpá-las?,

...ou, também, antes de um baile do círculo operário,   os maridos e namorados esperando na calçada, fumando e conversando,

      mamãe teve um salão, quando solteira, de modo que guardava os petrechos daquela época descabelada,

      não, não,   era prudência,

nunca se sabe quando os vendavais da vida vão despencar, né?, dizia, sempre que precisava repor algum produto,

    sim,   um modo precavido de se desviar dos olhos do chefe da casa, que contava até as passadas da escova nos cabelos, pra economizar as cerdas do instrumento,   ...mais do que avareza, acho,

    uma vez, seu pente quebrou, mas ele disse que fora de propósito, pra caber melhor no bolso da camisa, pode?,

      coitada da mamãe...,

poupança de pobre sempre foram ferramentas para bicos e biscates, amontoadas nalgum canto da casa, esperando as desgraças,

bem,   uma de suas amigas era linda, procópio,

os olhos muito verdes, descampados num pasto sem arames, para galopes em pelo, além dos horizontes da íris,

não, claro,   só hoje a vejo assim, bancando o poetastro, porque na época nem pensava em domas, selas ou cabrestos do amor, esse de repente aos poucos, chucro...,

entrei no quarto de mamãe, à noite, sei lá por quê,

não conseguia dormir, ouvindo a conversa dos homens, na sarjeta, fugindo ao calor,

o zum-zum das moças, na copa,

entrei e dei de cara com ela, que riu pra mim, quente, sozinha,

talvez apenas um reflexo rubro do secador de cabelos, agora sei disso, mas, naquele momento...,

oi, ...teresa,

não sei explicar a ausência do pronome,   os instintos?,

oi, osmar,

ela estava em frente à penteadeira, de modo que a via por todos os lados e alcantilados,

levantou-se devagar, como se caminhasse nas bordas do meu abismo, e veio em minha direção, decidida,

deu-me um beijo estalado na bochecha, abaixando-se com a mão no decote, acredita?,

foi a primeira vez na vida que meu coração bateu com força, sem ser a resposta de correrias ou sustos, espancando-me por dentro somente pra bombear o sangue de um jato – conveniência bem irrigada e tátil, esquentando as extremidades corpóreas,

o amor?,

sim, ela estava de *bobs*, era uma deusa de repente íntima, dessas que a gente coloca com muita devoção, sobre a cômoda do quarto, e acende velas e incensos, todo os dias,

eu não entendia o fervor que nascia em mim, reverberado no meu pau, que endureceu na hora, respondendo aos movimentos daquela bomba estranha do peito,

hoje tenho certeza de que ela viu, porque eu estava de pijama, sem cueca,

para insumo dos órgãos, o pinto é uma válvula de escape...,

uns querem que seja a nossa fraqueza, dado que o manual da monogamia estabelece, em letras miúdas, estupidamente, um uso contrário à função dessa peça vital do maquinário masculino,

ora, o pênis nunca será um registro de contenção, caramba!,

ela sorriu e voltou para a penteadeira, olhando-me através do espelho, acho que me virei e saí do quarto, voando pelo corredor, com medo de que minha mãe me visse naquele estado,

com vergonha de que ela contasse para as amigas, também,

e tenho certeza de que contou, porque passaram a me olhar de outro jeito, não sei explicar...,

ou seriam os meus olhos?,

tornei-me homem, naquela noite?,

pra encurtar tudo o que você já imagina, chorei muito pensando em teresa,

sonhava com ela, o tempo todo...,

aprendi a bater punheta sob os lençóis, na arqueologia daquele decote,

...dos cabelos que escapavam dos *bobs*, ondulando carinhos de leveza formigada na pele escorrida de suor, cachos entre grampos imaginários e perdidos no colchão do primeiro desejo,

...ah, teresa, minha súbita gradiva,

        não, não,   mudou-se para sorocaba, se não me engano, o que me fez sofrer por uns seis meses, até que descobri outra forma de susto,

        um medo aos bocados, sem graves arritmias, gostando de uma loirinha da minha classe, com quem dancei, de rosto colado, num aniversário qualquer,

        christynna...,   cê, agá, erre, i, esse, tê, ípsilon, ene, ene, a...,
você a conheceu, tenho certeza,

        isso,

        ainda trabalha na loja de inconveniências do posto de gasolina do jacó, ponto de encontro de uns desocupados que só sabem falar mal dos outros, até hoje,

        ...bando de velhos brochas,

        a molecada não deixava por menos, arranhando a garganta e cuspindo de lado, toda vez que falava "christynna",

        no começo, ela chegava a chorar, tadinha...,

        pobre enrica o *pedigree* enfiando consoantes na graça nomeada dos filhos, você sabe, e eles acabam pagando por isso, de um jeito ou de outro,

        um pouco mais de leite?,

tomás chegou da rua e ouviu o chuveiro,

        sentou-se pra fazer hora, único produto que fabricava havia um bom tempo, com muito capricho, aliás,

        pegou uma das apostilas de rebeca que estavam empilhadas perto do sofá, aberta numa página que tratava dos *ceratioídeos, conhecidos como peixes-pescadores das profundezas, exemplo de extremo dimorfismo sexual,*

pouco depois, rebeca saiu do quarto,

        secava os cabelos com um toalha amarela,

        viu-o compenetrado, brincou com ele,

    estudando?,

        não,   só achei estranhos esses peixes, os,   os...,
(procura o nome, correndo o indicador pelo texto)

      ..."linophryne arborifera",   é assim que se diz?,
acho que é,

(ela beija o rosto do marido)

        viu o móvel?,

de perto, não,   o dono não estava em casa,

...depois do almoço volto lá,

    (fecha a brochura no colo)

...espiei a poltrona de longe, na garagem, ...ruvinhosa, parece mesmo que um dos pés tem cupim, o tecido esgarçado, uns rasgos embaixo, o homem deve ter um gato, ou dois, até, não sei se compensa,

   rebeca tinha boa memória,   olhou a encadernação e sorriu,

   ...o macho é vinte vezes menor do que a fêmea,
(tomás coloca a apostila de volta na pilha)

      pois é, fiquei impressionado,
..."linophryne arborifera",

   ...ele morde a parceira e os seus corpos se juntam, né?,

(fica alguns instantes em silêncio, antes de continuar)

      o macho desaparece nela, fundido, fabricando esperma no restante da vida, e só,

      ...vira um órgão da fêmea,
(rebeca disfarça, sem saber o que dizer, e sorri de novo)

    não ria, rebeca, eu..., eu tenho um medo filho da puta de me transformar nesse peixe aí,

        por quê?, não entendi...,

...não quero depender de você, ficar grudado por desazada conveniência, por inépcia, sei lá,

     não seja bobo, tomás!,

        ...não é falta de vontade de trabalhar, você me conhece, mas o que me ofereceram até agora...,

  bom, uma coisa é certa, você não vai arrumar nada com o mesmo salário da firma, né?, ...muito menos com os benefícios,

   tudo bem, mas não posso aceitar uma ração de desgraças, poxa!, sou homem ou um peixe-pescador?,

   bom, eu gosto do meu maridão bem coladinho em mim...,
(tomás lhe dá um tapa na bunda, rindo)

o pior de tudo é que ele mentia, ninguém oferecera porra nenhuma,

     o desemprego, quando pega, procópio, é uma alergia braba, você se coça à toa, riscando a necessidade com as unhas de fome, só pra alastrar a vermelhidão,

...ele tentou comê-la, homem é assim, o sexo se transforma num antídoto momentâneo para as tristezas, o que os meninos aprendem no exercício salutar e contínuo da masturbação, como se sabe,

...sem contar que tomás supunha bestamente aproveitar-se de uma confissão que, na verdade, fora apenas um chiste de circunstância, uma tirada de rebeca, muito mais para justificar a desgraça do que para reafirmar um desejo,

a enfermeira teria *um compromisso,*

agora não, tomás...,   *vou trabalhar,*

mas hoje não é a sua folga?,

é,

então!,

a beatriz me pediu que a cobrisse...,

sim,   rebeca também sabia mentir,

ela desistira do vestibular, mas não disse ao marido,

precisavam de mais dinheiro, as contas atrasadas,

conseguiu um trabalho na casa do doutor cristóvão e da doutora nívea, cujo filho sofrera um acidente feio de moto,   ficou sem uma perna e necessitava de cuidados especiais, assim que deixou o hospital,

ela era diligente, tarimbada e de confiança,

acompanhara de perto a tragédia, pois estava de serviço, quando o rapaz chegou todo estropiado, quase morto, ofereceu-se e conseguiu o serviço,

    não queria contar nada porque tomás haveria de ficar mais deprimido ainda, ...não lhe disse nada, mas ficara sabendo que uns filhos da puta o chamaram de rufião, no bar da lurdes,

    vendeu as apostilas, por isso estavam ali, ajuntadas, esperando a hora de serem carregadas para uma nova casa, onde o mesmo sonho do ensino superior seria outro provável péssimo inquilino,

é difícil escapar das contingências históricas, só um bobo não vê isso,

eu mesmo...,

    sempre gostei de ler, procópio, desde pequeno, a escola tinha uma biblioteca grande,

    uma vizinha não se cansava de dizer pra minha mãe, séria, quando me via pra lá e pra cá, com um livro nas mãos,

    tira essa mania do menino!,

vai fazer mal..., *tem pessoas que nasceram pra ser doutores, dona consuelo,*

  ...outras, pra trabalhar pra eles,

    uma tonta realista, né?,

falando nisso...,

        lembra-se de nossas leituras de machado de assis?,

num de seus contos, lidos com o professor astolfo,   sim,
você já fazia parte do grupo, tenho certeza,   foi no final,
um de nossos últimos livros,   **papéis avulsos**,

      o bruxo do cosme velho emendou sêneca, o moço,
afirmando que apenas uma hora,   ou menos,

    trinta minutos, que fossem, poderiam resumir uma vida inteira,

...pronto!,

    eis, em nosso dia a dia, aqui, a verdade do remendo machadiano,
meu amigo,

      um bom ouvinte haverá de entender, nos poucos minutos
que acabo de alinhavar, a história inteira de tomás e rebeca,

        tudo, procópio,   ponto a ponto...,

    quem diria que o destino fiava e afiava a desgraça
com os ingredientes apoucados do bom senso, hein?,

    também penso assim,

daí a minha prevenção contra o moralismo estoico, cujas boas intenções ainda descambam, na maior parte das vezes, em catástrofes mal cerzidas, se me permite dar mais linha ao gracejo...,

o autocontrole da resignação estende um tapete esfiapado para a loucura entrar em casa com os pés sujos, é o que é,

não seja bobo,

...o preceptorado de nero comprova, com a história, o que lhe digo,

veja,   toda lição aponta, por debaixo dos panos e das folhas de papel, em sua prova cabal, que é o dia a dia, o atalho mais fácil da corrupção,

...da cola, como diz a meninada,

não é somente o ser humano, é o sistema,

a pedagogia imposta dos atos,

sim,   há os que não se dobram, concordo, mas o grosso do povo, meu caro, se vê obrigado a pagar dobrado para apagar os rastros da venalidade no papelzinho com as respostas que enrola e esconde no meio das pernas, antes de desempenhar sua mal decorada função social,

mesmo sem se dar conta, todos são roubados, pelo menos uma vez na vida,   ...a clássica definição, né?,

não,   não a vejo como contrassenso,

posso até presentificá-la pra você, já que está duvidando de mim..., segundo john rawls, *a justiça como equidade oferece argumentos fortes a favor da igual liberdade de consciência,*

decorei, sim, pra esfregar na cara do professor astolfo,

e na sua, agora...,

escute quieto, vai...,   bem mais adiante, o filósofo continua,

...já que o eu se realiza nas atividades de muitos eus, as relações de justiça que estão em conformidade com os princípios que seriam admitidos por todos são mais apropriadas para expressar a natureza de cada qual...,

ora, ora,   o grande exemplo humano, procópio, nada mais é do que a conduta inimitável da exceção, não seja besta!,

hoje, a filosofia consola o dono da vaca, e não quem chutou o balde,

meritocracia,   pfffff,

um caso paradigmático?,   fácil!,

...evgeni pachukanis, lembra?,

defendi esta ideia nas discussões, não para dar o contra em relação às opiniões acadêmicas do professor astolfo, como alguns despeitados disseram,

creio com sinceridade no que afirmei...,

eu lhe refresco a memória,

o assassinato do jurista soviético foi o seu *magnus opum*,

eis a minha tese,

pense comigo, como a sua teoria contrariava a política stalinista, foi obrigado a reescrever as próprias ideias, o que fez de maneira propositalmente capenga em pontos muito específicos, entende?,

ele confiava na estupidez erudita de vyshinsky, mas sem tirar o pé que ficara atrás,

pachukanis teria modificado seus escritos de modo a tropeçar de propósito, confirmando, com os escorregões teóricos, os passos anteriormente certos e seguros, ainda que temerários, para não mentir naquilo que era a intenção do pensador, tal como suspeito,

sim, o jurista elaborou de um modo maquiavélico a própria prisão, pois desconfiava que seria mais ou menos julgado, condenado e executado como inimigo do povo,

...seu desaparecimento, portanto, não haveria de ser um ponto-final, mas os dois-pontos que lhe dariam razão histórica, ratificando, na própria pele, a teoria anterior, por assim dizer,

em outras palavras, ele justificou as primeiras letras, comprovadas no enganoso e dúbio desvio das segundas,

minha teoria, no entanto, não acaba aqui,

o professor astolfo riu de mim, mas não me chateei, porque o riso, na falta das melhores ideias, é a prótese esmaltada de argumentos banguelas, de modo que os dentes do mestre eram o espelho da minha razão,

...pachukanis teria redigido uma extensa carta para chegar às mãos de stalin, após a sua execução, dando conta e detalhes ao ditador de que seu fuzilamento fora minuciosamente premeditado por ele mesmo, o condenado – uma espécie de suicídio, na verdade –, o que corroboraria, na história, o seu ponto de vista filosófico e o desastre da escolha de um descabido capitalismo estatizado, personalista e autoritário, bem como a ideia absurda de um socialismo jurídico, portanto,

penso, ainda, que pachukanis possa ter insinuado o envio de uma cópia dessa categórica missiva para o ocidente, lorota matreira a martelar e segar a cabeça dura e estéril do autocrata soviético, genialidade jusfilosófica de um intelectual que sabia usar as palavras como um machado de dois gumes, isso sim,

...principalmente contra a desmesurada vaidade daquele ditador, que aceitava as piores acusações como apanágio de sua inteligência política, mas não a insinuação irreversível e bem fundamentada de que fora um mero fantoche,

os déspotas, meu amigo, eliminam dois tipos de inimigos,

sim, a maioria morre por força de seu peso numérico, apenas,

às vezes porque papagaiaram umas tais ou quais palavras,

por inocência, até,

outros, entretanto, desaparecem em razão do que pensam,

são os únicos perigosos, de fato,

e os tiranos agem de acordo com essa lógica, eliminando-os sistematicamente, de forma completa, o quanto antes, desde que as suas memórias póstumas não venham conspurcar os atos passados – mas não repassados, para não perdermos as botas muito além dos urais, segundo insuspeita boataria em torno da usina cambahyba, como se sabe...,

bem, no caso soviético, o jurista não era bobo,

...a destruição de documentos é atividade política primordial para as ditaduras, e ele usou esse clichê como ninguém,

qualquer síndico sabe disso, caramba!,

mas a carta de pachukanis, por infelicidade, não chegou às mãos do secretário-geral,

perdeu-se por cerca de quinze, dezesseis anos, e, de algum modo, depois de peripécias que nunca serão deslindadas – por certo relativas às atividades do comissariado do povo –, estava finalmente com lavrentiy beria, em primeiro de março de 1953, ocasião em que a plantara estrategicamente nos aposentos do líder soviético, ao lado de sua cama, para ser lida, ruminada, relida e remoída, culminando no previsível, raivoso e fatal piripaque, conforme os conhecidos relatos,

o homem não estava bem das pernas, ...os mais próximos sabiam,

arrisco-me a dizer...,

o jantar que durou a noite toda, antes do famoso AVC, tinha mais sal do que o prescrito pela dieta,

e mais, a pipoca do filme que viram também,

não, não expus tais hipóteses culinárias no grupo de estudos, até porque o hábito ianque de uma bacia de *popcorn*, durante as sessões de cinema, jamais seria admitido pelo politburo...,

tem coisas que nem a ciência histórica haverá de confirmar,

bem,	não é à toa que beria foi o primeiro figurão a entrar no quarto, depois do derrame de stalin,

voltou para pegar a carta, veneno sofisticado jamais produzido nos laboratórios que chefiara...,

ele entendia do assunto,	mas não encontrou o envelope,

acabou executado pouco depois, como traidor, em dezembro do mesmo ano, porque um dos guarda-costas que serviam ao ditador, tenho certeza, era um espião que respondia diretamente a nikita khrushchov e georgy malenkov,

a carta fora recolhida antes e usada como prova de acusação, percebe?,

por isso, em suas memórias, khrushchov apontou para o fato de beria zombar de stalin no leito de morte,

afinal, melhor se enfiar no relato histórico como estadista, e não como um sósia cambaio de brutus, concorda?,

daí eu salientar a possibilidade lógica de um elaborado complô,

...este mesmo contendo, em si, outro complô, ou subcomplô, se a língua me permite,

nikita khrushchov e georgy malenkov eram dos mais interessados na morte do temperamental líder, e, nessa perspectiva, comparsas de lavrentiy beria, do qual se livraram quase que imediatamente, acusando-o, em documentos secretos – e apoiados naquela carta –, de alta traição, era preciso encontrar um culpado para o assassínio, que não viria à tona por motivos óbvios, mas seria investigado a fundo pelos órgãos de inteligência, claro,

melhor que o culpado fosse mesmo um daqueles que compunham o estranho triunvirato, veredicto que encobriria a verdade do atentado com um terço de verdade,

foi o que aconteceu,

poupado, depois da derrota posterior pelo comando das repúblicas socialistas, malenkov aceitou a posição que lhe foi oferecida, no conselho de ministros, como a sua gália particular, ciente de que, além do volga – seu caudaloso rubicão –, nada encontraria, a não ser os confins gelados e forçosos da sibéria,

...ou coisa pior, como o lodaçal raso do rio lambari, por exemplo, *cloaca minima*, na sensata opinião de tomás, quando fugia daquele camponês que, por certo, seria inclemente com o agressor do filho,

o resto sim, são histórias,

pachukanis foi um dos escritores que me fizeram entender o modo como penso a vida, hoje, a justiça é cega não porque os homens sejam homens, mas porque devem ter o peso sistêmico das coisas, oportunamente ajeitadas nos pratos daquela ridícula balança,

nesse caso, o direito se faz como entidade do mercado, deixando de enxergar a inteireza do gênero humano, mercadoria que dispensa a venda nos olhos fechados por conveniência fulcral, mas ali amarrada ao rosto como sarcasmo da cega sujeição ao dinheiro...,

sim, uma "venda" de olhos fechados, também,

toda ambiguidade carrega franquezas encobertas,

olha, eu me lembrei...,

espera um pouco,

vou pegar o livrinho,

escute este poema aqui, ó...,

(procura-o no sumário, pigarreia)

quem vai às compras?

a sacola vazia corre pela calçada

guarda em sua forma a memória do pacote

de seu embrulho – de seda?

ausente como a cor que, de tão berrante, já não se vê

a sacola vazia abre a sua bocarra

e corre como um bicho querido

pula

cabriola

morde o pé daquela senhora que passa

viu?,   não sejamos ingênuos, a inocência tem um custo impagável,

        o que chamamos de justiça vale-se de si, portanto, como instituição de uma falsa gravidade que sustentaria, no ar pesado, a licitude de todas as bugigangas, não importando a sua massa,

   ...pena, pele, couro ou escama,   tanto faz,

   não,   em nenhuma hipótese o caráter, conceito vazio, murcho e bexiguento, como lhe disse na semana passada,

        perceba a sutileza epistemológica, meu caro,

tal justiça se faz como um direito à queda infinita, entende?,

...resumo o caso numa sentença curta e fina, com o perdão daquele primeiro sofista, quer ver?,

o dinheiro não pode ser a medida de todos os homens,

na esteira desses clichês, então, proponho um novo modelo vitruviano, esboçado nos traços gerais da barbárie regrada a que nos submetemos, que tal?,

mentalize-o comigo...,

o sujeito dentro de uma pirâmide equilátera invertida, de ponta-cabeça, olhando de soslaio o espectador, como se este sim, do lado de fora do papel, encarnasse um truque de perspectiva da existência, *anamorfismado* pela incompreensão sistematizada...,

está imaginando?,

uma das mãos na frente, a outra atrás, tapando o rabo nu e a rima arregaçada,

um cabeludo com os cotovelos machucados nos vértices da figura, engolido, por fim, pela membrana disforme de uma gigantesca ameba que o digere até os ossos, fagocitose aos poucos da miséria humana que o contempla...,

bonito, hein?,

quer que eu desenhe?,

tomás procurou azelina, finalmente,

    mais de três meses que não a via, ausência que começou fácil, mas...,

       ele foi romaneando as ideias,

           uma força de vontade do caralho, no fim,

      difícil sustentar por muito tempo os pesos e sobrepesos da paixão,

        confessou-me que estava desapontado, porque imaginara que a balconista não se esqueceria dele *de jeito nenhum*,

    viu-se esbravejando com ela,   expulsando-a da porta de casa, enquanto sambava graudinho pra desmentir os comentários maldosos da vizinhança,

        a esposa muito puta, por certo estendendo tal estrato, inclusive, para o caráter da moça,

      umazinha qualquer, rebeca!,   *...maluca que pegou no meu pé!,*

      ...mas não,

        azelina desaparecera,

    e foi tomás quem a procurou, com a determinação cambiante de pôr um ponto-final num romance que, para ela, preto no branco, tinha sido apenas um rascunho manuscrito, em amor, os homens é que carregam nas tintas, principalmente quando o pigmento em questão foi ejaculado,

é evidente que não seria preciso procurá-la para terminar o que estava acabado, poxa!,

eu lhe explico, apelando para exemplos clássicos,

...ou nem tanto,   olhe,

se é correto que kafka e virgílio, no fundo, no fundo, não queriam ver suas obras destruídas, bem mais certo que poucos ajam como o pai de borges,

segundo o mais europeu dos argentinos, jorge guillermo borges escreveu bastante e, sem escândalos, tocou fogo em quase tudo...,

a não ser na obra **el caudillo**, romance que borges, o velho, legara ao moço com a esperança de vê-lo ampliado – ou reescrito –,

mas borges, o jovem, foi incapaz de expandir os dividendos da controversa herança daquela prosa, seguindo o curso pródigo das próprias letras, para o bem da literatura universal e do relacionamento um tanto quanto próximo com a mãe, como se diz por aí, de onde viria, inclusive, sua reconhecida inépcia para o gênero *sub judice*, bem como a incapacidade de se lembrar dos traços do rosto paterno, confissão inverossímil para um homem de memória prodigiosa, ora, ora,   a não ser que...,   bem...,

enfim, traduzindo esses dados biográficos para o bom e selvagem português, *quem rodeia uma boceta que já frequentou não quer tirar o pau dela, que já está fora,*

...quer é meter-se nela de novo!,

...não é preciso reencarnar freud pra entender isso, caralho!,

creio, ainda, que seu retrógrado posicionamento político, como se sabe, seja uma resistência desesperada contra a liberalidade democrática dos próprios instintos, percebe?,

nesse sentido, aliás, aventei certa vez a possibilidade, ao menos curiosa, de que a cegueira amarelada do autor d'*el jardín de senderos que se bifurcan* fosse um penoso exercício de edipiana autoficção,

...incapaz de ler com os próprios olhos aquilo que escrevia – ou ditava, sei lá –, inventou para si a mais homérica das mentiras, uma espécie de refinado e clássico cilício, estendido ao mundo como obra riscada na própria pele, se não mesmo seu romance possível, único,

dizem que leonor acevedo suárez sobressaía, entre outras figuras, muitas delas ela mesma, num antigo porta-retratos de prata, na sala do escritor, talvez nem tão escurecida assim,

...vai saber, né?,

quando saiu de casa, tomás marchava resoluto,

    diminuiu os passos, ao se aproximar da papelaria,

        entrou na loja pisando leve, leve,

terminou por arrastar as solas, com os passos chiados, perto de azelina,

        se a caneta seca e falha, meu caro,
não adianta esquentar o tubinho com o isqueiro...,

o relógio, na parede do fundo, marcava quase meio-dia,

        ela não o viu se aproximar,

oi, azelina,

a moça levou um susto, porque estava cabisbaixa, anotando preços numa tira enrolada de etiquetas, ao lado de uma gôndola cheia de caixas de massinha para modelar,

tomás...,   *que surpresa...,*

podemos conversar?,

claro,

(...)

o odorico não vai engrossar com...,

        ele imediatamente olhou para os lados e se arrependeu, como se a busca abanada fosse a revelação estabanada de uma fraqueza inconfessável,

azelina o interrompeu, incisiva,

depois que comecei a namorar, ele parou de me encher o saco,

tomás ficou paralisado,   não pelo fato de a moça não ter escroto, não, não,   talvez porque, no caminho da papelaria, como lhe insinuei, mudasse de opinião, seguindo os desejos de quem um dia já esvaziara, com a balconista, seu próprio embornal,

        ...e, novamente abarrotado, pensasse poder despejar nela – ou dentro dela –, o conteúdo pegajoso e sem valor de sua masculinidade,

        homem é homem, como sempre digo, né?,

        penso que ela encaixaria um "namorado" na conversa de qualquer maneira, as mulheres preteridas sabem dar a volta por cima com os golpes mais baixos,

      aqueles que atingem os homens em seu centro,

  na situação dele, eu nem acreditaria nela...,

namorado?,
sim, *...eu sou solteira, sabia?,*
(silêncio)

    ...ele é uma gracinha,

e eu, azelina?,

você o quê?,

...quis dizer "e nós?",

poxa, tomás, você desapareceu, *...conseguiu o que queria e caiu fora,*
(ele abaixa a cabeça)

não foi isso,

  azelina sorriu, como se não fizesse caso da ausência prolongada de um cliente que gastava pouco,

   as relações humanas seriam comissionadas, procópio?,

(tomás repete a negativa, quase balbuciando)

não foi isso...,

claro que foi,   mas melhor assim...,

ele não respondeu,

                        levantou o rosto e a encarou, forçando a verdade nos traços, feição fácil para quem alimentava as rugas de preocupação com a penúria amarga dos últimos tempos,

almoça comigo?,

eu já lhe disse, tomás,   agora estou namorando!,

e eu, que sou casado?,

outro motivo...,

não, azelina,   quero lhe contar o que houve,

não é preciso,

poxa,   não sou o canalha que você imagina,   ...amarfanhei o papel passado, sei disso,

(ri sozinho da própria piada)

...o que devo ajeitar sozinho, apenas com a minha esposa,

(azelina balança a cabeça devagar)

olha, tomás, não quero me meter na vida de ninguém!,

claro,   claro,   e está muito certa...,

presença de espírito é uma decisão corpórea, não acha?, um homem sai de casa decidido, bate a porta, passa a chave na fechadura e toma o rumo de sua deliberação,

...mas os buracos na calçada, o sol forte, o cansaço da caminhada,

pronto,

o certo começa a parecer duvidoso,

e a dúvida, meu amigo, já que ando meio filosofante por esses dias, é a certeza das sínteses que, por força da lógica, abraçam com muito gosto as antíteses,

e se elas têm pernas bonitas, então...,

como dizia o meu pai,

não adianta a chave no trinco, quando aberto o zíper do pinto,

era um frasista de primeira, hein?,   ...era ou não era?,

tomás resolveu contar a verdade para azelina sem omitir nada,

        levou-a à lanchonete, pediu dois PFs e detalhou o seu azar, que resvalava nela, mulher que havia se deitado e rolado com um operário relapso, no almoxarifado de uma fábrica muito, muito séria,   ai-ai,

        não, nenhum escrúpulo por mentir à esposa e revelar-se inteiro para a amante,

        a decisão lhe fez bem, até, porque imaginou dar conta da totalidade dos atos da vida, expulsando o acaso de circunstâncias sem direção, para sempre,

        ...sempre, no entanto, é tempo demais, mesmo para os deuses do egito,

        e, cá entre nós, prisão por prisão, melhor a dos seres vivos que a das múmias, né?,

        não digo isso da boca pra fora, não,

li com fervor o livro egípcio dos mortos, procópio...,

homenagem a ti, ó meu divino pai osíris, vim embalsamar-te, embalsama-me estes membros, pois não quero perecer e chegar a um fim, mas quero ser como meu divino pai quépera, divino símbolo daquele que nunca viu a corrupção, vem, pois, fortifica minha respiração, ó senhor dos ventos, que exalas os seres vivos que são como ele, consolida-me duplamente, pois, e modela-me com vigor, ó senhor do esquife...,

...e por aí vai,

      não,   não posso me conformar com o que houve,

          ...você sabe disso melhor do que eu,

azelina contou que, pra não mentir, largara o *namoradinho bobo*,
que tinha feito aquilo um pouco por ciúme,

        outro tanto por solidão,

    sei...,

      ah,   na cara que escondia alguma coisa, procópio!,

   enfim, reataram-se, crentes na ancoragem das próprias ilusões,
lastro sem peso que nos prende aos sonhos, eis a verdade,

      porque uma hora dormimos no ponto sem nó,
boiando soltos nos pesadelos mais fundos,

   ...até por isso gosto muito de mark twain, sabia?,

passaram a se ver na casa da moça, uma vez por semana, quando sua mãe saía para guardar o santíssimo, na igreja matriz,

obrigação seguida à risca, por três horas, pelo grupo de oração do qual a velhota fazia parte, composto por quase todos os católicos da vizinhança que iam, numa pequena procissão, caminhando bastante e rezando outro tanto, até o centro da cidade, lá na puta que o pariu, distância feliz que lhes dava muito tempo para amar, deus fosse louvado!,

...exceção feita aos evangélicos de toda linha que, insatisfeitos com a possibilidade remota de um reino dos céus, debandaram-se para templos mais próximos, na vila, praticando rituais que prometiam, por ali mesmo, riquezas menos etéreas,

assim, ficavam bisbilhotando o que seriam as prováveis satânicas alegrias dos infiéis da região,

...e suposto que tomás, ainda menino, aprendesse o aforismo contrarreformador de que *todo crente tem a bunda quente*, tratou logo de escaldar o traseiro em panos mais cálidos, se não mesmo as partes baixas todas e inteiras, temeroso de que a língua bifurcada dos pseudoluteranos espalhasse ao mundo a tese única de sua gostosa traição, praticada por detrás das portas da casa da balconista, construção que, decididamente, estava longe de parecer uma igreja, ou mesmo um templo qualquer, onde os vira-latas do bairro pudessem meter o focinho apenas porque o encontraram escancarado, é ou não é?,

...às vezes, procópio, a melhor das discrições é dar as caras, desse modo, nosso amigo passou a frequentar, por precaução, um culto ali perto, prometendo ao pastor um dízimo dobrado, assim que se ajeitasse na vida, conforme apregoava a obstinada propaganda ministerial,

      mas como o pastor não era bobo nem nada, tomás adiantava-lhe uns trocados gestuais que, se não valiam muito, ao menos sublinhavam o proselitismo *marketeiro* do chefe religioso,

...o dono do botequim, em vista disso, haveria de aceitar mais ou menos aquele fiado, não obstante suas fundamentadas desconfianças,

o ex-operário não deixava por menos,

      era o que mais erguia os braços em direção aos céus, nos momentos oportunos, e ninguém gritava aleluia como ele, segundo as testemunhas com quem conversei,

veja, procópio,   ...se jeová pede 10% de adiantamento, há também os infiéis que penhoram um quinto do que não têm, operação contábil sempre vantajosa para os inadimplentes,

      hoje, meu amigo, apenas uma fé tangível haverá de conquistar os sonhadores, outrora chamados injustamente de apóstatas, de acordo com a liturgia da moda,

 sim, uma crença que não meta os dedos no furo dos bolsos vazios, encontrando nada além do que as coxas cabeludas, aquele que pagar pra ver, crerá, ...e pronto,

você sabe disso, assim como os safados da neurolinguística, ciência cujo patriarca é são tomé, criador de um barrunto que encarna, em si, a própria palavra como derradeira referência teórica,

aliás, eu já pensei em fundar uma religião, sabia?,

juro,

a **IGREJA DO CRISTO CRENTE**,

ou qualquer nomeadura nesse teor, o que acha?,

é sério, se na mais comum delas, por estas bandas, você precisa morrer – ainda assim sem a certeza da posse –, e, nas outras, adiantar 10% dos lucros futuros, como lhe disse, imaginei oferecer uma crença mais acessível, uma religião que ofertasse bem mais por muito menos, claro, cobrando apenas 5% dos fiéis,

um meio-dízimo, meia-entrada, ou meia-saída, não sei...,

    50% OFF porque a alma ainda 50% IN, dentro de si, nesta carne barrenta que se quer ao ponto, mas sem as agruras suadas do fogo de chão das fábricas, vida com água na boca porque o pão nosso sempre dos outros,

   ...e, quando não, sem os recheios,

  o miolo seco se esfarelando na boca,

nada de salsicha,

    nem um bom pedaço de calabresa,

       uma fatia fina de mortadela, que fosse,

   ***...iam satis est, homines!*,**

eu entoaria, caprichando no *amém* de praxe da novíssima rogatória,

  isso mesmo,

     sem me aprisionar, como tomás, em vitrines cujo reflexo fosse o rosto de bonecos bem-vestidos, caramba!,

        sim, procópio,

...uma doutrina que justificasse os pequenos acertos de ontem com a decisão de, afinal, aceitar-se a verdade presente, fazendo o devoto intuir até ali o controle de uma pós-destinação que o levara,

– ALELUIA! –,

até o **CRISTO CRENTE**, por que não?,

a vida já é uma tutela antecipada, de modo que o mais desgraçado dos homens acredita sempre lucrar, quando, na verdade, não ganhou merda nenhuma, a não ser o acúmulo de horas que serão dias,   dias que se tornarão meses,

e, depois, sem que se dê conta disso, anos e décadas do mais fundo vazio...,

uns paina, outros faina, é ou não é?,

de todo modo, para não falsear as nupérrimas escrituras, é sabido que esses pecadores terminarão a existência, tanto quanto os escolhidos, com a carcaça enfiada num buraco de sete palmos, ora, ora...,

ou com os restos depositados numa gaveta, lastro sem valor no muro caiado de um cemitério miserável, lá no fim do mundo, literalmente, conforme a narrativa dos tios daquele chaveiro, o mui digníssimo empresário e operário aposentado, senhor berilo dos santos,

daí que qualquer meia dúzia de palavras bonitas, remendadas com historietas bíblicas e algum latim,   ...catapimba!, os obreiros recolhendo o dinheiro de pessoas muito agradecidas por respirarem, culpados ou inocentes, tanto faz,

simples assim,

...e se as sacolas retornando meio murchas, nada que uma segunda viagem – bem abastecida com as sílabas de uma glossolalia gutural –, não lhes subtraia de vez os níqueis dos bolsos, tementes das contas a acertar lá fora, é certo, mas muito mais daquelas cujos fatores roucos adicionam um medo dos infernos ao resultado por aqui mesmo, percebe?,

se o senso comum tem razão, desgraça muita é um tipo de fartura,

sim, sim, e tudo sem grandes falsidades, visto quitarem, muito depois, as cócegas que, de algum modo, já sentiram, poxa vida!,

...em outras palavras, com o tato de nossa bem-aventurada condição, eis o deus verdadeiro, este grande punguista que somos!,

assim poderão morrer em paz, ...e catacumba!,

a bufunfa estufando os bolsos do patriarca aqui, né?,

acho que as religiões não perdoam os suicidas por isso,

uma consciência permissiva que contamina a fé cega nos arredores do ato extremo, por conta de uma inadimplência essencial, contagiosa, falta de pagamento, pra falar o português claro, sem teologias que não contábeis, se é possível pensar tal discurso alheio à matéria monetária,

...ah, duvido, procópio!,

assim que eu parasse na porta de sua casa e buzinasse as trombetas escandalosas de uma mercedes blindada, ou de uma BMW conversível – modelo que me parece, aliás, muito mais apropriado –, convidando-o a ouvir o retumbante chamado...,

ó e jericó que você não aceitaria ser bispo!,

...ou mesmo apenas um pastor da

IGREJA DO CRISTO CRENTE,

bobão!,

falando nisso...,

sabia que eu ganhei quinhentos paus por causa do episódio daquele bispo que chutou a santa?, uns nove, dez anos, mais ou menos,

marchinha de carnaval, acredita?,

sempre gostei, né?,

atente na interpretação, ó,

(tamborilando na mesa)

Sai, capeta; sai, capeta!
Quero cantar, mas eu não sei a letra...
Sai, capeta; sai, capeta!
Quero cantar, mas eu não sei a letra!

Canta comigo, canta:
O pastor meteu o pé na santa...
Canta comigo, canta:
O pastor meteu o pé na santa!

Cura toda e qualquer mutreta,

Aids, diabetes ou maleita!

E se o Bráulio não levanta,

Pede pro bispo que ele mete o pé na santa!

Sai, capeta; sai, capeta!

Quero cantar, mas eu não sei a letra...

Sai, capeta; sai, capeta!

Quero cantar, mas eu não sei a letra!

Canta comigo, canta:

O pastor meteu o pé na santa...

Canta comigo, canta:

O pastor meteu o pé na santa!

Carnaval é fogo na espoleta...

Tem mulher exibindo até as tetas!

Outras mostrando a rima...

Não se contentam só com a parte de cima!

bráulio era o nome do pinto,

...isso, do pau duro, do caralho, da estrovenga, numa campanha que o governo lançara no final do ano anterior, com a intenção de incentivar o uso da camisinha, não lembra?,

fez tanto sucesso, poxa!,

marchinha é arte de circunstância,

...os mussolinis e médicis da vida como pó de traque, segundo mário de andrade,

e ele tem razão...,

em país onde se vive de bicos e biscates, procópio, a canção é uma espécie de anúncio de troca e venda de tranqueiras e badulaques, gritado de uma kombi ou de uma torre, num parque de minguadas diversões, em baixo-e-chiado-falante, como se possível berrar, o tempo inteiro, os altos sussurros da precisão e das necessidades..., *uva de jundiaí,*

pamonha de piracicaba

ou jesus de nazaré,

tem tudo aqui!,

corre, senão acaba,

vem logo, senão some,

vai chegando, homem!,

abre essa bolsa, mulher!,

claro!,

tenho até a partitura...,

olhe,

SAI, CAPETA

em suma, o retrato sonoro do povo é um *therblig* arranhado, ao avesso das obrigações, em gestos que embalam o trabalho arrastado de quem labuta em vão e em vãos, cavoucando as brechas...,

    o que foge disso é mercadoria, por mais barulho que faça,

ou, talvez, por isso mesmo...,

        sim,   desse jeitinho,

            até nos intervalos da cavação, ou quando não há nada a fazer, o que é pior, os homens soltam a voz, dedilham o tampo das mesas e as caixas de fósforos, num último esforço para modular os movimentos desordenados da vida, entende?,

              ...tentativa de ritmar os dias para além da gaiola azul que nos recobre, só isso,

    não, procópio, não me acuse de um pessimismo que não é meu, mas do poleiro, onde, para sermos humanos, temos de nos equilibrar – tarefa impossível para seres mergulhados no remoinho do tempo, não acha?,

    eu me emociono toda vez que escuto clementina,   ...caymmi,

    choro mesmo, que é que tem?,

        perdoe-me a franqueza,

inventamos a alegria como um tributo reticente à efemeridade,

              ah,   agora sim, né?,

seu esteta de merda,   eu?,   ...presunçoso o caralho!, não, não me iludo,   às vezes, pra sair de vez desta vida, só gorjeando aquele sarrido vascoso, meu caríssimo procópio – concessão *in extremis* da parada de derrotas que não deveríamos solfejar nem por brincadeira,

de todo modo, não me leve tanto a sério,

pensar é invenção que não funciona, ao contrário do realejo possível de alguma pouca felicidade, mesmo que corrupiada na ponta dos dedos, o que fazemos de olhos fechados,

a marchinha?,

fiquei em segundo lugar,   puta sacanagem,   ...puta sacanagem!,

uma das juradas era evangélica e me ferrou, a desgraçada, tirando-me a chance de vencer o festival e levar mais milão de lambuja, porque os outros dois jurados me colocaram em primeiro, acredita?,

...o que me garantiu, pelo menos, o vice-campeonato municipal de composições carnavalescas de 1997,

e quinhentos mangos nos bolsos,   opa!,

um deles era meu conhecido e me contou,

já tinha ouvido?,   poxa...,

sim,   compus outra estrofe, antes do bráulio, com dois versos a mais, estrambótica,

...somente nos bares e botecos mais sujos,

não a incluí na versão oficial porque mesmo a crítica deve ter algum limite, caso não queira virar ao avesso a interpretação, dando fôlego a uma contraditória mudança de direções para o mesmo rumo, se não para um lugar ainda muito pior, como tão bem nos alertou montesquieu,

sim, eram versos divertidos...,   falavam em pinho, dedos e palheta, instrumentos que, na serenata, não abriam a lingueta,

mais ou menos isso,

e, pra completar, aquele bispo safado, sem dó, com os conhecidos versículos de malaquias atravessados na garganta, sentando um bem dado pontapé no fiofó da pobre santa,

por aí,

bem,   qualquer dia canto tudo pra você, a versão das ruas, quando tiver a certeza de que não vai torcer o pepino pro lado errado, quebrando o legume de nossa conversa no sentido de sua tortuosidade...,

você está encafifado com essa história de preconceito religioso, né?, não seja besta, procópio,

é bem provável que uma dúzia de foliões, ou mais, contagiada pela minha alegria momesca, tenha se convertido a uma seita qualquer, depois de festejar na carne os seus desejos e pecados, ao som da minha composição, que foi das mais executadas, naquele ano, ao lado dos braguinhas, babos e nássaras de sempre,

só no município e nos distritos, é lógico,

mas essa alegria nem belzebu me tira, porque, caso eu esteja errado e vá para os quintos, como você diz, hei de me defender, nas barbas de bode do tinhoso, brandindo esse injusto e terreno segundo lugar, posição pela qual paguei antecipado os mil reais que a jurada protestante me roubara,

ela sim, que vá para o *malebolge*, sete círculos abaixo do meu!,

e, mais ainda – ninguém de bom senso há de negar –, marchinha por marchinha, muito pior aquela outra, histórica, em som ambiente para as famílias passearem de mãos dadas com deus,

ai - ui...,

cultuando a malfadada e mal fardada liberdade de coturnos furados,

...e toma ***ai-ui-ui***, é o que é,

afinal, procópio, ninguém pinta e borda um paraíso para poucos com a tinta dos infernos que lambuzou meio mundo e amarrou o país pelo pescoço,

nem o arthur bispo do rosário, meu caro,

ponha isso na cabeça,

...se preferir, então, carregue a matula nas costas, como todos, mas sem um manto que justifique sua presença diante de um deus nada poderoso,

...ou mesmo na frente dos homens que mandam e desmandam, vá lá, você com a corda no gogó, gemendo algemado na cuíca da jugular, bem baixinho, as rimas toantes e malemal soantes de sua posição desconfortável, dependurado num pau de arara, agora sim naquele ***ai - ui, ai-ui-ui*** da vida brasileira, sabe como é?, em resumo, os vergões de uma propalada consciência política a troco das porradas comendo soltas num porão pestilento,

...a não ser que se esmere no exercício diário da subserviência, distribuída como nobreza dos atos, no quinto dia útil,

pffff,

o *therblig* repetido no aço dos gestos, no assentimento da voz, por dentro da mudez aquiescida,

você é craque no baixo ostinato dessa miséria, né, bundão?,

nasceu pra isso...,

quanto a nós...,

sim, **aquele domingo que vinha trazendo você**, procópio, nunca passou de um exercício frustrado, na frente do espelho,

jogo minha conversa fora?,

hein?,

...por que não responde, liburno de deus?,

tomás e rebeca se encontraram com azelina, lá na loja do munir,

        a cidade é pequena,   no sábado, pela manhã, o centro fica cheio,   a maioria dando voltas à toa, lustrando a pindaíba dos sapatos com o cuspe seco de caminhadas sem tino ou destino,

    alguns procuram uma liquidação mesmo,   é fato,

        a maioria, no entanto, só escarafuncha a coisarada, em cestos e bacias, pelo prazer de dizer **não** às tralhas,

            ...as peruas arrotando o chuchu de uma preferência por produtos de marca,

            de grife,   ai-ai,

    mesmo que deus e o mundo saibam, de cor e sortido salteado, que os badulaques, cacaréus e bugigangas vêm dos restos da 5ª avenida – ou do quinto dos infernos de ciudad del este, às margens encapeladas do rio paraná...,

    quando não, da 25,   do brás,

        do bom retiro...,

estes sim, que duram, né?,

        sei...,

  os gatunos pingados com dinheiro vão a ribeirão preto, passear no shopping, onde mergulham de cabeça nas compras, escaldados pelo anonimato que as etiquetas hão de desmentir, depois, na varanda do clube da praça,

    na associação esportiva,

nos eventos da maçonaria,

    do rotary,

      do lions,

...da alta sociedade!, pfff,

    a maioria trepada na borracha das chinelas, é o que é,

     você sabe, tem gente que não consegue ficar uma semana sem comprar, justificando o hábito com o preço de banana dos cacarecos que não valem casca nem cascalho, verdade seja dita,

dizem que a oniomania é doença, não creio,

  entendo-a como um sintoma, isso sim,

  e todo mundo sabe qual é o distúrbio, que não vem do organismo, senão do sistema, como já lhe disse...,

     a telminha, lembra-se dela?,

fui tomar um gole de café e a pobrezinha se descabelando de chorar, na copa do setor de embalagens,   pensei que tivesse sido despedida, que recebera a notícia da morte da mãe,   sei lá,

                                                   sabe o que era?,

                        a filha, moçoila de 19 primaveras, recém-contratada como caixa, no supermercado do niquinho, resultado de um esforço filho da puta da família – a matriarca, com 87 invernos, chegara a se ajoelhar aos pés de uma gôndola –, gastara uma fortuna em doze, treze lojas de roupas caras da cidade, num mesmo dia,

fiz as contas, em casa, quando contei o caso pra isaura,

                                  quase três anos de salário, pode?,

acalmei-a, sugeri que juntasse tudo e devolvesse, butique por butique, com a filhota desmamada à tiracolo, é lógico, pra ela aprender...,

                          psicanálise de pobre é vergonha na cara, sombra de uma necessária consciência...,

              gema quem sabe sofrer às claras, é ou não é?,

                                no frigir dos ovos, então, quem não pegasse a mercadoria de volta que a desse por perdida,

        quebra de estoque,   sei lá,

mesmo que uma ou outra blusa sem a etiqueta da gola,

                                              que é que tem?,

...porque a mãe pegara a filha com a tesoura na mão, procópio, cortando no corpo – em frente ao espelho da porta aberta de seu guarda-roupa cor-de-rosa –, aquela etiquetinha interna do cós de uma calça jeans da zoomp, semibag, segundo o depoimento contrito da telminha, coitada, que quase desmaiou de palpitação e angina, ante o mundaréu de roupas entupidas sobre a cama da descendente,

bem, pra não mentir, fiquei sabendo, depois, que uma só peça daquele farto vestuário seria suficiente para desencadear o princípio de enfarto da genitora, já que a operária contava com o salário da filha para pagar umas contas fabricadas havia muito,

pois é, pode ser que chorasse as pitangas não pelo caso, mas pela independência imprevista e antecipada de sua prole,

em outras palavras, na visão de telminha, deus mandava os filhos não para que estes botassem pra quebrar, caramba!, mas para que os pais, isso sim, botassem todos pra trabalhar, ora, ora...,

por sorte a meninada vai se rebelando, né?,

sim, sim, "*japonês tem quatro filhos*", como propõe a versão mais conhecida do hino, mas como a imigração nipônica é fato passado, nenhum deles quer se esfalfar, hoje, em nome de qualquer patrão, no que fazem muito bem, sejam surdos, mudos ou barrigudos, conforme os clássicos versos dos tempos ginasianos,

...como já se disse por aí, procópio, *ser joven y no ser revolucionario es una contradicción hasta biológica,*

era a loja mais badalada do centro da cidade,

tomás entrou de mãos dadas com rebeca,   o munir lá no caixa, brincando com os clientes,

aos sábados, com o movimento, via estendida a sua alegria pelos balcões, a boca rasgada de oriente a ocidente, pendurando-se nas araras de cabides vazios,

    nacudo!,

        nacudo!,

gritava, cada vez que recebia um pagamento e abria a caixa registradora, para despejar nela, em seguida, o seu *nacudo* suado, se os ouvidos não me traem,

...efusão interrompida a contragosto, anos depois, coitado, quando lhe disseram, por brincadeira, que algumas senhoras tinham abandonado a loja por causa de sua boca suja, vê se pode,

    pimenta *nacudo* outro é refresco?,

        zombarias do nininho,   do zé lippi...,

traduttore, traditore?,

azelina saiu do provador e deu de cara com o casal,

experimentava um vestido azul de malha, justo,
o contorno das ancas realçado,

ato contínuo, tomás largou a mão da esposa, de susto,
como se descoberto numa estripulia depilada, tem cabimento?,

rebeca não percebeu,
não obstante azelina ter feito questão de passar pertinho deles, roçando
o braço no amante, de propósito,

dessa vez, ele não ficou de pau duro,
ao contrário, como um jabuti na frente da onça pintada – bem pintada,
por sinal –, quem lhe abaixasse as calças veria, no lugar do pênis, o
buraco por onde a covardia enfiara o seu órgão cabeçudo,

e, já que falamos de cágados e quelônios,
estivesse numa farmácia, seria obrigado a comprar correndo um pacote
de fraldas geriátricas...,

a amante parou no balcão, fez uma pose arrebitada
e perguntou à vendedora se o vestido ficara bonito,

se o caimento estava bom,

a moça respondeu que sim, claro,

azelina, então, virou-se para rebeca e a interpelou, à queima-roupa, se era verdade, mesmo,

porque vendedora é vendedora, né?,

tomás sentiu que disparara um tiro no pé, e, naquele momento, estaria prestes a vê-lo sair também pela culatra...,

(rebeca, boa enfermeira que era, examina azelina com atenção)

ficou sim, nossa!,

você tem um corpo bonito, menina, pode usar qualquer coisa, ...quando eu era moça, também,

as três mulheres riram, satisfeitas, todas com seu motivo, quem há de negar?,

a primeira, por vislumbrar possíveis vendas, comissão em tempos bicudos,

a segunda, em razão da lembrança de si mesma, na própria pele,

só a última no presente dos fatos, mas por crueldade, por uma vantagem comparativa, explicitada justamente pela esposa, nas barbas do marido traidor, tomás coçou o rosto com força, quiçá procurando um esconderijo atrás dos gestos,

     ...mas os pelos crescidos na cara de pau do amante, claro, sujeitinho infiel de antemão,

       ou, mais precisamente, infiel de anular esquerdo, ora, ora, uma vez que as amantes sonham com o fim de um casamento, se se quiser brincar com as palavras, sopro das intenções manipuladas e expostas,

   fêmeas, procópio,   fêmeas,

    será que azelina se vingava daqueles três meses de solidão?, talvez do emprego que, afinal, não conseguira na fábrica, hein?,

       sim, um pouco de cada coisa, com certeza,

    as mulheres sabem ajuntar as ofensas num cadinho, aos bocadinhos, fundindo a desforra a partir do ferro-velho das mínimas afrontas, erguendo de súbito, então, um cenotáfio escandaloso à infâmia bem conhecida dos homens,

não, não, concordo com você, não somos inocentes nem mártires..., mas também não sangramos quando, na guerrilha, um tiro passa apenas assoviando para uma gostosona da nação rebolo que cruzou a praça de combate, afrontando os desejos da canalha armada em riste, hoste espalhada pelos bancos de jardim deste país, meu caro, como lhe disse inúmeras vezes, nós mesmos esquentando o concreto com a bunda, é ou não é?,

compomos uma legião que gasta o fio das unhas com muito gosto, aliás, de tanto amolar, com a baioneta indiscreta dos dedos, a comichão incurável dos bagos,

o homem?,

ora, ora,   era a vez de azelina, compreende?,

ela estava na trincheira daquela situação, ao tempo que tomás empacava em campo aberto, medroso, alvejado pela própria palidez, incapaz de sair correndo e salvar a pele do prepúcio, digamos assim,

...estresse pré-e-pós-traumático,

experimenta,   *você ainda é bonita, poxa!,*

a vendedora, esperta, aproveitou-se da observação da amante, que mirava o namorado, claro,

    pegou na prateleira o mesmo modelo – mas na cor branca –,
e o ofereceu à rebeca, bandeirando-o pelos ombros,

a falsa paz à vista, movimento aziago de um desfecho previsível?,

   ...ou a prazo, ampulheta de uma predestinação dos diabos?,

seu tamanho é G, olha, experimenta!,

   determinada, a amante queria a comparação visível, certeira, e sublinhou o oferecimento,

     isso, experimenta!,

rebeca foi ao provador por vaidade e educação, nessa ordem,

(azelina encara o amante, que disfarça, pegando umas cuecas em oferta)

quando saiu do provador, a esposa queria a opinião de todos,

  tomás aproximou-se a contragosto, segurando uma cueca branca, também, sem olhar a namorada, achou rebeca bonita, de verdade, mais bonita que azelina, a amante não precisou nem do segundo sentido pra perceber isso,

    não gostou daquela inversão inesperada de expectativas, é evidente,

acho que marcou um pouco...,

        e atalhou o comentário da vendedora,

tem GG?,

      a balconista do munir negou os dois reparos,

        o vestido não marcara e não tinha extra-grande,

completou, inclusive, com a observação de que o branco ficara lindo, realçava o tom da pele de rebeca,

a enfermeira concordou, a despeito de trabalhar o dia todo de branco,

          fico bem de preto, também...,

(vai até o meio do corredor e olha-se num espelho, ao fundo)

    virou-se, perguntou o preço, sorriu e voltou ao provador, de onde retornou com a peça na mão, muito bem dobrada,

      tomás queria que a esposa levasse o vestido, mas ela sabia que era um gasto, enfim, desnecessário,

      olhou para azelina e concordou com ela,

você tem razão,   marcou um pouco,   ...e passei da idade,

(coloca-o sobre o balcão)

a vendedora e o marido negaram simultaneamente aquela temporalidade estúpida, o que irritou azelina ainda mais, pois a concordância da rival e a insistência do amante, tanto quanto a da balconista, eram o avesso de uma enganosa vitória, eufemismo nada prático das derrotas, isso sim,

azelina teve a súbita consciência de que rebeca era a esposa,

e ponto-final,

achou, por isso, que era a hora de bater o pé e o martelo, fugindo à retirada enquanto escoiceava o balde das enganosas tréguas, recipiente seco das lamentações decididamente vazias,

eu vou levar o meu!,

rebeca, no entanto, sem saber, chutou de novo a cadela morta,

disse-lhe que fazia bem,   que o vestido ficara *lindo, lindo, nela,* tomás sabia que a esposa gostara da roupa, provavelmente muito mais que azelina, e que não a comprava por causa dele, do seu maldito desemprego, da miséria agora produzida na máquina pesada de vento, guilhotina de sonhos cujos botões de insegurança, permanentemente apertados, decepavam-lhe a ideia de um futuro qualquer que pudesse carregar nos braços,

foi a vendedora que o interrompeu,

o senhor vai levar a cueca?,

(olha para as mãos, sem notar que segurava aquela porcaria de roupa de baixo)

rebeca era esperta, mas imaginara que o desconcerto e o abatimento do marido se davam por questões financeiras, apenas,

quando o viu com a cueca na mão, achou que deveria interferir, porque provavelmente ele a compraria como negação possível de seu estado,

branca não!,

...pelo amor de deus!,

pego de calças curtas e, provavelmente, encardidas, tomás não disse um "a" diante da balconista, que segurava a risada,

...e de azelina, que riu mais do que a vontade autorizara, contenção e expansão que fizeram a esposa se arrepender de um comentário que era para ser apenas divertido,

ela foi ao cesto, então, e pegou uma cueca preta, decidida,

vou levar esta aqui,

...ele fica lindo de preto, também,

tomás riu amarelo – o que talvez nem fosse conveniente –, mas não teve peito de abrir a boca,

aceitou o presente da esposa, peça ora pública em cor que encobriria o fato íntimo, mas ali escancarado, de encarnar um homem de bunda suja, com o rego colado pela badalhoca suada de um corre-corre sem fim,

a vida operária?,

ou os tempos ociosos?,

naquela semana, fez questão de ir aos cultos e gritar com mais vontade, como se deus e o diabo fossem mesmo surdos, segundo pertinente constatação da vizinhança do templo, que não podia mais ouvir televisão ou rádio em paz, seja quando os fiéis pediam qualquer coisa a deus, seja quando espantavam o demônio, besta-fera que, consoante sabedoria sagrada ou profana, tanto faz, tinha o hábito atoleimado de frequentar as cerimônias nas quais não era muito bem-vindo,

as más línguas diziam que deus, na verdade, seria o laranja, nessa história,   ...e que o tinhoso sim, era o feliz proprietário daquele conglomerado religioso espalhado feito capim pelo mundo, organização da qual recebia secretamente os dízimos e as oferendas dessa tropa incontável de burros e muares, bicharada que, *quanto mais pasta, menos engorda, é ou não é?*,

tais teólogos do capital e dos hábitos, em seguida, terminavam o pertinente comentário com a observação de que, na revista forbes, belzebu, CEO da corporação – ou da comitiva –, seria o cabeça da lista, caso se levasse em conta a verdade contábil de suas empresas e fazendas,

berrantes, meu amigo, são instrumentos de carne e osso, diferentemente do que estabelece a definição lexicográfica,

você faz careta, mas não fui eu que disse isso, porra!,

o projeto dessa corja é fazer um presidente, sabia?,

um golem ao reverso das palavras,
quando *el nombre* não é o *arquetipo de la cosa,* e o estrume das ideias dará matéria ao horror malparido,

melog será seu nome de gosma e sujidade,

...e o eco de sua voz emudecida,
a reverberação política da desfaçatez sistêmica,

um pesadelo *guetropical,* indizível, porque impronunciável,

até me arrepio,   ó...,

santo atanásio pernath de são sebastião do rio de sempre que nos proteja!,

vai cagar, procópio,

todo homem deve compor a própria devoção...,

depois não adianta reclamar, viu?,

ao fim e ao cabo, tomás frequentou a liturgia, mas não mergulhou no ritual completo, como lhe disse, deixando de se encontrar com a amante que fora *muito, muito imprevidente* e, pior, teria dado risadas além do aceitável, expondo aos outros clientes da loja o seu duvidoso asseio,

mentira filha da puta!,

pelo menos ele dizia que era mentira...,

até o munir ficou sabendo da fábula, depois reproduzida, várias vezes, nas noitadas do **CLUBE PAULICEIA**, entre um carteado e outro, conforme os precisos relatos do bola-sete, que, nos casos burlescos, empurrava as palavras com as unhas, coçando a careca lustrosa,

de todo modo, foi compreensível tomás não ter ficado bravo com a esposa, afinal, a brecada de bicicleta, na cueca branca, fora menos um chiste que a confissão da esposa que, com certeza, molhava o bucho no tanque de lavar roupas, toda santa semana, apagando malemal, com sabão de coco, os rastros catingudos de sovacos, virilhas e adjacências, vamos dizer assim,

ele sempre reclamou do próprio bodum, pra lá de chubasento,

...que nenhum desodorante era forte o suficiente, e coisa e tal,

então, vai saber, né?,

uma semana, duas, um mês sem aparecer na casa de azelina, mas a moça, de novo e novamente, nem tchum pro sumiço,

tomás ficou puto, mas dessa vez não daria o braço – e, muito menos, a cueca – a torcer, de jeito nenhum,

vai caçoar da calçola da mãe, furada no rego do rabo!,

tentava se consolar remediando, com alguma ação, o amargor pior do ócio forçado,

ele frequentava o ferro-velho do abelardo, como você sabe, onde escarafunchava algum objeto pra reformar e vender,

às vezes criava umas peças interessantes, fosse de família rica, teria estudado *design* em milão, em londres ou nova iorque,

...no caralho a quatro cantos do mundo chique dessas bugigangas esquisitas, ao gosto dos starcks, mendinis e giovannonis que abundam por aí,

ui-ui-ui, mas sem ai-ai, né?,

duas semanas antes, por exemplo, encontrou um holofote bonito, de alumínio fundido, antigo, do ginásio coberto da cidade, achou também um tripé velho, daqueles de madeira, sem o teodolito,

limpou-os, trocou a fiação e juntou os dois,

usava verniz automotivo,

vendeu a luminária no dia seguinte, acredita?,

pagou em dinheiro uma compra graúda no mercadinho, o que lhe fez um bem danado para o combalido moral, como diziam os velhos generais, longe do front, com as mãos firmemente apoiadas nos flancos, descansando a pose na sombra das casernas,

sim, sim,

posição favorável aos arroubos da coragem militar, como a nossa história claramente comprova, mas de seus porões mais escuros...,

é como digo, meio que brincando,

a tortura não pode ser o argumento da retidão, como querem os tarados, covardes e maníacos de sempre,

esse tipinho de gente não é só sem-vergonha, não, há uma conjunção corporificada de degenerescências, procópio, alguns são tantãs, mesmo, ou pancadas, se se quiser estender-lhes o retrato com estilo,

...frascários e lunáticos que ficam girando ao contrário discos de *rock*, na vitrola, para ouvir a voz grossa de satanás, enquanto se masturbam pensando na mamãe,

...ou escrevendo dossiês ao avesso, *orvil* de um país das maravilhas, mas deste lado do espelho,

uma cambada desgraçada de filhos da puta,

orvil...,   deveriam tê-lo escrito na língua do pê, isso sim, mais adequada tanto à matéria quanto à mentalidade dos autores,

em resumo, procópio, psicopatas e destrambelhados, uns,

...safados, outros,

mas ambos contendo, em receita, pitadas de loucura ou sem-vergonhice, a depender da dose cavalar que encarnam, segundo os ingredientes um tanto heterogêneos do diabo, quando cozinha as ideias desses infelizes,

sim,   uns psicopatetas, o que não lhes outorga nenhum salvo-conduto para as falsas opiniões,

ao contrário,

deveriam estar trancados num manicômio, numa cela, sei lá, recebendo a medicação adequada, caso ela existisse, no que descreio..., olha,   ando por aqui com os cretinos, sabe?,

longe de qualquer preconceito ou autoritarismo reflexo, juro, acho que esses pseudocidadãos deveriam receber também alguma justa penalidade, poxa,

sim, isso mesmo,   todos enfiados na mesma instituição, desde que devidamente gradeada,

se não, ao menos catalogados em histórico psiquiátrico, vá lá, numa necessária anamnese em que tal tendência estivesse detalhada, para o bem da saúde comunitária, até porque não há pílulas ou emplastos para a doença fascista, como lhe disse,

uma peste, transmitida por ratos pelados...,

evita-se o contágio, só isso,

pela educação política,   com bom senso,

noções de higiene democrática e alteridade,

reiterados avisos e análises,

...atitudes e exemplos, caramba!,

opa!,   claro que a lei da anistia foi um erro!,

tomás, por exemplo, agiu muito bem no caso do jair taschettine, não acha?,

eu mesmo...,

ops, dopado no dops com drops,

pichei a frase no muro da delegacia...,

        deu um bafafá desgraçado,

            um tradicional jornal da cidade, a

TRIBUNA DAS PALMEIRAS IMPERIAIS,

            na mesma semana, alertava o povo
a respeito de perigosos comunistas infiltrados no município,

                tem cabimento?,

       o delegado tinha feito uma palestra ameaçadora na fábrica,
a pedido do doutor leopoldo,

      era um bocó que se considerava reflexo do sérgio fleury,

      ...espelho sem aço nos moldes de areia para ferros fodidos,
como eu disse para os mais chegados,

           sim,   um trocadalho do carilho,

               não tenho razão?,

            eles se embaralham à realidade,
desnudando verdades então redescobertas,

o safado original, se se quiser alguma ironia descritiva, morrera fazia pouco, provavelmente a mando dos militares, em ilhabela, num suposto acidente de lancha,

...então, retribuí com *spray* e humor as ameaças sem pé nem cabeça que ouvimos daquele ridículo arremedo irrefletido de torturador, esbirro de merda, cujo hábito era mastigar drops e balas de hortelã o dia inteiro, fazendo aquele barulhinho irritante que simulava, com os maxilares, a força da lei e do regime, ui-ui, distribuída aos choques e pescoções, no quartinho dos fundos da velha delegacia, entre hipotéticos subversivos e perigosos ladrões de galinha,

no carnaval, os foliões se fantasiam de monstros, procópio,

um imbecil,

mandou todos os funcionários ficarem sentados no chão da fábrica e berrou, lá do alto dos sapatos 752, que grupos patriotas usavam a motosserra para desmembrar guerrilheiros, comunistas e afins,

e que era fácil desaparecer com os nacos daquela gente aos pedaços, a carne servida para os cachorros da corporação dos bombeiros,

coisas desse tipo,

eu, que provavelmente fazia parte da comunidade dos afins, não iria deixar aquilo barato,   de jeito nenhum!,

tomás foi comigo, o gervásio também,
cada um vigiando uma esquina, apagaram no mesmo dia,
mas muita gente viu, e a notícia se espalhou, principalmente depois da foto no jornal,

ops, dopado no dops com drops

os repórteres afirmavam que os terroristas estariam acoitados num sítio,

ou na zona meretrícia, enfiados no puteiro da palmira, famoso estabelecimento que atendia os fregueses, no bairro do descanso, *sem nenhuma distinção de classe*, de acordo com a apuração da imprensa,

...negócio, inclusive, que começava a fazer frente ao famoso COVIL DAS PANTERAS – este, ao mesmo tempo, residência e estabelecimento comercial de dona márcia helena, respeitável empresária que migrara de são josé do rio pardo, onde teria sido professora, para ganhar um bom dinheiro com o aluguel de xoxotas e fiantãs de toda ordem, *mas sem desordem!*,

buracos bem lavados, claro, ...olorosos, como exige a alta rodinha destas bandas e bundas, para célere progresso de um pacato município, não é mesmo?,

aliás, ela fazia muita questão de exibir, no *hall*, uma enorme bandeira do brasil, encimando um porta-bíblia de latão dourado, patriótico e muito cristão, né?,

o livro ficava aberto no evangelho de são mateus, com um trecho da parábola dos dois filhos grifado com muito capricho,

Jesus disse-lhes: Na verdade vos digo que os publicanos e as meretrizes vos levarão a dianteira para o reino de Deus,

muitos viam, naquelas *dianteiras* citadas por jesus, a promessa de um paraíso de caralhos, bocas e bocetas, e mesmo de cus, com alguma transversa liberdade poética, o que talvez fosse apenas um problema de tradução da velha bíblia, não obstante a verossimilhança bem a calhar da desejada alegoria,

...a outra possibilidade aventada pela TRIBUNA apontava que os subversivos estariam homiziados na sacristia do convento são josé, trajando hábitos, inclusive, de acordo com a denúncia de fiéis que não comungavam das opiniões políticas de parte do clero,

esses capuchinhos vermelhos!,

enfim, estariam escondidos por aí – ou por aqui –, segundo apurara, junto às testemunhas oculares e auriculares, a mui judiciosa reportagem local, cultora do vernáculo e das opiniões mais castiças,

claro,　　deve ter contado tudo pra rebeca...,　　　e...,

não, procópio,　　　talvez eu tenha lhe passado uma ideia errada,

a vacina contra o terror não é apenas uma genérica "educação", como supõe a maioria, porque há mentecaptos bem-educados, eruditos, questão que nos remete ao tema *praxiteórico* destas mesmas engajadas observações que lhe faço, sublinhadas pela experiência pedagógica que vivemos com o professor doutor astolfo galdino figueiras fialho,　...pfff,

a propósito, você sabia que lamarca esteve aqui, em 67?, fazia inspeções técnicas nos tiros de guerra,　　　não sei se é verdade, mas dizem que resolveu chutar o pau da barraca militar, de vez, depois de conversar com os meus conterrâneos...,

bom senso?,

enfim, num resumo rasteiro, como fazer o homem compreender os fundamentos políticos da alteridade, hein?,

mesmo com os judiciosos boatos da compreensível epifania do capitão da guerrilha, não creio que baste o contato, ainda que profundo, com esses doidarrões e sem-vergonhas que abundam pelo país, o que caracteriza a essência insolúvel do problema ontológico que lhe reporto, é o que defendo...,

meus argumentos, você já sabe, baseiam-se na refundação de nossa animalidade, de onde poderemos ser e estar sem os resquícios da humanidade torta de nascença, e, por isso, umbilicalmente autoritária e egoísta até a morte,

morte do outro, bem entendido...,

eu?,   antimarxista a sua bunda!,

o barbudo acreditava no homem,   tudo bem, sei disso,

sim, um "animal político", segundo a clássica conceituação aristotélica, de modo que o filósofo germânico se fixou no adjetivo da locução, claro,

...no sujeito que deveria *estar* na história, fabricando-a com os companheiros,

sendo-a, enfim e ao mesmo tempo,

eu concordo...,

mas com o pé atrás, fincado no primeiro elemento dos termos clássicos,

...no substantivo animalizado de nossa condição, negando o entre palavras dessa ambivalente estrutura sintática, com o perdão de hannah arendt e a bênção emudecida de wittgeinstein, entendeu agora?,

...olha,   ao ver a sua catadura de merda, tenho uma vontade filha da puta de enfiar a mão nela, sabia?,

não o faço porque estou na dúvida se o pescoção demarcaria o primeiro ato de uma bem-vinda animalidade...,

ou, simplesmente, o movimento ainda subjetivo da espécie que mal habitamos, o que seria apenas um pagamento, nas suas fuças, com as mesmas indevidas moedas de duas caras...,

ri,   vai rindo,   vai...,

tomás vendeu a luminária pra dona rosa, esposa do juiz fernando, que gosta muito de peças *vintage*,   móveis assinados,   e coisa e tal,

frescura dessas elites bem assentadas,

...classe que se refresca na solina corrida dos desafortunados, é o que é,

só o bobo não vê, talvez, porque esbaforido sem volta com o percurso alongado de uma existência esfalfada, de modo que esperteza maior seria apenas encher o pulmão sem chiar o catarro dos erros,

...sem contar os passos e pulos dos sobressaltos, claro,

isso,

       pode ser,   pode ser,

tomás ria da própria criação,
    afirmava que a luminária, numa casa de pobre, seria traste,
        em casa de rico, estilo,

    não por coincidência, dona rosa queria uma cadeira, agora,
fabricada com o banco velho de um trator,   ou de um arado,
        e tomás saiu atrás disso,

    levava jeito, mesmo,
       soldou o assento a um velho registro hidráulico,
          este, por sua vez, também soldado com capricho
à base perfurada de um disco de freio, onde atarraxou os rodízios, já que o troço ficara pesado,

a dondoca amou,

      tirou fotos das duas peças,

    tencionava mostrar a casa elegante numa revista de decoração, qualquer coisa assim, tomás, por sua vez, queria só fazer a propaganda do ofício,

                                                                        ampliar a clientela,

pediu a ela umas cópias,

                                  deixou duas comigo,

tenho, sim,

            guardei-as de lembrança, coitado,

                                                        quer ver?,

um minutinho...,

                                    ó,

728

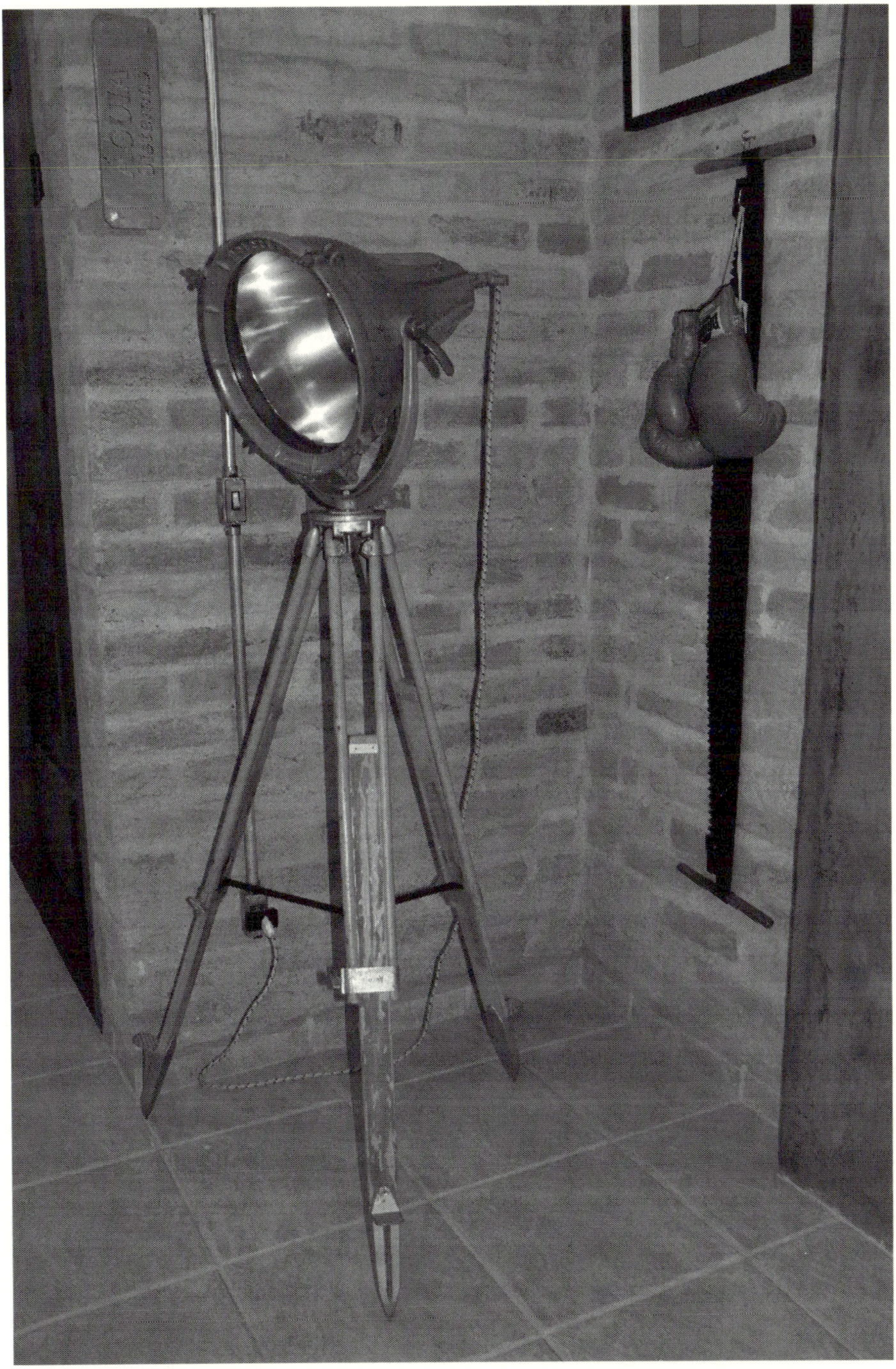

sua ideia, naquele momento, era ganhar algum dinheiro, correr à loja do munir e comprar o vestido branco para rebeca,

...fazer uma surpresa, mostrar que ainda era o homem da casa,

sim,   talvez tivesse de se contrapor à presença distante de azelina, enfiada nas dobras da carne,

até no rego, aquela desgraçada!,

pode ser isso,   ...precisava arrancar azelina do corpo, movimento difícil como desvestir-se das peles, monge que sacrificava o amor então renegado num esforço frio, ateado pelo deboche da amante, em público, na cara de todo mundo,

...tomás de repente querendo ser bartolomeu, um marco d'agrate de si, fincado na posição de lótus, estátua condenada a correr em volta do quarteirão despovoado do próprio corpo, extático, sem esposa, sem amante, sem djanira,   ...sem ele mesmo,

não,   não tinha mais crédito, é lógico,

e, mesmo se tivesse, não queria que a esposa pagasse o mimo com os juros de repente extorsivos de sua virilidade inadimplente, poxa...,

"nacudo" o cu dele, aquele turco à toa...,

procurava o banco no ferro-velho,

seria difícil encontrá-lo,

estava revirando uma caixa com ferramentas de fazenda, muito enferrujadas, quando foi interpelado,

o senhor viu alguma engrenagem por aí?,   ...ou uma cremalheira?,

chegara à cidade fazia pouco,

ricardo flavíneo, professor aposentado de máquinas e motores do liceu de artes e ofícios,

fundador e presidente da

MÁQUINAS DE NOVO NOVAS - ME,

de acordo com o cartão que ofereceu a tomás,

era também o *boy* da empresa, cargo a que sua apresentação não se referia, por escrúpulo mandatário,

...gostam de dizer que vieram do nada somente quando não mais o praticam na própria pele, né?, tinha uma firma que reformava qualquer tipo de maquinário antigo e o revendia para pequenas empresas que começavam informalmente nos mais diferentes ramos,

        indústrias de quintal que não poderiam bancar os últimos avanços tecnológicos,

        nem os antepenúltimos, pra não mentir,

        ...todos torrando o fundo de garantia inteirado à farelagem desses direitos trabalhistas de bosta, rapados do próprio couro, depois de um pé no rabo bem tomado e lambuzado,

        pois é,   os áugures da administração e da economia apregoando, a torto e a retorcido, que *os momentos de crise são benéficos para os homens de visão*,

        ...cambada de merdícolas!,

        por isso os desempregados saem capengas por aí, furando os próprios olhos com a unha crescida do mindinho, num falso empreendedorismo que os fará morar com a mãe, depois da previsível tragédia empresarial,

        sim, sim,   ...fenômeno que ensejava a existência estapafúrdia daquele negócio de "máquinas de novo novas",

        pffff,

tomás ouviu a história da empresa e ofereceu os seus serviços,

achou que tivesse dado sorte, finalmente,

o proprietário se disse sensibilizado, mas não precisava de funcionários naquele momento,

bem,

se o nosso amigo soubesse que o único empregado daquela firma era um sobrinho em muito pior situação que ele, pois submetido ao regime escravagista do parentesco, jamais ofereceria seus préstimos,

assim que a empresa se firmar, registro você, meu filho,

sei...,

quando um tio chama o sobrinho de filho, procópio,   xiiiiii,

aí fodeu geral,

você sabe disso,

o empresário lhe fez uma contraproposta, no entanto,

quando encontrasse algum equipamento e peças em boas condições, que os reservasse e entrasse em contato,

caso os comprasse, nosso amigo receberia *uma boa comissão,* tomás agradeceu-lhe e guardou o contato,

acho muita coisa boa por aí...,

debaixo do céu aberto, melhor faltar que pingar na cabeça,

enfim, pra encurtar a história, dizem que a palavra é o fundamento rabiscado e bufado de todo mistério,

será?,

assim que o empresário se foi, tomás exumou o banco antigo de um arado, lá do fundo da mesma caixa que revirava quando inquirido,

(abre um sorriso)

não acredito!,

sim, o da fotografia,

você acha que o azar, às vezes, veste a carapuça unissex da sorte?, depois, foi fácil catar as peças que seriam ajuntadas em *novo e descolado objeto*, como alardeava,

viu nisso um bom sinal, vaticínio palpável de sua força de vontade,

os tempos mudando?,

ou a corda do relógio se quebrava antes dos novos dias que o sujeito girou na ponta dos dedos?,

pertinácia é o sobrenome da teimosia...,

soldou tudo na mecânica do chico bobina, na marginal do ribeirão do meio, perto da sorveteria da páscoa,

ele é gente boa, sempre fez questão de ajudar os amigos que estivessem na pior,

está lá, ainda,

chico bobina, garantia até a primeira esquina,

lema quase da vida, pintado sobre a porta do barracão, não acha?,

o pobre ostenta as incapacidades como chiste que distorce os fatos ocorridos e aqueles que, com certeza, ainda hão de ser..., que é isso, tomás?,

abre,　　　...é pra você,

(rebeca rasga o papel do embrulho)

...minha avó tomava um cuidado lascado, quando abria um presente,

　　　　　　...gostava de forrar as gavetas com papel couché, tadinha,

eu nunca tive paciência, homem!, nem tanta gaveta...,　ahhhh, tomás!,

(estende o vestido no sofá, feliz da vida, corre até o marido e o beija)

bobo!,　você é teimoso, né?,

vi que você queria...,　que é que tem?,

ficou tão bonito naquela moça!,

(ele desvia os olhos, finge não ouvir o comentário e pega o vestido)

toma...,　coloca pra eu ver!,

(ela fica séria)

você abriu outra conta no munir?,　de que jeito, se...,

não!, paguei à vista!,

(tira o restante do dinheiro do bolso)

pega...,　vai ao mercadinho do tião e compra uma picanha bonita, com bastante gordura,　um maço de rúcula,　uma lata de azeite extravirgem, meia dúzia de pães...　e o dobro de cerveja!,　enquanto isso, o maridinho aqui vai picando a cebola e o tomate, pro vinagrete,　*...vou acender a churrasqueira,*　vai,　vai logo, vai...,　ah, traz mostarda, também, rebeca pegou o dinheiro, mas não foi,

      tomás teve de contar a ela, em detalhes, a história da banqueta,

agora sou especialista em upcycle, *sabia?,*

que é que é isso, meu deus?,

a dona rosa é que me ensinou..., sei "aproveitar os descartes" do mundo e criar peças modernas, parafusando, soldando, colando, costurando...,

(a esposa entorta a cabeça)

peças artísticas, rebeca, ...nem eu sabia que era artista, vê se pode,

(os dois riem)

sempre achei essa dona rosa meio esquisita,

(tomás fecha a cara, irônico)

e você caçoava de mim, quando eu comprava uns cacarecos!,

vender castiçal pra gente rica é uma coisa,   máquina de costura velha, pra pobre, é ponto sem nó, você sabe,   ...era isso que eu falava, seu tonto!,

sei, tô sabendo,

tem um monte de perneta no mundo, tomás, mas você não vê nenhuma fábrica de bicicletas lançar velocípede com um pedal só, poxa vida!,

ah, deixa de ser besta, mulher!, ...um sujeito esperto fabrica guarda-chuvas justamente nos dias de sol, é o que é!,

(riem, enquanto ela guarda o dinheiro no bolso e sai de casa, gritando da porta, antes de fechá-la)

...vou comprar um pote de sorvete de flocos, também!,

tomás teve algum espírito e treplicou uma chefia de casa quase esquecida,

...pode ficar com o troco!,

rebeca não respondeu, de propósito,

não era preciso forjar as palavras, esposa que via o marido feliz depois de tanto, tanto tempo,

queria aproveitar aquele raro momento sem mentir as frases e os sorrisos,

sem forçar os olhos numa alegria distante, supondo a realidade uma visagem passageira,

é isso,   a gente constrói a bem-aventurança com o que tem, martelando os sonhos nos fatos, com força,

mas erramos as pancadas, procópio – duas, três vezes por dia –, acertando os dedos,

...arrancando as unhas, cravadas na vontade, com os golpes fingidos desse martelo à toa, à toa, rebeca estava esgotada,   perdida,   mas não podia parecer,

      ele, por seu turno,   por sua vez, melhor dizendo, pensava no sorvete de flocos,

    o mesmo sabor que azelina pedira, na sorveteria do xaxado,

     sim,   a amante fora convencida de suas desgraças – e, vale frisar, de sua verdade masculina –, depois de ouvir a história de djanira, o sorvete pingando escorrido as lágrimas de chocolate, lembra?,

o amor ecoa, quando escoa,

      corre e escorre de nós,

           apertando o peito...,

não, não, procópio,

    a frase é minha,   coisa boba, de criança,

       gostava de brincar com as palavras, aproveitando-me das sobras do pensamento, machucado nas rebarbas do primeiro amor...,

     isso,   escrevi o poeminha pensando em teresa, depois daquele encontro, no quarto de mamãe, como lhe contei, mas não tive peito de mostrar a ela, menino refletindo sem saber o homem, lá adiante, amanhã, emudecido para nunca mais, acho...,

desculpe-me,

você tem razão,

não falo de mim...,

naquele momento, procópio, rebeca se rendia ao mesmo sorvete como suspensão dos dissabores que, de hábito, vinham dele, tomás,

sim,

dele,

dele,

dele...,

homem com o cu na mão, à espera de uma ratazana que saísse do esgoto para se enfiar em sua bunda, novamente,

para morrer por dentro,

um roedor que seria ele mesmo, afinal, metido no próprio rabo para desaparecer de si, desmanchando-se como alguém que se esvaísse pelo ralo, esquecido de tudo – e, de todos, para sempre inexistido :

tomás,

tom,

to,

t,

...,

..,

.,

.

.

ele fabricou outras peças,

porta-chaves de talheres velhos,

cabides com chaves inglesas de boca espanada,

duas poltronas de pneus carecas,

seis banquetas com galões de 1,1 *dichloro - 1 - fluoro ethane,* *hcfc* - 141 b, *net weight*: 30 kg, *gross weight*: 34 kg,

estantes com caixotes de madeira, de um *pinus* bonito, por sinal, depois de bem lixado, descarte da feira-livre da rua pernambuco,

um lustre de garrafas coloridas,

floreiras com tubos de pvc,

mesa de centro com paletes e rodízios,

um aparador a partir do tampo carcomido de uma velha bancada de marcenaria, parafusado sobre os pés de ferro fundido daquelas máquinas de costura *singer*, com pedaleira e correias de couro,

uma dúzia de porta-lápis com latinhas de folha de flandres,

coisas assim,

mas vender, que é bom...,

garimpou alguns produtos em caçambas, sem gastar nada, é verdade, mas a maioria foi comprada no ferro-velho do abelardo, no desmanche do neto, que gostava dele e fazia um precinho mais em conta, 50 centavos a menos o quilo,

tudo com o troco que deixara para a esposa,

a mulher se viu, de repente, compelida a completá-lo com o próprio dinheiro, coitada,

...a inteirar o esforço faminto de seu homem com mais e mais mentiras, amalteia cujas tetas secas, na falta dos animais de criação – porque proibidos pela vigilância sanitária da prefeitura, no perímetro urbano –, alimentavam, com salário, suor e lágrimas, a esperança de uma cornucópia inexistente na história prosaica e mal repetida dos homens, se me permite também reciclar uns cacos de mitologia,

o amor, saga de uma neológica e impronunciável *corninópia*...,

gostou, chifrudo?,

não, o dinheiro não acabou, tomás...,

está no fundo da gaveta da cômoda,

vou pegar pra você, espera,

       é fácil guardar o gosto da carne e se esquecer do preço salgado de um churrasco,

pobreza é goteira na sala, resolvida sob o sol,

                               mas as nuvens teimam,

          e isso é um balde nos acuda, um dia,

                  bacia que nos salve, no outro,

      pena a cidade comportar um único juiz, não é mesmo?,

uma só dona rosa, que não fez caso, porém, das novas criações de tomás,

a casa está montada, sentenciou,

   mas pode ir trazendo o que você inventa,

                    se eu gostar de alguma coisa...,

     não gostou, e a tranqueira atulhada no quartinho dos fundos sopesava ainda mais o desespero, porque via ali algum lucro enterrado em mercadorias inacessíveis,

              um capital parado,

   peso morto cujo defunto era ele,   ...fetiche de um fetiche?, isso,   a questão central do mundo econômico se dá pelas beiradas,

neste caso, no pedante jargão, o "ótimo de pareto", circunscrito a um corpo coletivo a que tomás jamais pertenceria, fantasma encarnado por engano em açougue cujo matadouro chamamos de vida social,

ou conjugal, vá lá,

o que resta são restos,

que se há de fazer?,

upcycling é a metáfora sarcástica e moderna de uma reciclagem de homens, isso sim,

figura de linguagem e gestos da vida de tomás,

retrato a três por caralho a quatro de seu fim burocrático, sistêmico, ao contrário do que publicou a imprensa, depois da desgraça,

você me acusou há pouco de antimarxista, não foi?,

não,   ainda não engoli,

pense comigo,   em última instância, nada mais histórico do que meter dois pontos-finais à história..., não, procópio,   nem uma vírgula dessas bobagens do fukuyama...,

não seja simplório,

falo de uma verdadeira revolução!,

bem,   você dirá que eu tropeço nas palavras, engastalhado a conceitos dos quais imaginava me desviar,

e, ainda, que tal fato – pontuado, mas indecididamente epilogar –, entraria no curso dessa mesma estrada como outro rumo de homens que souberam construir um caminho, afinal, também histórico...,

e, mais,   ...que ser humano, de acordo com a teoria e a prática dessa construção, seria enredar-se à história de um modo inescapável,

e coisa e tal,

e tal e coisa,

veja,

tentarei simplificar minhas ideias,

concretizá-las, pra ver se você as compreende, pois quem não se dobra deixa de enxergar o próprio umbigo, pensando poder encostar a barriga em horizontes logo ali, trajeto sem volta do que sempre foi a nossa perdição, entende?, *nesta longa estrada da vida*, meu caro, tudo que acabei de lhe dizer acontece com todos, é inegável, sei disso,

...mas a rodovia principal, asfaltada pelo Estado, não mudará as tabuletas para indicar o que seria um mero desvio que nos levasse aonde quer que fôssemos,

ah, bastaria confeccionar novas placas, dirá alguém, bancando o sabichão,

eis uma burrice bem sinalizada...,

leia o nosso pachukanis e verá a impossibilidade fulcral desse estúpido exercício rodoviário para veículos coletivos,

lembra-se do ônibus todo remendado que carregava tomás e aquele bando de desgraçados para a fábrica?,

eu também?, sim, concordo,

não quero me afastar de quem sou, imagine!,

...mas às vezes eu ia de bicicleta, seu tonto, não lembra?,

        ora, ora!,   transporte público é ato falho de nossa involução,
meu amigo!,

            estampa mal assentada de uma perversidade sistêmica,

o bonde passa cheio de pernas: / pernas brancas pretas amarelas, não é?,

                              pra quem sabe ler,
um centopeico oráculo biotecnológico *drummondiumano*...,

quer outro resumo, na ponta da língua?,

            a consciência não se faz de descartes, procópio,
o que nosso amigo aprendeu na própria pele, revirando caçambas,

           sim, a pedagogia empilhada dos caixotes de feira,
antes da tragédia cartesiana, se me permite a chalaça,

                       poxa vida...,

        a animalização do homem nos conduzirá
ao surgimento de uma nova espécie, cujo asfalto será outro chão para
veículos e caminhos ora inexistentes, entendeu?,

                        não?,

em outras palavras, porque a estupidez é sempre metafórica, a animalidade será o esteio de um bicho inapropriado àquilo que chamamos hoje de sistema,

ou de organismo, vá lá,

a humanidade, tal como a definimos, é um mero asselvajamento enfeitado de panos e leis,

é preciso quebrar e despir, portanto, com um truísmo paradoxal, essa tautologia político-biológica que nos acorrenta ao mundo e a nós mesmos,

veja bem...,

só a animalização do ser humano pode nos levar a ser humanos de uma nova espécie, percebe?,

se você...,

vai tomar no cu, procópio!,   eu desisto,   não, não tem jeito,

você já é um burro, mas em momento errado, o que é que eu posso fazer, hein?, não demorou para tomás estourar de raiva,

                        estava sozinho, em casa, foi ao quartinho dos fundos, tentou puxar a caixa de ferramentas, enfiada num nicho de peças mal equilibradas, e derrubou parte de seu estoque de obras em reserva técnica, por assim dizer,

              ainda tentou equilibrá-las no ar,

              em vão,

              ...o lustre de garrafas se estilhaçou,

    sim,   a gota d'água também respinga os cacos de um saco cheio que se rasga e despeja os badulaques transbordados de fracassos,

em suma, retomando observações de há pouco,

            pior que a goteira no canto da sala é escoamento de si...,

        não,   os pobres não fazem rodeios linguísticos e nomeiam essa desgraceira como "quartinho da bagunça", qualquer coisa nesse teor, supondo restringir, a um cômodo específico, a regra que rege suas vidas, coitados, sem saber que, no fundo, sintetizam o minúsculo espaço que malemal ocupam no mundo,

              há que se dar algum desconto ao nosso amigo, não acha?,

às vezes, temos surtos violentos de lucidez,

ele rugiu e atacou a totalidade precária da própria criação, descontrolado, expulsando-a não do paraíso de um ateliê – tal como a condescendência de rebeca denominara –, mas do pardieiro infernal onde estavam amontoados os cacarecos imprestáveis de sua *criatividade*, pffff,

jogou fora as floreiras de pvc, atirando-as no quintal de uma casa vazia, ao lado, não sem antes quebrá-las ao meio, com socos e joelhadas,

sobrou só uma inteira, nem viu que machucou a mão,

espedaçou os paletes a pontapés, depois, e, não contente com o resultado, saltitou no estrado enquanto xingava, em voz alta, a ideia pequeno-burguesa das mesas de centro, inapropriadas para copos ou pratos de petiscos, por exemplo, para quem pegou no pesado e está com as cadeiras escangalhadas,

...a não ser que uma empregada doméstica empilhasse, até certa altura, os livros de arte que esses filhos da puta colocam sobre o móvel, fingindo erudição, ai-ai,

entre dois séculos, arte brasileira na coleção gilberto chateaubriand, **história da arte,** h. w. janson, **arte moderna,** giulio carlo argan, **a história da arte,** e. h. gombrich, **coleção mário de andrade,** artes plásticas, ieb/usp,

não, ainda não, minha filha, ...pega também os dois volumes da **história social da literatura e da arte,** a. hauser, ...pronto, deu a altura, pode colocar as bolachinhas de papelão, vai, vai logo,

mas não pega as que eu coleciono, caramba!,

...isso, só as repetidas,

filhos de uma grandessíssima puta!,

                        uma vizinha trepou ao muro para espiá-lo,
curiosa daquele improviso revolucionário,

           ou daquela briga de casal, tanto fazia,

                 escondeu-se atrás de um mamoeiro e ali ficou,
imóvel, meio de lado, feito uma figura rediviva de tarsila do amaral,
inconscientemente temerosa, talvez, de uma nova antropofagia lindeira,
ouvindo quietinha, quietinha os altos despautérios todos de um sujeito
desempregado, doido varrido e, agora, também espatifado,

                   quer cair, desgraça pelada?,   *então toma!,*
(usa uma das poltronas de pneus como improvisada marreta)

quer mais, lazarenta?,   *toma!,*

       as lascas voando, espalhadas pelo quintal,

             bem,   ele estourou, é certo,   no entanto,
não explodiu seus haveres por inteiro,

                 o ódio foi passando,

                         passando,

quando parou, bufava, mas tinha um último objetivo,

    um comportamento que desse algum sentido à destruição de repente arrependida,

    ajeitou o que pôde das peças de metal numa carriola e as revendeu por quilo, no mesmo ferro-velho onde as comprara, mas agora trinta ou quarenta vezes mais barato, recuperando insignificante parcela daqueles trocados, enfim, inexistentes, conforme lhe contei,

    de onde se tira ponderada e produtiva lição de verdadeira ciência econômica, esta sim, histórica,

    prejuízo do outro...,   meu lucro,

    o vasconço das ciências econômicas, procópio, é a geringonça empurrada com o freio puxado de um suor que alimenta de sal todas as bestas descabrestadas que andam e desmandam pelo país,

aqui na cidade, mesmo, contam de uma família de políticos, pai e quatro ou cinco descabeçados rebentos que fizeram, da canalhice descarada e infrene, a plataforma eleitoreira da vida política municipal, de onde saltaram para assaltar os cofres públicos e a dignidade dos cargos que mal ocuparam, destruindo as instituições civilizatórias que, para não faltar com a verdade, nunca andaram muito bem das pernas por aqui, dando àquele patriarca, na década de 20 do vigésimo século da era cristã, a designação vanguardista de ***pai dos putos***, obnubilando por gerações a expressão genuína da maternidade profissional, até hoje tem gente que repete, por aí, que fulano ou beltrano é um grandessíssimo *pai dos putos*, sem saber da curiosa etimologia bairrista da ofensa,

não, não, sumiram de repente, todos, do dia pra noite, se é que apenas não retornaram às trevas e foram esquecidos, para regozijo dos tradicionais filhos da puta, que voltaram a ocupar seus lugares até então usurpados pela família cujo sobrenome se apagou da história, com a graça de maria madalena e as amaldiçoadas palavras d'***o grande grimório***, segundo a fé dos cronistas mais ou menos religiosos, que ainda viam, no chefe do sórdido clã, a reencarnação de antonio venitiana del rabina, obrigado a dar as caras, neste nosso pobre brasil, como um ignorante contumaz, somente para pagar a desbocada e europeia passagem anterior..., kardecismos, né?,

dizem que eles ainda voltam, vai saber,

não, uns afirmam que foram mortos pelos comparsas,

...jagunços ou iniciados,

outros, que só fugiram do país,

...não fique bravo, procópio, calma,

já lhe disse que todos os desvios fazem parte do caminho,

bem, bem, bem..., já que fomos por essa vereda, rebeca ficou preocupada com a gerência que o marido assumira de vez, a partir dali, na oficina do diabo,

não disse nada, entretanto, até porque, patrão por patrão, o demônio não era muito diferente de todos os outros chefes que ela conhecia, experiência que lhe recomendava pôr de molho as barbas que as cabras não deveriam ter,

fossem as da peste, secas,

fosse *aix*, do milhar na cabeça...,

enfim, acha que a esposa falhou, quando viu o marido daquele jeito?,

...de bode, como se dizia antigamente, poxa!,

porque tomás se agarrou àquele ofício com afinco, foi coçando, coçando...,

ao cabo, não resistiu e, seis ou sete meses depois de borrar as cuecas no munir e picar a mula, deu pra trás, suspendeu as calças e saiu correndo a pé, mesmo, tilintando as esporas inúteis na direção de azelina, *aquela galinha filha da puta, biscate lazarenta* que, no entanto, metera as mãos nele com muito gosto e, ainda por cima, por baixo e de ladinho, lambera como ninguém os seus ovos de ouro, única fortuna que lhe restara, diria um piadista qualquer, sabedor de que os ferros-velhos não valem pão nem tostão e, muito menos, compram a carne de sucatas a quilo, sim,   ele tinha parado de frequentar o álibi protestante, já que o ateísmo da relação com a ex-amante enterrara deus no mesmo vale de sombras que sujara as suas peças nada íntimas,   mas deu azar e, pior, deu de cara com o pastor, ministro que não se esquecia das promessas dizimistas e azucrinadas com tanto vigor em suas orelhas, como você há de se lembrar,

     sociobiologia, procópio,

         quando o pinto endurece, repuxa as cordas vocais, que piam mais grosso ou mais fino, dependendo da ocasião, quase sem querer,

   ...outro modo de se cogitar as urgências sociais e amorosas,

      do ponto de vista evolutivo, à vista e aos ouvidos disso, a altura e a densidade dos clamores e temores mais graves – porque a maioria deles em momentos bem agudos, como você já pôde perceber – nunca significaram vantagens ou desvantagens reprodutivas, uma vez que a seleção a que um homem casado se submete, quando se pavoneia em público, talvez nem valha a pena,

        ...espere,

          eu explico,

(levanta-se, sai da sala e volta correndo)

disse-lhe que não pegaria mais nenhuma obra, mas devo me desdizer pela boca de nosso velho darwin que, ao explicar o hibridismo como um acidente – e este caso envolvendo tomás, rebeca e azelina me parece complementar às ideias do naturalista britânico –, começa do seguinte modo, ó,

(abre o livro numa página com marcador)

De modo geral, os naturalistas admitem...,

...sim, procópio, tem sentido,

bem, uma nova ciência que formasse artificialistas quiçá oferecesse ao mundo um pensador neocolonial, pobre, terceiro-mundista, homem que pudesse escrever um esperado segundo tomo da obra, a saber,

A INVOLUÇÃO DAS ESPÉCIES,

por enquanto, porém, havemos de nos contentar com esta primeira parte do autor inglês,

(recomeça a ler)

De modo geral, os naturalistas admitem a ideia de que as espécies quando cruzadas passam a ser dotadas da característica da esterilidade, a fim de que se evite uma confusão entre todas as formas organizadas.

a observação de darwin pode valer, para qualquer entendedor medíocre, uma compreensão além da conta de todos os atos até aqui descritos,

ou, se preferir, então, uma consciência ao menos linguística de tudo o que houve com eles, já que se sabe muito bem o fim da história,

...apreensão estendida como um pano de fundo puído no varal arrebentado de vidas mal encenadas,

...o brasileiro, né?,

sim, o leitor invariavelmente escreve o que lê, do mesmo modo que a plateia encena ao que assiste, e assim vai,

mais um pouco daquele bom e velho senso comum, eu sei...,

o professor astolfo, certa vez, deu de bobo comigo, quando eu tratava do assunto,

não fiz por menos e sapequei-lhe aquele manjado, mas clássico, trecho de proust, *en réalité, chaque lecteur est, quand il lit, le propre lecteur de soi-même,*

o janotinha fingiu não entender, perguntou-me que língua era aquela,

      sorri, peguei papel, caneta e escrevi a frase,
em francês, traduzindo-a, com a voz baixa da discrição mais hipócrita,
assim que ele espiou a folha, no meio de todos,

      o lazarento disse que *conhecia o clichê, claro,*
mas era *monoglota em trava-línguas de enxacocos,*

      os puxa-sacos começaram a rir, mas
caprichei na sobranceria, retrucando-lhe que a pancada dos carimbos
franceses, em papéis vagabundos, fragilizaria os ouvidos mais sensíveis,
desacostumados de trabalhos estafantes...,

   e sorri, contido, caprichando na leviandade dos cantos da boca,

      depois disso, procópio,
vi-me obrigado a aprofundar o meu ponto de vista, sem lhe conceder o
tempo para a mínima tréplica, escarafunchando a história do brasil para
vê-lo boiar na própria mediocridade universitária,

     ou na especialidade estéril dos *savants*, vá lá...,

principiei meu salivado ensaio citando borges, que, não obstante sua portenha ojeriza pela autoconsciência da literatura francesa, aproveitara-se também daquele gigante gaulês, em sua "arte poética", tese para lá de óbvia, dada a sua proverbial memória,

e recitei,

A veces en las tardes una cara
Nos mira desde el fondo de un espejo;
El arte debe ser como ese espejo
Que nos revela nuestra propia cara.

completei a heroica e decassílaba comparação afirmando-lhe que haveria, por aqui mesmo, exemplos também condizentes, ainda que menos poéticos, bastando descansar os tímpanos de uma alienação que seria compreensível para quem não soubesse o que é, de fato, a vida aos berros dos pobres...,

ele fez uma careta, cujo sentido distorci gargalhando, enquanto abanava as negativas com a cabeça meio torta,

fiz questão de aumentar o tom da voz, a pretexto de que todos me ouvissem **"*com clareza*"**, refrisei,

e tomei o centro da sala,

na década de 30, por exemplo, a exortação cívica de villa-lobos, para um surdo de qualquer natureza social, foi espetáculo pianinho, pianinho, muito embora doze mil vozes se esgoelassem em nome de uma educação que personificasse o estado, acham que tem cabimento?,

...o que o professor pensa disso, hein?,

ele não soube o que dizer, pois não conhecia o episódio,

retomei a palavra e, depois de lhes explicar tudo, concluí,

em suma, sempre acreditei em cantos orfeônicos sem regentes, meus amigos, o que, de certa maneira, a aula de hoje exemplificou muito bem...,

sentei-me, em seguida, quieto até quase o fim da noite, fazendo de meu silêncio a perplexidade daquela grave falta formativa, que eu desenhava nas linhas do rosto, em muxoxos de rugas e esgares, cada vez que o professor passava os olhos rapidamente por mim, sondando-me, enquanto desfiava umas patacoadas eruditas quaisquer, remendos que lhe pudessem vestir os propalados conhecimentos superiores, a despeito da ignorância nua e mal cosida que eu tão bem lhe desnudara,

todos perceberam, claro,

                              quando se levantavam para sair,
entretanto, depois de uns quarenta minutos de chatice teórica, pedi a
palavra e retornei à questão, a meu modo,

                              lembram-se da lurdinha, da usinagem?,
sim, ela mesma...,

            teve um câncer, arrancaram-lhe as cordas vocais, sei lá,

      ficou muda,

o coral de que participava, então, dava-lhe uma voz que nunca tivera,

fiz uma pausa dramática, respirando fundo,

                  ...mas opa, opa!,   um minutinho, gente...,

pronto, era a minha vez de olhar firme para ele,

                                          aí nada feito, né?,
fora da partitura, pra vocês, a voz do povão desafina até em silêncio...,

e terminei, apontando para os operários,

sozinho, quem se fia no gogó se enforca na língua, meus camaradas!,

virei as costas e fui embora sem dizer mais uma vírgula, ecoando vazios e sombras,

só em casa, deitado, veio-me o aforismo que procurava,

uma pena...,

de todo modo, levantei-me para anotá-lo,

cachecol é desculpa esfarrapada, quando o pomo-de-adão é maçã-de-eva...,

e, já que estava em pé, mesmo, anotei logo outro, como se ainda falasse aos meus amigos, calcando o lápis e desfiando o provérbio anterior, antes de ir mijar umas gotas, pra me aproveitar daquele pulinho da cama,

coragem política, meus irmãos, é o peito aberto nas ruas!,

hoje, creio, escreveria mais um, para o estepe das contestações,

casa de camisa sem botão, em casa, é a própria covardia em pelo...,

mas não os disse,   não os escrevi   paciência...,

                       as melhores respostas vêm depois?,

     não,   guarde-os pra você,   ...pode levar,   tenho cópia,
quem sabe não cruza com o ubiratã, na rua, qualquer dia desses, hein?,

calma,   você vai entender o porquê de darwin,

                sim,   sim,   volto pra não me revoltar de vez,

     porque...,   veja bem, procópio, neste caso que lhe reporto, meu amigo, o cavado esconderijo pseudocalvinista de tomás terminaria por expô-lo à mentira amorosa de seu teto de vidro, impostura em vitrais vagabundos de um templo localizado para além das plagas onde judas perdera as chinelas havaianas...,

         na verdade – se me permite mais um pequeno desvio, dentro do desvio –, uns vidrilhos coloridos que os obreiros da igreja encomendaram na vidraçaria de um dos infiéis do templo, homem que entregou a conta do serviço nas mãos do líder espiritual, para espanto de toda a congregação, há que se lembrar, para sua defesa, que também instalou três boxes de vidros temperados na casa do chefe religioso, o que bem pode tê-lo feito se desobrigar de qualquer ação ou unção benemérita...,

ora, ora, já que teria de cobrar pelos banhos, enfiou na soma a pilha de vidros coloridos que teve de cortar e aplicar nas aberturas do salão onde se davam os cultos e batismos, obedecendo ao desenho infeliz de algum brunelleschi zambeta,

...local nomeado com pompa, inclusive, como

O PEQUENO TEMPLO DE SALOMÃO,

fato é que, por pirraça, o pastor começou a pagar aquele arremedo fajuto de improvisada catedral protestante, bem como os boxes de sua casa, portanto, com as contribuições dizimais que o vidraceiro lhe entregava semanalmente, acredita?,

sim, deixou todos os obreiros avisados,

o coitado chegava e era obrigado a esperar o religioso numa saleta sem janelas, cubículo provável de acertos mais ou menos obscuros...,

era assim, o trabalhador pingava, nas mãos do líder, os alegados dez por cento de seu suor, ao tempo que o pastor puxava a conta do bolso da camisa e reduzia o débito, na hora, devolvendo-lhe as mesmas notas que recebera, nem um centavo a mais, nem um de menos, por fim, eu soube que, num dos cultos, o piedoso arrebanhador, como se autodenominava, pregou a necessidade cristã de se pagar as dívidas sem demora, emendando a reprimenda geral à queda na arrecadação das oferendas, obra silenciosa de satanás,

segundo testemunhas, encarou várias vezes o vidreiro, que entendeu aquele recado pra lá de translúcido e, no acerto seguinte, levou a totalidade do dinheiro que o pastor lhe devia, pensando com isso livrá-lo e, ao mesmo tempo, livrar-se de uma dúbia conta que estaria indevidamente atrelada ao dízimo que ora lhe adiantava,

pois bem, o pastor pegou o dinheiro, enfiou-o no bolso das calças e não lhe devolveu mais nada, a não ser as palavras secas e sem valor de sua felicidade por vê-lo ciente da última prédica,

...saiu da sala batendo as patas, com força, enquanto o pobre vidraceiro, boquiaberto, abanava as mãos vazias de um inesperado prejuízo terreno,

claro, claro, poderia descontar tudo nas oferendas seguintes, mas quem tem peito de topar com deus, hein?,

não sei se é verdade, mas contam que, do lado de fora do templo, ainda ouviram o pastorzinho desvirtuar um velho ditado com gritos terríveis, talvez premido pela pateada no corredor, inadequada à pelica de seus calçados, vai saber,

...urrou num volume condizente para ser ouvido além das paredes, estas sim, uma orfeônica legião,

...não tem jesus me dói!,

comigo não tem jesus me dói, não!,

voltemos agora à condição precária e oscilante de tomás,

        isso,   contei o caso para lhe mostrar o naipe do pastor, sujeitinho afeito aos blefes sociais,   ...homúnculo capaz de espalhar, pelas redondezas, os podres e verdes daqueles que caíram de maduro nos pecados mais ou menos saborosos da carne,

        e, de quebra, até mesmo no das frutas e hortaliças, se me permite alguma *libertimagem*...,

        o pandilheiro safado está por aí até hoje, solto,

        tem programa na rádio-clube,   é dono de escola, agora se diz "bispo",   pffff,

        BISPO OTAVIANO RATÃ,

sobrenome, aliás, biologicamente justificado para quem souber ler as bem trançadas entrelinhas deste livro aqui, ó, veja, procópio,

sacolejo o pobre darwin pelas orelhas como só o *hms beagle* o fizera, no longínquo século xix, em tempestade que enfrentou na costa brasileira,

em salvador, se não me engano,

pense comigo,

bom historiador é aquele que percebe as conjunções fortuitas dos acontecimentos, as rimas ao acaso da prosa, porque as intencionais estão aí, estão aqui, todas esfregadas duas vezes na sua cara, caramba!,

...aliás, *cara caramba, cara caraô!,* como bem apregoa o chiclete,

mesmo porque, com o perdão de almira, gordurinha e jackson, a banana se dissolve na boca, enquanto a goma nos condena à mastigação perpétua, imagem que vale um tratado de geopolítica, não acha?,

no caso, inclusive, não faltavam cristãos, umbandistas e ateus que viram tomás entrar pisando muito de leve na residência de azelina,

...e a voz do povo é a voz de deus, como repete o vulgo, sem confessar, porém, que a língua é do tinhoso, em português pra lá de bifurcado, o pastor sabia disso, não apenas por conveniência metalinguística, porque a parte central de seu ministério era mesmo bisbilhotar a vida dos fiéis e, ainda mais, a dos infiéis, engordando uma poupança de pecados que lhe renderia os juros maiores, até secar o principal...,

    palavra de malaquias,

        graças a deus,

            ...mas nada de graça aos homens!,

    bem,   reatando as pontas juncadas dessa história, foi com esse filho da puta, desgraçado e lazarento que tomás deu de cara quando procurou azelina, depois de longa e tamanha ausência, amorosa e litúrgica,

    era num domingo, à tarde,

sumido, hein, meu filho!,

(fez questão de gritar, mesmo passando rente a tomás)

    será que o missionário descontava, no pecador, o ânimo antigo de uma agora errática e também cabisbaixa apostasia?,

    tomás pulou pra trás, quase caindo de costas, assustado, como se desse com a cara no muro das lamentações, arrebentando o nariz nas pedras de salomão, uma delas, aliás – apenas uma lasca calcárea, segundo fidedigno texto apócrifo –, foi herança de seu pai, o rei davi, que a guardara como amuleto de um reinado vindouro com o qual sonhava, quando se meteu a besta para fugir ao destino de jessé, avô pé-rapado de seus filhos ainda longe de nascerem, é verdade, mas provavelmente já adivinhados em profecias, como sói aos vencedores de toda laia, quando virgulam, no futuro, a história repassada,

djanira assim o fizera, séculos e séculos depois, com aquela pedrinha verde que parecia um sapo, tão querida e deixada dentro de seu caixãozinho branco, muiraquitã do amor indescoberto, lembra?,

sim, a mesma pedra que arrebentara o crânio daquele filisteu gabarola e, engastada depois pelo sábio rei, em pessoa, nos muros do primeiro templo, quase também deitara ao chão, passadas muitas eras, um operário de merda, desempregado, proletário miúdo que ousara ser mais que o urias de si mesmo,

...sempre que se lembrava dos moleques clamando pelo pai, no meio do pasto, um deles vertendo o sangue de um preciso golpe de azar, sentia aquele frio regelado na barriga,

tomás queria crer que a sorte pudesse nascer de acumulados azares, o que me leva à conclusão, hoje, de que a repetição histórica hegeliana, procópio, acrescida dos gêneros dramáticos correspondentes, de acordo com o célebre remendo de marx, estampa com habilidade as entrelinhas não literárias dos incontáveis dias suados da ralé, pressuposto filosófico pouco alinhavado pelos críticos, pelo menos em relação àquele clichê de refinado crochê – técnica oriunda de uma pré-história europeia, de acordo com alguns pesquisadores do artesanato e das altas literaturas,

...como se aplicado ao bolso, sobre o peito, num dia inespecífico, mais adiante, em brim que não fosse aquele grosseiro, vincado pela vida, por atos que farão propósito muito depois, o que esgarçaria este caso em várias direções,

porra, não estamos obrigados ao trabalho sem sentido, se é que seja possível entendê-lo em qualquer rumo existencial,

por isso é preciso saber dizer "não",

e "não" é ene, a, o, til,   com ponto-final,

ponto baixíssimo, de bico fechado, verdade seja calada...,

olha,

se me permite reacender o forno de conhecida observação oswaldiana..., na padaria das ideias brasileiras, ai daquele que não sovar e ressovar a massa das teorias alheias, mesmo quando postas, expostas e repostas em sonhos, roscas e caramelizados torneios verbais...,

tontices?,

o diabo na rua, no meio do redemoinho...,

então, o *mó* trabalho, na mó dos dias,   ...mas pra quê?,

sim,   a obra,   ...ideias confusas em pães, bolachas e biscoitos, não é fácil,   é indigesto, até,   sei disso,

o diabo dentro de casa, diabético,   isso sim,

...a cultura?,

quando a massa vem assada, mas crua por dentro, biscoito fino é pé de moleque descalço!,

portanto...,

ora,   a história dos brasileiros pobres, meu amigo, é a mais trágica,

    farsesca,

        engasgada...,

                e repetida n vezes, o que é pior,
com o perdão germânico daquele ideólogo do absoluto,   ...pffff,

       ela não se resume àquilo que um prosador barrigudo,
francês ou brasileiro, chamaria de "comédia humana" ou "marco zero",
por exemplo, em seu sentido mais amplo, claro,

    bem, reconheço a importância das obras enxundiosas,

      ...porque precisamos arrebentar os padrões fincados
na farinha arenosa das praias de uma terra que será sei lá qual país,

    ...ora,

entre as trincheiras, uma terra de todos começa como terra de ninguém,

   opa!,

       posso elencá-los, quer ver?,

a saga dos desvalidos,

                    hagiografia ao avesso dos que pagam o inalcançável com a pele dos joelhos, esfolada legenda plúmbea,

        ou, simplesmente, o conto desses vigários e pastores...,

                              sim,   os porres memoráveis,

causos e acasos de favelas,

                becos sem saída, cortiços,

                      os colonos de fazendas aos pedaços, equilibrando a inteireza difícil da dignidade,

                esses ditados para analfabetos de cor e salteado, em caminho nada suave, donde os grossos dicionários de locuções, obras de referência para homens bem empregados,   ui-ui,

      e o chiste com os infortúnios,

            as adivinhas de uma vida melhor,

                ...ou das desgraças, desprevenidas e mal remediadas,

...os mitos de medo e felicidade,
meu amigo, compondo em surdina a teogonia daqueles que cortaram um dobrado pra sambar miudinho, neste país,

pra tirar um repente dos motes da desgraça,

repito, a minha teoria é o resultado prático de homens cuja evolução ao grunhido, assim relativizada, será o discurso possível de uma futura sociedade,

dito de outro modo, não há esperança em idiomas cujas regras gramaticais e semânticas definiram o conceito do que seria a esperança,

...os olhos do cu de todos, arreganhados pela alienação, no fundo daquela mítica boceta, isso sim,

será preciso inventar uma gramática particular, inapreensível, procópio, vazia até mesmo para o indivíduo que a externar de algum modo necessariamente insabido,

nem chomsky, nem montague,

entendeu agora?,

não, não é tão difícil assim,

um dia aprenderemos a cerrar as pálpebras para enxergar,

rebeca intuiu tudo, tenho certeza,

                    por isso recriou-se, com ele, de um modo ininteligível,
abandonando a resposta, na parede, tal como você a leu na imprensa,

                                calma, procópio...,

    pare de se parecer comigo, homem!,

                                      é tão difícil assim ser você?,

olha,   ...deixe as pálbebras caírem,

                as nossas cortinas por átimos,

                              veja,

      escute só um pouquinho a nossa mais funda escuridão...,

tomás levou um susto com o grito do encarregado religioso, mas não gaguejou as desculpas, discurso de quem se especializou em subalternidades,

(chega,   a partir de agora, só serei capacho de gente descalça...   e olhe lá!)

ele respondeu baixo, manso, apenas para abafar com altivez a inadequação do tom exortativo daquele *pastor morfético, desgraçado, lazarento,*

...*sumi, sim,   desisti de deus,   estou com o saco cheio de deus,*
(o religioso arregala os olhos)
não diga isso!,
já disse...,   e repito,   estou com deus por aqui, ó,
(risca a garganta com o dedo, devagar)

o pregador não gostou da encenação profana, mas achou por bem calar-se,

ninguém, mais do que ele, conhecia a ambiguidade dos gestos sociais...,

tomás percebeu o desconforto do sem-vergonha e pontuou a bravata com novos sentidos,

...minha avó mandava bater na boca, pastor otaviano, o que eu achava besteira desde menino, juro, porque o pensamento que expulsou a voz continua lá dentro, encacholado,

as palavras não voltam pro lugar de onde nunca saíram, entende?,

(o religioso nem se mexe)

bem, minha avó supunha que, empurradas à força, com umas boas bordoadas, voltavam, né?,

(tomás ri de leve, sem mostrar os dentes, ressoprando o vento pelas narinas, mais dilatadas que o normal)

o pastor, como bom cristão que encenava ser, sentiu que era hora de retomar o martelo daquela pregação, bracejando um movimento que tivesse um ar bíblico qualquer,

meu filho, meu filho..., (faz uma exagerada pausa) o mais miserável dos homens ignora que desgraças ainda maiores estão por despencar dos céus, na cabeça do ímpio!,

...tenha consciência disso!,

nosso amigo sabia que as veladas ameaças daquele safado eram tão somente monetárias, sentenças que visavam a uma política econômica que levasse à prosperidade, é certo, mas em bonança restrita aos bolsos pastorais, claro,

...aliás, umas algibeiras costuradas fundas, a seu pedido, com esmero, na alfaiataria do chiquito, na esquina de baixo da praça do rosário,

enfiava as notas graúdas nos bolsos, quando fazia a triagem das oferendas, no fundo do templo, depois da arrecadação, temeroso de que algum obreiro tivesse aprendido a lição weberiana daquela parábola dos talentos, desenvolvendo, isso sim, o solerte talento da prestidigitação dos infiéis que saberiam evitar, desse modo, o pranto e o ranger de dentes da miséria mais trevosa...,

sim,   os ternos sob medida, numa padronagem *pinstripe*, conforme seu duvidoso gosto, não por acaso semelhante ao dos mafiosos mais conhecidos,

as *iludências* da religião, né?,

(passa as costas do indicador duas vezes nas ventas, que começavam a escorrer)

...o senhor quer dizer que eu vou ser castigado?,

(seca o dedo na camiseta)

não, não disse isso,   ...mas que deus suspende as bênçãos destinadas aos homens, quando não cumprem à risca o que lhes foi determinado pela divina providência,

ah...,   o senhor quer dizer que eu vou sair perdendo?,

não!,   de novo, não!,

...digo que as graças hão de demorar,

...o que é bem diferente,

que graças?,   larga a mão de ser besta, pastor!,   deus é um mau piadista,

estou esperando,

esperando, esperando...,

olha, ele escreve torto de sacanagem, metendo quatro, cinco, seis pontos nas reticências angustiadas dos pobres, só pra ver os prazos do desespero mais dilatados.....,

......ou mais lasseados, não sei,

porque o pobre, pra tirar do rego as calças enfiadas, pastor, nos momentos mais difíceis, abre as pregas da bunda com uma agachadinha disfarçada e repuxa os panos do cu com os dedos, em praça pública mesmo, que é que tem?,

...o senhor não sabe disso, né?,

calma, filho,   deus há de...,

que calma, o quê!,

(lembra-se da luminária e da banqueta que vendera à esposa do juiz)

olha, pastor otaviano ratã...,

(fala o nome do religioso bem devagar)

...foi só cair fora da igreja que ganhei uns trocados,

a prontidão do acaso supera a apatia de deus, é o que é!,

(o ministro engole seco)

que coisa, hein, procópio!,   um deles mentia com algumas verdades,   o outro, com a grande mentira,   e foda-se o resto,

eu não vejo diferença, juro por mim!,

até porque sempre disse as minhas sinceridades com um punhado de curvas,

...mas o desvio de um desvio bem pode ser, ainda que por acaso, o mesmo reto e longo rumo de um caminho que o incauto supunha atalhar, compreende?,

a inteira existência, porque sempre narrada, a despeito dos silêncios?,

o pastor se arrependeu,   algumas pessoas paravam para ouvi-los, supondo um arranca-rabo qualquer,

por isso mesmo, decidiu encerrar logo o assunto, não sem antes contragolpear o adversário de modo a sair vencedor daquele embate terreno,   ...ou teológico e financeiro, como preferir,

meneou a cabeça e fechou os olhos, pendulando uma esquiva,

tremeu os lábios, como se orasse por sete, oito segundos – ou recebesse alguma instrução do *corner* infernal, vai saber –, tempo imprescindível para recuperar o fôlego do *knock down* sofrido...,

depois, colocou a mão direita no ombro de tomás e falou baixo, simulando uma confidência que resvalava, pela inflexão, num iminente e incontornável espalhafato, digno de seu sobrenome,

entendo você, meu filho...,

não é fácil superar um aborto,   ...mas deus é perdão,

(e completa, com um gancho de esquerda, certeza da vitória por nocaute)

...nosso PEQUENO TEMPLO DE SALOMÃO está aberto para o conforto espiritual de vocês, viu?,   ...dos dois,

...ou mesmo dos três, que deus há de ter acolhido em seus braços o espírito desdenhado daquela pobre criança,   ...aleluia!,

o pastor começou a tremelicar de novo, então, e despejou nas orelhas de tomás uma glossolalia bordada com a sutileza dúbia de sílabas mais ou menos desentendidas, porque esgarçadas,

...na condereremaná saconde nené canto, que mené né né façá!, tomás caiu em si, desacordado, enquanto o pastor se afastava, levando consigo a espada salomônica com a qual arrancara, do bucho de azelina, a metade do filho desconhecido...,

e, ainda, com o mesmo golpe – transcendido o tempo das desgraças –, talvez lhe decepasse também a esposa, carne de sua carne fraca, pensou,

sim, a pergunta ressoava doída, na cabeça, um zumbido de palavras,

azelina abortou um filho meu?,

o gongo repetido das angústias,

(enfia o mindinho numa das orelhas e limpa o cerume nas calças, inutilmente)

não pode ser,

supôs que tudo uma invenção daquele pastor dos infernos,

ele descobriu o romance, isso, foi isso...,

ficou sabendo que a minha fé era um gibão de couro para pular, sem arranhões ou dízimos, a cerca farpada de um casamento embrenhado nas caatingas espinhentas do tédio e da falsidade...,

e, pronto, ficou puto comigo,

...com inveja da manipulação que eu fazia daquela matéria que ele, senhor de si, imaginava dominar sozinho,

(fecha os olhos)

a dúvida latejava mais e mais,

será que ela abortou, mesmo?,

de novo, aquele conhecido frio na barriga, triste,

...rebeca não merecia isso,

(senta-se na sarjeta)

um filho?,

abaixou a cabeça,

precisava pôr as ideias no lugar, mas as afirmações aceites negaceando os sins, corrupiados,

um filho...,

enquanto as negativas contraditas giravam-no em nãos assertivos, como se o filho invisível pudesse ouvi-lo,

perdoá-lo,

não, filho,   não...,

fazia tempo que não zonzeava tanto,

...ou o mundo brecando o giro só para sentir, na carne de sua terra, o gosto da queda feia dos mais fracos?,

preciso saber...,

levantou-se e correu para a casa de azelina, sem os disfarces de caminhos quebrados por outras esquinas,

se os horários não tivessem mudado, nem o hábito, a mãe estaria na igreja,

no caminho, lembrou-se de que também sua mãe, carola segundo as prementes necessidades, fizera-o decorar uma súplica de submissão *do cardeal mercier,*

depois da crisma,

...ele começava a andar com umas *companhias não muito boas,* segundo diziam, *ó, espírito santo, alma de minha alma, eu vos adoro, esclarecei-me, guiai-me, fortificai-me, aconselhai-me,*

...foi se lembrando aos poucos, enquanto se aproximava da casa de azelina e apertava o pé, frase ante frase,

questionava-se, em vão...,

o todo-poderoso, caso existisse e não fosse desalmado, como fazia gosto de parecer, protegeria os ateus, sem alma alguma?,

e, por intuído milagre, omnisciente, quereria também o desfeito, após um acontecido indesejado, mesmo sem as promessas?,

dizei-me o que devo fazer, dai-me as vossas ordens, prometo submeter-me a tudo o que desejardes de mim e aceitar tudo o que permitirdes que me aconteça,

procópio, você acha que deus sacia a sede dos oprimidos com a água que faz bater em suas bundas?,

...fazei-me conhecer somente a vossa vontade!,

vontade..., pfff,

a memória é um exercício de refinada invencionice,

        e o desejo, um empurrão que tomamos nas costas,
quando esquecidos à beira abismada dos fatos,

ah, procópio,   se deus lhe cobrar, depois, ponha tudo na minha conta,

    pode pôr!,   não tenho medo...,

faço com muito gosto a despesa descrente das inadimplências,

em resumo, porém com todas e nenhumas letras, ao mesmo tempo e em tempo algum, esse *deus é omnínscio, omniabsitário e omninopsiátrico*, como certa vez eu disse, encarando seriamente as fuças do padre ornelas, que ficou mudo, por desconhecer os significados – entretanto ali, silabados, existidos e inexistentes em sua rotunda e vazia totalidade lexicográfica...,

escutar seria um pecado de cômoda preguiça?,

        bem,   dependendo da bobagem que se ouve,
a apatia é um caminho de conduta pra lá de suspeita, sim,

        um pobre deve saber se defender até do que não fez, cacete,
se não quiser acabar dependurado num pau de arara dos infernos, no fundo da delegacia ou nos porões do paraíso...,

olha,   se eu estiver errado, meu amigo, eu me acerto com ele, já falei,

foda-se,   peço nova encarnação,

...mais gorda, claro,

família rica, umas rendas,

a promessa de dízimos dobrados,

...ou triplicados, caso a providência não passe mesmo de uma previdente agiotagem, com prazos de acertos e datas vencidas que duram e amarram uma existência inteira, conforme os clássicos mais ou menos sagrados,

juro sobre juros, meu caro,

mas não de pés juntos, senão soltos por aí, aproveitando o lapso da existência,

não,   deus não dorme em nós...,

...o cardeal mercier influenciou o concílio vaticano II, indiretamente, com algumas boas ideias progressistas, sabia?,

talvez mesmo o pensamento de um dos quatro moderadores, o cardeal suenens, que, como todos sabem, foi um dos defensores do *aggiornamento* da igreja,

mas as ideias são maleáveis, como lhe disse, massa que fustigamos até dar o ponto, e tal ponto é, justamente, uma condição variável, dependente do calor, da umidade e do fermento político,

          nesse sentido, portanto, as mesmas ideias do cardeal désiré-joseph mercier seriam...,

    ...veja, o canto coletivo, por exemplo – e pense no que lhe expliquei a respeito da gritaria orfeônica –, bem como a carta pastoral em que tratou dos deveres dos cônjuges – e aqui evoco o que houve entre tomás, rebeca e azelina –, descambaram em movimentos carismáticos cuja centralidade se faz ouvir num tarapantão oposto ao silêncio preconizado por seus escritos, coitado,

    ...quietude, inclusive, fundamental para o homem se afastar daquela alienação opiácea de um delírio histórico-social,

   mas humanidade é aptidão infinda de enrolar pensamentos,

simples assim,

    enroscam-se as palavras no pescoço do contendor, e pronto,

sua própria voz há de sufocá-lo,

        e pau no cu do cardeal...,

não seja cínico, procópio,

        claro que isso vale pra tudo que falo,

qualquer imbecil pode pegar estas sílabas e balbuciar o oposto do que lhe digo, mastigando a minha baba saburrosa com a saliva peguenta de outras intenções,   ...você mesmo, agora, está fazendo isso!,

bem,   a maioria cospe desse jeitinho aí na cara dos crédulos – o outro nome da civilização,

...vai cagar, procópio!,

sei disso, porra!,

tem gente que fica balançando as pernas, inquieta,

eu falo mesmo, e daí?,   ...sou bocudo, sim!,

você não consegue ficar parado, caramba!,

mas gosta disso tudo, pensa que eu não sei?,

quem acompanha com os olhos vai junto, meu amigo, porque a razão deriva de um distúrbio,

...todo discurso, procópio, é a manifestação incontida de uma acatisia do *cazzo*, mesmo nos silêncios emudecidos da língua, quando as palavras sacolejam por dentro, gritadas entre ossos, lágrimas e dentes, tomás bateu na porta, discretamente,

        uma vizinha molhava uns vasos, com a mangueira,

    ele desconfiou de que ela os encharcava só pra ficar ali, corvejando,

        será que essa biscate sabe de alguma coisa?,

(lembra-se dos amigos da onça, na sorveteria do xaxado)

      gente assim é que abre o bico e dá com a língua nos caninos, monstrengo de duas caras,

é, procópio,

    a curiosidade reverdece ao redor e afoga as flores, no centro, mortas de tanta água,

(azelina abre a porta)

      nenhum dos dois disse nada,

olharam-se por algum tempo, tateando o espanto mútuo, até que..., *entra, tomás,*

          ele passou pela porta sem se encostar nela,

                  sentou-se numa das poltronas da sala,

outro forro?,

é,   mamãe disse que enjoou da estampa de margaridas...,

(mais silêncio)

ela...,

...guardando o santíssimo,   você sabe,   quer um copo d'água?,

não,   ...sim,   ...pensando bem, quero, sim,   só gelada,

(azelina sai para a cozinha)

quando abria a geladeira, tomás a abraçou por trás,

          ela soltou o copo, que se espatifou, espalhando os cacos,

olha o que você fez!,

eu?,

lógico,   parecia um fantasma...,

(ele ri)

...já foi abraçada por um fantasma, pra saber?,

(ela sai da cozinha, abre a porta dos fundos, pega a vassoura e a pá)

...já,   já fui, sim,   por você!,

(começa a varrer)

eu?,

é,   você,   quem aparece e desaparece de repente só pode ser um fantasma...,

(ele se agacha e pega um caco, enfiado embaixo do fogão)

...fantasma de quem morreu pela última vez, tomás,

                ...de quem morreu pra sempre,

(ele coloca o vidro na pá, sem olhar a moça)

vou pegar papel,

(ela sai da cozinha, quase correndo)

azelina não precisaria dizer que abortara,

                nosso amigo a conhecia bem,

    ele a conhecia melhor do que ela mesma imaginava se conhecer, mas queria ouvir de sua boca,

      não há confissão por outros lábios, nem por gestos ou silêncios, mesmo que os próprios, quando o espelho é só mais um estranho,

           sim,   sei que a imagem é antiga, mas, de novo, um daqueles clichês que se sustentam, porque sempre recomposto por outros e mesmos reflexos,

              o nosso amigo estaria contaminado pela memória suplicante da oração de obediência ao espírito santo, do cardeal mercier?,

    ...ou pela atenção desabusada e mexeriqueira da vizinha, hein?,

        tomás pegou outro copo e se serviu com a água da moringa, que ficava na pia,

        colocava-o na boca, quando a balconista voltou,

ué, não queria gelada?,
(ele vira tudo, passa as costas da mão nos lábios, coloca o copo dentro da cuba)

você...,   tem alguma coisa pra me contar, azelina?,

(com muito cuidado, ela embrulha os cacos numa folha da TRIBUNA DAS PALMEIRAS IMPERIAIS)

não,

...olha pra mim,

(coloca o embrulho no lixo)

poxa!, você desaparece...   e agora quer que eu olhe pra sua cara de pau?,

...não sou caruncho, caramba!,

tomás fez força para sorrir,
preparando o antônimo de uma seriedade ensaiada,

sabe,   ...é que ouvi umas coisas por aí,   de você,   de nós,

quer que eu diga que estou com saudadinhas, é?,

(fecha a tampa da lixeira)

você fez um aborto, azelina?,

(fica imóvel, à beira do cesto,   ...depois, decidida, volta-se e puxa uma cadeira)

senta,

...fez?,

diante do imponderável, o hábito?,

azelina lavou as mãos com detergente, abriu o armário, pegou uma leiteira, mediu dois copos americanos de água e acendeu o fogão,

tomás não conseguiu repetir a pergunta, deixando-a boiar nas reticências, que ficaram pingando ecoadas, na cuba,

(azelina aperta mais a torneira)

preciso mandar alguém trocar o reparo...,

a moça pegou a lata de café, o filtro, que colocou num suporte, diretamente na garrafa térmica, e despejou nele três colheres bem cheias de pó,

só então sentou-se, a duas cadeiras de distância,

fiz,   fiz um aborto, sim,

por que não me...,

...*ia contar, é lógico, mas fiquei louca de raiva,*

por quê?,   acha que eu...,

tenho certeza, tomás!,   agora é fácil bancar o macho, né?,

não diga isso...,

fiquei sabendo naquele dia em que nos encontramos, na loja do munir,

                                                                ...fui comprar um vestido,

queria ficar mais bonita pra contar a novidade,   *bonita pra você, tomás!,*

então o casalzinho entrou na loja, feliz da vida,   *...não sei explicar,*

                                        uma vivência distante de mim,

de tudo que viesse de mim, mas condensado em vocês, rebeca e tomás,

                                                         ...tomás e rebeca,

poxa!, você sabe que eu sou casado, azelina!,

não,   *não é isso, tomás,*

                    foi o desprezo,

                                 o medo,   *a sua covardia,*

(ele vira o rosto e olha o vitrô, arrependido por levantar a voz)

então, de repente, uma ânsia sufocada de fugir daquela casa,

       de quebrar o vidro martelado que borrava a vista adiante,

                 ...queria saltar, pela abertura, para o corredor estreito,
e correr de sua vida, ali disforme em contornos opacos, por causa da
luminosidade, lá fora, constrita entre muros e meses, erros e anos,

    a existência passando apertada, querendo dizer a si mesma que, embora o arrocho de tudo,

        ele viveu,

            vive...,

                 e viverá,

(ambos evitam se olhar, até que azelina se decide, com serenidade)

agora sou eu que peço..., *olha pra mim, tomás,*

        ele se virou contra a vontade, devagar, os olhos marejados, porque não queria que a inação desse à balconista a certeza daquele julgamento que ouvira, sentença que o condenava à falência perpétua de si,

  e disfarçou, procurando assenhorear-se, ao menos, dos arredores,

você precisa pedir à sua mãe que coloque uma cortina,

           ...o sol vai empenar a mesa,

ah, tomás..., *você não é capaz de suportar o peso das próprias lágrimas!,*

(a água começa a ferver)

ela se levantou e não o viu secar os olhos com as costas das mãos,

(silêncio)

azelina passou o café, pegou o açucareiro, as colheres...,

(mais silêncio)

encheu duas xícaras de chá,

toma,   você vai melhorar,   vai me entender,   ...dar graças pelo que fiz,

tomás se colocava no lugar da mãe, creio, mulher que enfrentara a miséria fugindo à altivez de um brio que a sociedade ainda preza como virtude comportamental,   pfff,

para criá-lo, abriu as pernas, sem pejo,

sem esconder de ninguém que ele era um bastardo com sobrenome,

um filho da puta com pai, vá lá, o que não o enxertaria num ramo genealógico qualquer, é verdade, mas o distinguiria, de algum modo, da braquiária dos pastos cercados destes brasis, ou mesmo de um touceiral de rabo-de-burro, que seja, há nesse tipo de família o avesso de uma hombridade que ele procurava entender desde que se deu conta do que a mãe passara, naquela festa dos seus 5 intermináveis anos,

ela, motivo de chacota para que o filho soprasse a porra de uma vela de aniversário, cercado de vizinhos mortos de fome,

        tudo para que o menino visse a fotografia de um bolo, depois, intuindo, no álbum falso da infância, um momento de alegria sem sacrifícios, tempo inexistido e, por isso, macio como o lençol que o cobrisse de um frio ressentido,

o que não foi, de repente sendo,

        ...segredo descoberto nas friagens da vida,

fala alguma coisa, tomás,
(ele respira fundo)

quem procura muito as palavras cospe gagueiras, você sabe, procópio,

...talvez   ...eu... eu   assumisse   a   paternidade   do   nosso...,
ah!, quem vê, pensa!,
        talvez é não, quando aliviado...,   *acha que eu sou boba?,*
    você desapareceu!,   **caiu fora!,**

eu não sabia da gravidez,

        ...sem contar que você riu de mim, perto de todo mundo!,

não!,   *mostrei os dentes de raiva,*

        ódio do seu casamento,   *da sua mulher,*

            ...ódio de você, tomás!,   **de você!**,

(ela começa a chorar,   *ele chora junto,*   *...abraçam-se)*

um minutinho que eu vou dar uma mijada, procópio,

        ...você não mija nunca, né?,

bem,   chega de conversa mole, meu amigo, em todos os sentidos...,

        eles conversaram,

despejaram o sal dos olhos,

    e blá-blá-blá,

        blá-blá-blá,

            blá-blá-blá,

                        não posso deixar de lhe dizer,
por isso mesmo, que o tempero lambido em rosto alheio condimenta com mais gosto as carnes...,

opa!,
    a lenga-lenga terminou numa rapidinha, lógico,

                                  mesmo porque estava
quase na hora de mamãe chegar da obrigação religiosa...,

        e aquele filho insujeitado,

                desvivido,

  morador do raio que o partisse – e por ali ficasse, no esquecimento –,
não haveria de empatar a foda de ninguém, ora, ora,

                      nunca mais tocaram no assunto,

...o silêncio que embale os mortos, procópio,

o jornal de oportunidades que circulava pela cidade espelhava de um modo sarcástico a TRIBUNA DAS PALMEIRAS IMPERIAIS,

tomás fazia parte da legião de leitores dos TRECOS E CACARECOS, exército de desempregados que fizeram o periódico, antes mensal, tornar-se o mais importante hebdomadário na história do município, empurrando a TRIBUNA, com seu século e tanto de história, para a sombra rala dos coqueiros da praça do rosário, onde alguns velhos leitores pingados gozavam também da água fresca de seus sobrenomes, caso algum antepassado papalvo, claro, não tivesse chutado o balde das heranças, o que aconteceu e ainda acontece bastante, por conta do atavismo de incontáveis casamentos consanguíneos, base histórica das elites agrárias locais, como se sabe,

a outra meia-dúzia de gatunos escorridos da TRIBUNA era composta por novos-ricos que posavam empertigados para a coluna social, sempre fotografados em festas e shows, bailes de debutantes e inaugurações, arreganhando os dentes que clarearam a ponto de um desavisado supor, com razão, que o sol, num despautério cosmológico, transformara-se numa imensa luz negra, semelhante àquelas que ainda hoje enfeitam o roça-roça gostoso, no puteiro da palmira,

...ou mesmo no covil das panteras, estabelecimento que se viu obrigado a aderir ao recurso fluorescente que, bem ou mal, consertava, na escuridão, os dentes e as pontes das piranhas mais feias,

e, falando nisso...,

sabia que chupeta de puta banguela, agora, é mais cara?,

não, não, produto recente...,

o mercado ganhou, inclusive, um novo impulso, confirmando o grosso intervencionista das teses neokeynesianas,

a própria palmira introduziu a novidade,   sim,   ...a empresária, em pessoa, desde que terminou o tratamento bucal num conhecido dentista da cidade, quando, ajoelhada, na frente do cliente, expôs, pela primeira vez, num rasgo de intuído empreendedorismo, as opções do cardápio, desse jeitinho, ó,

com dentes, 50 reais,   ...sem, 100,

o consumidor, desafeito às homofonias, e, de modo geral, ignorante dessas novidades libertinas, mas sempre curioso das mucosas insuspeitas, tem optado por pagar dobrado para vê-la arrancar a dentadura e abocanhar o serviço,

atitude que, no mínimo, renova o antigo adágio,

quem tem boca, mas não tem dentes, caso queira, vai para muito além de roma!,

...vai à puta que o pariu, até, de acordo com os puritanos e conservadores, esses praticantes bissextos de um papai e mamãe meia boca, com o perdão da metonímia,

roma, de trás pra frente, é **amor**,

...alegria e clichê de palindromistas e felacionistas, se me permite o trocadilhado neologismo com o vai e vem dos órgãos, aqui no município, ao menos, a frígida egolatria de hayek, von mises, friedman *et caterva* foi pras cucuias, goela adentro,

de todo modo, não sei se a informação procede, ou se é piada, porque ouvi que ela mantém os dentes numa das mãos, mordiscando a bunda do freguês, ora de leve, ora com mais vontade, enquanto engole o mangalho em questão, acredita?,

bem,   há tempos o comércio faz uso de brindes e presentinhos afins, sei disso,

não queria me alongar na história, mas disse "mangalho" de caso pensado, porque circula na cidade a notícia de que palmira só atende a freguesia bem-dotada, propaganda que ela desmente à boca pequena, para os homens de pau miúdo, abrindo-lhes uma enganosa exceção que, depois, eles mesmos procuram manter como bom hábito, reiterando pela região seus falsos atributos *vips*,

se palmira não fosse puta, seria grande economista,

ou publicitária, tenho certeza!,

...leão de ouro em *cannes*, nas palavras do saudoso mussum,

segundo os mesmos vadios, márcia helena, a concorrente, ficou possessa, porque perdera alguns velhos clientes para um novo produto que ela não queria soletrar aos seus frequentadores,

não pela própria boca, claro,

...os limites neoliberais do proxenetismo, né?,

teria contratado, a contragosto, uma puta banguela, em prospecção que não fora nada fácil, já que procurava manter a fama de oferecer as meninas mais bonitas da região mogiana, o que hoje, em razão da crise econômica, é mentira das brabas...,

outros, ainda, disseram que, na verdade, ela pagou para uma de suas funcionárias arrancar todos os dentes no mesmo dentista onde palmira desencavilhara os cacos da boca,

pode ser verdade, porque o saca-molas não vale nada e, mais que o dinheirinho cobrado para fechar os olhos à ética nunca exercida, prestava sincera homenagem à mãe, conhecidíssima colega de profissão daquela nova paciente,

dizem que ele pensa em entrar na política,   ai-ai-ai...,

sabia que em portugal urna é cu?,

ao cabo, a lição é valiosa,

na vida, oito ou oitenta,   ...trinta e dois ou nenhum,

só assim pra não errar na conta dos casos que ruminamos, pagando-se mais do que devemos pelos fatos cuspidos à toa, bem, nosso amigo desistira do *upcycling*, visto que qualquer empresa que se preze há de ter mais de um cliente em sua freguesia, situação em que poderá expor, sem acessos de raiva, um respeitável portfólio, a não ser que tenha como comprador o governo federal, por exemplo,

...caso pouco provável, no entanto, e ele sabia disso, visto que suas obras não haveriam de substituir nenhum niemeyer, tenreiro ou sérgio rodrigues dos palácios brasilienses,

em casa de candango, procópio,

sofá é chão, cadeira é caixote, ...e cama, só no balango da rede,

em outras palavras,

rico é toma lá, dá cá,

pobre é pra lá, pra cá,

e olhe lá!,

...o que termina por ser lugar nenhum, onde, conforme o ditado, os infelizes não podem cair, mortos ou vivos, verdade seja dita, tomás passou a reformar, de novo, todo tipo de porcaria que pudesse lhe render um dinheirinho, e o diminutivo, aqui, não é fraqueza de expressão, mas o inventário pormenorizado de badulaques diversos, comprados a partir da leitura dos TRECOS E CACARECOS,

por isso, começou a frequentar a redação do jornal, a ver se pescava os melhores produtos antes da circulação do semanário,

foi assim que estreitou a amizade com fiote, pau pra toda obra naquele veículo, cujo sócio, oseias cabeludo, cuidava apenas de angariar os patrocínios que lhes garantiriam a receita,

...definição contábil um tanto exagerada, no caso dos dois primeiros números, afinal, desgraça não tem anunciantes,

fiote, no começo, datilografava os anúncios mais de uma vez, em estêncil, rodando as duas ou três páginas num velho mimeógrafo, atividade que o aproximava dos poetas malditos, brincava, ao afirmar também que a diagramação daqueles trecos e cacarecos era uma espécie de *extremada e absoluta poesia concreta*, arte que expunha os infortúnios do acaso numa ordem em que a vida se afrouxava, desapertando a corda no pescoço dos desesperados, ao livrá-los da *merdalhada* com a qual pretendiam aliviar o sufoco da existência,

fiote era seu tanto exagerado,

boa parte dos leitores apenas via, naquelas porcariadas, uma chance de manufaturar alguns trocados, era o caso de tomás,

daí, inclusive, a explicação para o nome do jornaleco,

sim, digamos que MERDALHADA fosse um termo impróprio para a atenção estético-econômica que os empresários almejavam despertar,

por isso fiote optou por

TRECOS E CACARECOS,

achado condizente à verve artística da empresa, desdobrada em ecos e rimas de tranqueiras e restos empilhados que não mentiam os propósitos de quem se enfiava na marra por esse tipo de leitura,

fiote era professor de português, concursado no estado, de onde se licenciara depois de um aluno lhe enfiar a mão nas fuças com muito gosto, tudo por causa de uma cutucada observação a respeito do comportamento discente, quando o rapazola roncava alto, no fundo da sala, durante uma explanação literária do mestre, de acordo com o enxuto e elegante texto descritivo do BO, reproduzido integralmente nas páginas da TRIBUNA – decisão editorial até hoje lamentada por seus herdeiros,

quem *dá milho pra bode*, que cerque seu milharal...,

      o discípulo, desperto com um safanão, entendeu o inteiro teor da reprimenda que tomou do cioso palestrante, refutando-lhe a chacoalhada, no entanto, por meio de uma tréplica de argumentos menos literários e mais contundentes,

      ainda por cima, infeliz com a lição que retribuía assim, debaixo do nariz do educador, arrancando-lhe os dentes da frente com um murro, sublinhou mais alguns pontos da tarefa – trinta e oito, conforme o mesmo BO –, com uns pontapés que lhe rasgaram um talho no couro da cabeça e, de quebra, partiram-lhe duas costelas,

  muitos cidadãos defenderam a reprovação imediata do estudante, por entregar um trabalho desse jeito, inacabado...,

    maldade desses bocudos, analfabetos políticos, né?,

      fiote, entretanto, cicatrizadas as dores terrenas, gostou bastante da licença, passando a renová-la, nas perícias a que devia se submeter, com uma tremenda barba que parecia muito maior do que era, dada a sua mirrada compleição – atributo que, diga-se por alto – e por baixo –, justificava, *verbo ad verbum*, a plena justiça de seu apelido,

      quando falava com o psicólogo, ia babando branco a saliva que mastigava na sala de espera, de propósito, até ficar com os subúrbios da boca encharcados daquele cuspe seco dos desvairados, de modo que o profissional da saúde via por bem afastá-lo da sala de aula por mais um período..., era um artista,

certa feita, por exemplo, introduziu com cuidado, por entre os fios da barba, restos de *sucrilhos* que esfarelou com esmero, em casa, deixando alguns flocos inteiros, até, apenas para que caíssem aos poucos do rosto, sobre a escrivaninha, enquanto desfiava alguma bobagem literária para o impaciente perito da saúde, obrigado a ouvir, de cabo a rabo, pormenores que o doente imaginário inventava para a vida dos escritores, antes de lhes resumir as principais obras,

...aliás, molière morreu na coxia, segundo alguns biógrafos, depois de tossir os bofes em cena, num curioso refacimento da realidade, assim posta e sobreposta, o que diz muito das artes, ou, pelo menos, de algumas obras que instaurariam o mundo, antes mesmo de espelhá-lo, como frisei ao professor astolfo, numa hipótese estética que até lhe apeteceu, como bem me lembro,

este caso vai por esse caminho, não acha?,

naquela ensaiada cena, findo o assunto, fiote passou a mão sobre o tampo, limpando o terreno para a consulta seguinte,

dizem que disfarçadamente, então, mas nem tanto, lambeu os dedos e mastigou os farelos, carimbando ele mesmo, desse modo, com as tintas da saliva, o ócio pretendido de sua folgada licença *por mais um bom tempinho,* pode ser mentira, mas me disseram também que o médico engulhou...,

além da atuação e da vida boa, amava a poesia, como você deve ter percebido,

olha, se o assunto daquela fatídica aula fosse algum ponto da gramática, talvez o professor deixasse o aluno roncando lá no fundo, e a história do jornalismo teria perdido um de seus mais respeitados *publishers*...,

há que se frisar que o jornal lhe dera, ainda, a oportunidade de publicar alguns de seus poemas, de modo geral, na última página,

espere,

é,   esta cômoda guarda poucas e boas,

...mas muitas e más, também,

tenho memória eidética, procópio,

não é perfeita, como as pessoas acreditam,

entretanto, poderia jogar fora tudo isso e, ainda assim, lembrar-me de uma vírgula rabiscada na quinta linha da octingentésima décima terceira página de um manuscrito pelo qual tivesse me interessado,

,

o problema é que cultivo, da mesma forma, a mitomania, de modo que a memória, às vezes, teima em se vestir com uma criação que lhe enfio pela cabeça quase sem querer, e, depois, não sei se um caso existiu também do lado de fora, por aí, ou apenas dentro de mim, aqui, o que talvez não faça diferença alguma, se é verdade que somos, cada um de nós, a seu modo, um universo distinto,

ninguém sabe disso, claro,

uma bobagem,

peço-lhe, no entanto, que não espalhe, porque ultimamente...,

você entende essas coisas tanto quanto eu mesmo, né?,

por isso guardo alguns objetos para me prender aos eventos, e, também, para que lhes dê outra ordem, quando os pego ao acaso e lhes refaço a história, numa sequência tal em que a compreensão se estenda para além de mim, firmando e autorizando o mundo, mesmo, ao confirmá-lo de uma forma próxima ao que teria sido, se de fato fosse, quando então e finalmente existido,

pois é,

    às vezes, digo-lhe "*se a memória não me falha*" por força do hábito, cuja moral também se faz por fonemas aleatórios,

    veja,

        em algumas pessoas, rememorar se desfaz em aquéns,

...noutras, cerze os aléns, paradoxo da extrema liberdade,

        um novo encadeamento discursivo, procópio, é uma forma de se entender, por lados distintos, um fato incompreendido, consubstanciado, em si, de diferentes modos,

    portanto, quando fabulamos em nós o enredamento da vida, também descobrimos realidades antes encapuzadas, afinal libertas para as desatadas verdades do mundo,

...tropeços da fenomenologia, meu amigo,

um minutinho,

pronto, achei,

olha aqui...,

conservei o primeiro número do jornaleco, por exemplo, porque gostei bastante do soneto e, devo confessar, estava condoído daquela surra que fiote levara na escola, a cidade inteira rindo dele, coitado,

pois é,   admito as minhas fraquezas,

...sentir é um modo de externar pensamentos grosseiros que não cabem na substância concreta e sempre injusta das palavras,

veja,

Trecos e Cacarecos

Juntei os cacos de uma vida inteira.
Guardei-os na gaveta do criado-
mudo, sem voz que fosse um sublimado
pedido de socorro, uma bandeira

hasteada na pele, na caveira
que carrego comigo, este legado
a meio pau de um homem mutilado
pela pobreza, minha companheira.

Falta forjada em trecos, ou miséria
de cacarecos? Quem quiser comprar
o que restou de mim, aqui estou,

inteiro por metades da matéria-
prima de nada – nuvens, vento, ar:
aquele que se fez o que não sou.

sim,   tinha algum talento, não acha?,

pequeno, é verdade,

ele mesmo brincava com isso, dizendo-se
nefelibatizado numa roda de samba, daí seu amor incondicional aos versos,

eu sempre quis saber,

então diga pra mim, com sinceridade...,

a poesia é vaticínio, mesmo para os maus poetas,
ou verso ruim seria uma praga que se gruda ao passado, hein?,

ora, ora,   lido depois de tudo o que aconteceu...,

o que penso disso?,

bem,   fiote é poeta, sim!,   ...de certo modo, está entre clássicos,

...você vai gostar da minha teoria, escute,

clio soprou-lhe, nas orelhas sujas, sua inveja
de melpómene, daí a história mal contada em versos premonitórios que,
é preciso reconhecer, valem como canto coral dos solitários, se também
me permite alguma resenhada liberdade crítica e poética,

TRECOS E CACARECOS,   ...marco inaugural do jornalismo gonzo
na região mogiana, se não mesmo no hemisfério sul!,

                    como a tiragem foi num crescendo,
o quarto número veio depois de treze dias do terceiro,

                    no sétimo, era um hebdomadário,
publicação cuja periodicidade é semanal, como fiote gostava de explicar,
enchendo a boca, quando lhe perguntavam que desgraça era aquela,

        ...*e, a partir de agora, editorado sempre em fotocópia!*,
finalizava, contente por não mais ficar com os dedos roxos,

        riam dele, claro,

                    o vitorino acha até hoje que hebdomadário
é um bicho parente do dromedário, camelídeo com o qual os beduínos
– e, logicamente, alguns camelôs cariocas – mercadejam suas tralhas nos
saaras deste mundão de deus, tanto aqui quanto na áfrica,

        ...os primeiros, denotativamente,

                                os segundos,
em metáfora carregada na corcova calejada de um cangote molambento,

                    disse que chegara a tal conclusão depois de ver, na TV,
uma reportagem a respeito da

    Sociedade de **A**migos das **A**djacências da **R**ua da **A**lfândega..., desacostumado de acrônimos, até que se saiu bem na sua interpretação, não acha?,

como diz o locutor, **brasil,** il, il, il...,

mas, cá entre nós, a torcida do flamengo e a do corinthians, procópio, este brasil, – não é preciso frequentar oráculos nem mães de santo pra ver –, são variados brasis,

sim,

um povaréu desgramado, habitante desassistido daquele eco emurchecido, ido...,

e, desse modo, portanto, falsamente justificado, por aqui se estabelecendo, em outras palavras e rimas, num jogo sujo, como se viver fosse o esporte nacional de uma gentalha que aguentaria o rojão ão da vida na base da beberagem caseira de beterraba com rapadura, porque *moët & chandon* de pobre *dom pérignon on* seria apenas o xarope fortificante de nabo, bem tomado no toba, desde que o país foi ilha de vera cruz, em lascas de um enganoso relicário, como os estudos toponímicos já comprovaram...,

a verdadeira cara de pau de um cristo impostor?,

deus é brasileiro...,   pffff,

este brasil, procópio, é uma nação cujo centro são as quebradas, o que nos obriga ao compromisso histórico de fazê-lo inteiro de algum modo, mesmo que aos pedaços, retrancando o fiofó com a musculatura da bunda, que terá se exercitado na difícil arte de contornar as desgraças sem se foder, isso sim,

revolução também é trancar o cu até dizer chega!,   quer ver?,

foi numa dessas que tomás contou a fiote os detalhes dormidos e bem pagos de ermelino, refestelando-se no almoxarifado da empresa, tudo porque pertencente ao clã dos leopoldos, *aqueles filhos da puta*,

tomavam umas e outras muitas no bar da lurdes, jogando bilhar, quando a proprietária, de supetão, perguntou quem pagaria a conta,

fiote mandou pendurá-la,

tomás estribilhou o companheiro, depois de cantar a caçapa, mas aí a lurdes fez bico, sinucando as pretensões monetárias do ex-operário,

há mais de dois meses que ele só se dependurava no fiado, de modo que a dona do botequim se prevenia de um tombo que já a esfolava, *caramba!,*

...tenho as minhas contas, tomás!,

...você precisa entender o meu lado!,

com efeito, fiote curou a dor de cabeça do amigo, bem como a ralada nos joelhos da lurdes, assumindo o pagamento das rodadas de cachaça, cerveja e rabo-de-galo com *torresminho gilete...*,

...porque vinham cabeludos, não lembra?,

mas só hoje, hein, lurdes!, **...só hoje!,** repetiu, temeroso de que a sua boa ação se estendesse indevidamente para o passado, ou mesmo para o futuro, caso o nosso amigo relembrasse a proprietária, depois, sozinho, daquela inaudita promessa quinhoeira...,

tomás quase caiu fora, envergonhado,

desistiu da fuga porque lurdes foi a única que lhe vendera fiado,

chegou a agradecer, então,

disse que, em breve, pagaria tudo,
que ela poderia até cobrar uns jurinhos, desde que módicos,

sim, foi educado,

...mas a conversa mole é o verniz da cara de pau, não acha?,

ou, como dizia o meu pai, a respeito das boas maneiras,

polimento de pobre é na grosa,

retomou o caso de ermelino, por isso, com mais raiva,   ...ou despeito,

não contou de sua aventura sexual no almoxarifado, mas das caixas e caixas de peças sem uso,   engrenagens, roldanas, cruzetas, capacitores, rolamentos, bobinas, correias, transformadores, flanges, mangueiras, relés, comutadores, hélices, buchas, válvulas, eixos...,   o diabo a quatro centos, mais ou menos, em cada uma das incontáveis prateleiras,

fiote parou de mastigar, limpou a barba e os beiços com os dedos, calculando os lucros daquela sucata que, mais dia, menos dia, fatalmente, seria anunciada nos TRECOS E CACARECOS,

por que eles não vendem logo essa porcariada?,

tomás riscou a cabeça com as unhas, como se fizesse umas contas, e arrotou uma resposta calculada, os ricos só sabem acumular, fiote,

...quando os bens perdem valor, aí é que muitos não se desgrudam deles, imaginando que alguém esperto lucrará em cima, comprando barato para revendê-los,

nesse caso, mais-valia com o couro da própria pele é extorsão, né?,

só de ouvir falar em lixa, fiote, o abastado abundoso tranca o fiofó de pelica a sete chaves, porque não sabe ficar com a mão só na frente e, muito menos, para trás, mesmo por cima de veludos e rendas...,

(fiote ri e movimenta o corpo para o lado)

eu não, ó...,

(solta um peido)

nooooossa, fiote...,   que ardume!,

(ele dá uma gargalhada)

é o torresmo...,

(fica sério e apruma o corpo)

bom..., por outro lado, o professor ricardo é que provavelmente vai encher o cu de dinheiro com essa tranqueirada, né?,

professor ricardo?,

sim, você o conhece,   ...dono da MÁQUINAS DE NOVO NOVAS,

ah..., sim,   sei quem é,

acho que tomás não queria falar do encontro e da combinação que fizera com o empresário por sentir um certo escrúpulo concorrencial, já que supôs atravessar de algum modo os negócios e anúncios de um amigo que lhe pagara os arrotos daquele dia, concorda?,

...bom homem!,

    empregou meu primo, na semana passada,

        o douglas, da tia vilminha,

...parece que um sobrinho dele o colocou no pau,

        sei lá,

empregar parente é fria,

    ...parente é serpente, quando não é dor de dente,

tomás saiu do bar pouco depois, com o ditado envenenado na boca, doendo até os molares, caroço de azeitona perdido na empada,

às vezes um sujeito se vê obrigado a engolir os cacos de um dente pra não passar fome, isso sim...,

aquele ricardo desgraçado se esquecera dele,

        do seu oferecimento,

                da sua necessidade...,

e eu precisando tanto!,

      o fiote que empregasse o primo lá na redação do jornaleco, porra!,

pois é, sabedoria popular é malagueta,

        em boca alheia, tempera,

              no próprio cu, arde as pregas...,

os TRECOS E CACARECOS já faziam sucesso,

várias páginas, muitos anúncios,

mas é verdade também que o oseias cabeludo passava a perna no redator, embolsando a maior parte do dinheiro dos anunciantes,

fiote tinha um ordenado, pensava o sócio – ou comparsa – que, apenas por ter dado ao amigo a ideia da barba hirsuta e cuspida, nas perícias médicas, sentia-se autorizado a descontar, em comissões extras, parte do salário do professor licenciado,

...parcelas desviadas da empresa que deveriam dividir,

sei, claro, todos são donos somente das boas ideias,

e, como patrões, retiram o pró-labore da conta dos sócios e empregados sem dor na consciência,

digo isso porque um amigo do oseias me contou que ele ainda reclamava de fiote, que não faria nada no jornal, e, mesmo assim, não deixava de receber *boa parte dos lucros*,

pra escrever, basta ter dedos, caralho!,

e completava,

sabia que o mário palmério até hoje datilografa seus livros com um dedo só?,

oseias se gabava, portanto, de ajudar o confrade quando lhe dava nem metade daquilo a que tinha direito..., subiu na gilete, fala das alturas, né?,

ora, ora,   desconfie da nobreza dos atos beneficentes, sempre,

...das ações desses filantropos de jornais e revistas,

e mesmo daqueles que se gabam para si, no escuro do quarto, praticando a benemerência debaixo dos panos e lençóis, a cabecinha solta num travesseiro de plumas de ganso, ui-ui,

não seja besta, procópio,

conscientes do trote enganoso de práticas que os fizeram trepar à vida, apenas reivindicam uma posição espiritual que lhes dará algum destaque entre os amigos, o reconhecimento da sociedade,

...ou qualquer coisa desse jaez, vá lá, enfiando nos bolsos o lucro indireto das discrições mais hipócritas,

pffff,

...e, mesmo depois, caso sejam crentes, mas não tementes, a certeza do lugar de honra num paraíso por decerto vip, quando acertarem as contas com a providência, que ainda terá ficado devendo bastante a eles, segundo as contabilidades mundanas,

sim,   a velha safadeza das virtudes dissimuladas, só isso, tomás estava puto,

           nem bem entrou em casa, correu até o criadinho,
abriu a gaveta e pegou o cartão,

           ricardo flavíneo,

professor aposentado de máquinas e motores do liceu de artes e ofícios,

           fundador e presidente da

           MÁQUINAS DE NOVO NOVAS - ME,

desgraçado!,

           lembrou-se das dívidas,

                    do tanto que rebeca trabalhava,

           reviu azelina lhe oferecendo um empréstimo,
que não aceitou *de jeito nenhum*, mas depois foi correndo até a papelaria,
mudei de ideia, por causa de um imprevisto...,

                (que vergonha...)

      saiu para o quintal,

           olhou a horta,

tinha feito um espantalho, aproveitando-se de umas roupas velhas,

ficara bem parecido com ele, segundo a esposa,

tomás, porém, ressentiu-se daquela consanguinidade,

ela queria fazê-lo rir,   só isso,

dar um sentido maior às hortaliças e aos legumes que ele plantava com a esperança tola de manter-se ainda meio provedor do próprio lar,

...ou de um quarto do lar, que fosse, cômodo central para a masculinidade, essa porção em cuja desejada plenitude um macho se faz por inteiro, na dureza da vida que interessa, única e em si, no meio das pernas, onde mais?,

ninharias, procópio,

couve-manteiga, salsa, manjericão, alface-crespa, cebolinha, rabanete, chuchu, abóbora e cenoura, além de meia-dúzia de pés de mandioca,

muito melhor quando eu era somente um boneco da vitrine,

...é foda não ter o que fazer,

e o filho da puta do ermelino lá, recebendo salário pra dormir, *aquele lazarento!,   eu,   eu...,*

creio que a ideia tenha nascido aí, nesse minuto, procópio,

você vai entender...,

juntou a horta e o espantalho com as peças inúteis do almoxarifado, salpicou o desprezo do homem que reformava máquinas usadas e...,

havia também o ódio ao doutor leopoldinho, claro,

ao pai do leopoldinho,

ao encarregado,

...e a vergonha da lurdes temperando tudo, coitada,

o servilismo ao avesso de todos os que estavam empregados, dos que tocavam algum negócio, mesmo que engambelando o governo, a clientela, os vizinhos e parentes,

o demônio em pessoa, se preciso,

enquanto ele, ali...,

as alegrias se esfarelam, as tristezas juntam pó?,

sim,   a fama de um desempregado corre o bairro, no vento, esparzida pela parentalha e pelos amigos mais receosos, quem não sabe?,

...o azedume das necessidades contaminando as relações mais próximas, acredita que um vizinho lhe deu um caderno espiral velho, da filha, com uma esferográfica amarrada ao arame, pra anotar os recados do orelhão?,

você mora em frente...,   *e já que está em casa a maior parte do tempo, né?,*

o primeiro impulso foi o de limpar o rabo com as folhas, o que não colocou em prática por conta da espessa gramatura do papel – e não pela solicitude forçada de uma boa vizinhança,

fez questão de preencher as linhas, entretanto, com recados imaginários os mais estapafúrdios, todos destinados a ele e a rebeca, obrigando o vizinho folgado a ouvir, numa só noite, nove ou dez páginas de muita conversa mole, devidamente endurecida, explicada e circunstanciada a cada parágrafo,

de tudo,   fofocas de uma tia que morava em jardinópolis, o comportamento exemplar de uma prima de araraquara,

parentes de curitiba, umuarama, jaboticabal, guaxupé, até de caconde, vê se pode...,

o dono do caderno nunca mais apareceu, eis a verdade,

no entanto, procópio, o que mais latejava nisso tudo era a compreensão calculista de rebeca, que abandonara o sonho da universidade para trabalhar mais e mais, enquanto ele...,

(senta-se, pega um torrão de terra e o esfarela, soprando as mãos em seguida)

no sol, a poeira sumia, dissipada pelo vazio das coisas e de si,

        fechou os olhos, cansado,

sim, o cisco das coisas,

            ...e as coisas em ciscos,

(limpa o canto dos olhos com cuidado)

lembrou-se da ratazana, do ralo, do sangue nas unhas, depois do serviço, desaparecendo com ele pelo esgoto, buraco que crescia aos poucos, de novo, escuro e fundo, profundo, em cada sombra chacoalhada no chão,

    sou um canalha, mesmo...,

        olhou o cartão de ricardo,

                sacanagem,   puta sacanagem...,

(joga-o no canteiro, fingindo um desleixo de fabricada sobranceria)

depois se arrependeu,

    não queria que um adubo de fracassos alimentasse a fome de seu lar,

(pega-o, ao pé das hortaliças)

        vou ligar pra ele,

quem sabe não esteja precisando de dois funcionários...,

        ou o filho da vilminha não tenha dado certo,   sei lá...,

        ou então...,

(arregala os olhos e levanta as sobrancelhas)

            posso vender as...,

(corre para fora de casa, rindo sozinho)

        ...como não pensei nisso antes?,

não, meu filho,   não estou precisando, não...   claro que
me lembro,   no ferro-velho do abelardo, não foi?,

             encontrou, é?,   em bom estado?,   novas?,

opa, quero ver, sim,   onde?,   se prefere...,

     pelas manhãs, com certeza,   saio depois do almoço,

mas não é certeza que fique com elas, viu?,

             por que tanto tempo assim?,   combinado,

espero, claro,   não faz mal, não tenho pressa,

                            você me avisa, então,

     combinado,   bom dia,

     tomás foi até o mesmo criadinho onde guardara o cartão,

tirou a gaveta e revirou-a na cama,   mexeu entre a papelada,

     abriu uma latinha vazia de creme nívea,

             onde será que eu enfiei a desgraçada?,

                 fez o mesmo no criado da esposa, em vão,

(só falta a rebeca ter jogado fora...)

             abriu o guarda-roupa, revirou a gaveta das meias,

na dúvida, espiou também a das calcinhas da esposa, com o cuidado de não desarrumá-las,   nada!,

foi até a sala e revistou a *bonbonnière*,   tirou as almofadas do sofá e das poltronas, espiando o vão dos móveis,

olhou até debaixo do tapete,

só falta não achar a bosta dessa chave!,

revirou a casa toda, mas não a encontrou,

rebeca abriu a porta e o viu macambúzio, no sofá,   a TV desligada,

sabia que o marido não estava bem,

tudo em ordem, tomás?,   ...sentindo alguma coisa?,

não...,   só cansaço,

a esposa se esforçava para ignorar os porres do marido,

fingia que não sentia o bafo de álcool,   o azedume das tripas,

      hálito que ele, muito ingênuo, procurava disfarçar feito criança, chupando drops dulcora,

          ...gostava do sortido, porque misturava dois, três sabores ao mesmo tempo, criando um gosto inexistente, promessa de condutas mais felizes, outras, depois de amanhã,

          às vezes, apelava para aquelas balas com sabor de eucalipto, pingos de pinho martinha, lembra?,

                    rebeca enfiava, inclusive, uns trocados nos bolsos de suas calças e ia levando, como lhe disse,

        uma hora ele se empregaria nalgum canto,

deixa,

    deixa ele beber um pouco,

            (não é possível que um homem bom, trabalhador...)

      evitava incomodá-lo,

ela foi ao banheiro,

            tomou uma ducha,

a toalha, dependurada no boxe, ainda estava úmida,

                      (esse vitrô é muito pequeno...)

    abriu a porta, para circular o ar,

                      (nossa, minha pele está tão ressecada!)

segurou o choro, enquanto escovava os cabelos,

        (cremezinho vagabundo...)

            passou com raiva a mão no rosto daquele espelho inútil,
que embaçava mais a pele e o presente,

                  (estou ficando velha, isso sim)

arrancou os fios das cerdas, jogou-os no cesto,   ...trocou-se, saiu e espiou o seu homem, então, ainda deitado,

                                      quieto,   os olhos fechados,

entrou na cozinha e ligou o rádio,

                    era gil,

...esquecer a data,

tenho que perder a conta,   arrumou dois pratos,

tenho que ter mãos vazias,   tirou um pirex

ter a alma e o corpo nus...

                                    da geladeira,

Se eu quiser falar com Deus,

tenho que aceitar a dor,   chacoalhou a toalha

tenho que comer o pão   na pia,

que o diabo amassou,

tenho que virar um cão,   pegou

tenho que lamber o chão   uma panela,

dos palácios, dos...

                    desligou-o,

não que desgostasse do cantor,

        ao contrário,

                ...pela verdade da canção,

a arte é um machado de dois gumes, como lhe disse, procópio,

            a esposa sabia disso,

todo ser humano sabe, mesmo que intuído, acho,

                por consubstanciação,

    sim,

        um machado de dois gumes, conhece?,

        ...o sujeito ergue-o para desferir o último golpe, mas a arma pesa sobre a própria cabeça, desabando em si o segundo fio de um suicídio anunciado,

  no fundo, a mais refinada forma de uma duplicada autocomiseração, não sei se me entende...,

                poucos chegam a tanto, sabia?,

rebeca voltou à sala sentindo-se culpada, precisava dizer alguma coisa,

estou com dor de cabeça...,
                                     a aspirina acabou,

fiquei no pronto-socorro, hoje,
                      ...tomei a última,

um inferno!,
                 quer que eu vá comprar mais?,

não,   acho que é a fome,
                      ...depois da janta, passa,

retornou à cozinha e esquentou uma sopa que preparara pela manhã,
       rasgou o pão com as mãos, em vários pedaços,
                achava que não devia usar a faca nem sabia por quê,

o costume das superstições, em sobreaviso de pressentimentos?,

        nas palavras de vieira, *as outras histórias contam as cousas passadas, esta promete dizer as que estão por vir...,* bem,   ...pode ser bobagem minha, procópio,

                    o pão rasgado absorve melhor o caldo, só isso,

depois do fato, todo acaso é intenção,   ...mas a única verdade, mesmo, é que o padre agora é cinzas, na igreja do colégio,

                  ...até me lembrei daquele bostinha de uma figa, o doutor *leo pó pô pó pó pô*, acredita?,

(*rebeca suspira baixo, disfarçando-se de si*)

        ela estava muito mais cansada que ele,   muito, muito mais,

vem comer, vem...,

nosso amigo levantou-se,   estava sem fome,   o estômago revirando,
    (*preciso parar de misturar bebidas...*)

entrou no banheiro, urinou, lavou o rosto e bochechou,

                    seria obrigado a comer,

não queria confessar que estava daquele jeito,   ...que ficara jogando sinuca, à toa, à toa, bebendo com fiote, comendo torresmo, amendoim, arrotando besteiras e babando bobagens, enquanto ela cuidava dos doentes, no hospital,

não,   não queria admitir que coçava o saco, quando ela aguentava o mau humor dos médicos,

...a rispidez da enfermeira padrão,

o gemido que um paciente vai repassando ao outro,

ao outro e ao outro,

...até ecoar em nós,

isso,   isso mesmo,

tomás era a causa de sua dor de cabeça, emético, a mistura indigesta de bebidas que desandara a existência da esposa,

...e,   se ela o vomitasse, entenderia,

de modo geral, as mulheres é que tem a coragem de meter o dedo na garganta do casamento,   ...somos uns bundões,

aguentamos a farsa criando caso para que a mulher se decida por nós, não,   não sou hipócrita, procópio,

     a covardia ocupa o espectro inteiro da violência masculina, disfarçada de força, é verdade, mas sendo, por isso mesmo, força, com as consequências inteiras dos sempre desatados atos ambivalentes dessa varonia,

     é o homem, curto e murcho, ...mas grosso,

...quer mais um pouco?,

não, estou cheio, ...ando sem fome, ultimamente,

(silêncio)

as cenouras estavam bonitas...,

(rebeca limpa o prato com um pedaço de pão)

    ...amanhã vou lhe fazer um chá de losna, pra abrir o apetite,

(tomás olha a esposa com carinho, através da lente do copo, enquanto bebe um pouco d'água, difícil de engolir)

rebeca, não sei se você vai se lembrar, já procurei em tudo quanto é canto, foi no dia em que pedi demissão, eu...,

esquece isso, tomás...,

não, não é nada disso, estou cagando e andando pra eles, é que eu..., eu fiquei com uma chave deles e, bom, não a encontro de jeito nenhum!, sei que está aqui em casa...,

que chave?,

uma chave..., chave do meu armário..., lá da fábrica, do armário de roupas, sabe?, vou devolver, não quero ficar com nada daqueles desgraçados,

(faz um muxoxo)

...acho que é isso que vai me prendendo, trancando o azar em mim, sei lá, a última das sete chaves, sabe como é?, se não for a oitava...,

(ela pensa por dois ou três segundos)

...seria uma que está no chaveiro do seu berilo?,

isso!, você...,

naquele dia, mesmo..., vi que não era de casa e deixei dentro de uma caixa, junto com o macacão, lá no ateliê,

...por que não me perguntou antes?,

tomás levantou-se na hora, forçando uma contenção que o rosto desmentia,

come a sobremesa primeiro, homem!,

ele nem respondeu,

atravessou o quintal e entrou no quartinho da bagunça, acendeu a luz,

havia quatro caixas de papelão, empilhadas no alto de uma estante de ferro,

(*qual?*)

rebeca estava atrás dele e parece ter ouvido o seu pensamento,

a primeira, lá de cima,

(*tomás leva um susto*)

subiu num banquinho e puxou a caixa,

colocou-a sobre a bancada e achou a maldita chave,

é essa?,

sim, sim, esta mesmo...,

tentou disfarçar a excitação,

o que é que tem de sobremesa, hein?,

(*rebeca sorri*)

você não estava cheio?,   não estava empanzinado?,

ah, rebeca, o lugar dos doces não tem nada que ver com o dos salgados!,

(dá uns tapinhas na própria barriga, que estufa de propósito,   ...os dois riem)

tomás planejou tudo,

           pra começar, tinha de convidar alguém pra ir com ele,

um coautor que tivesse automóvel,

                      sim, o próprio...,

      não quebrou muito a cabeça, não,

fiote, claro, quem mais?,

           se o homem passava a perna no público,
bastava um pulinho pra dar uma rasteira também no privado, ora, ora,

       só os imbecis e onzenários, hoje, colocam sua fé – pra lá
de dizimista, portanto –, na lisura cavilosa dos negócios particulares...,

não seja besta, procópio!,

                                                a mão é invisível pra enfiar escondido o pai de todos os filhos da puta no seu cu proletário, songamonga!,

                     nosso amigo entrou na redação dos TRECOS E CACARECOS sem bater,

                fiote lia, numa poltrona que ficava no fundo sala,

e aí fiote?,   lendo o quê?,

pra não mentir, lendo porra nenhuma,   *toda hora um chato...,*

vá se foder, fiote de cruz-credo!,

                       diz a lenda que "cruz-credo" seria o sobrenome daquele fiote, informação comprovada no cartório das ruas, onde o que vale é o "transparente no translúcido", variação pegajosa e popular da expressão "preto no branco", pelo menos para os que escrevem com a babugem da língua solta, não entendeu?,   ...em resumo, procópio,

a tinta, no papel, vale apenas para os que limpam o rabo com as notas graúdas, autenticando por aí sua posição social – ui-ui –, com o carimbo rugoso do fiofó perfumado,

...restando o cuspe pra cambada que rapa a sola dos pés com as unhas, quando não as próprias pregas, bufando as desgraças reclamadas neste vazio miserável em que estão suspensos, a torto e a direito, a reto e à direita, e, de quebra-quebra, por isso mesmo, também ao escambau, é o que é,

melhorou?,

noutras palavras, entre dentes implantados, meu amigo, o rico mastiga e engole, satisfeito,

enquanto o pobre morde, assopra e cospe a sua intragável condição,

...e fim de um papo que nem começou,

(fiote faz uma careta)

não tem nada de novo hoje, tomás,   nenhuma tranqueira que valha a pena...,

não vim pra isso,

desembucha, então,

nosso amigo puxou uma cadeira, mais ou menos na frente do redator, de modo que podia, ainda, vigiar a porta, não via, porém, um jeito bom de começar,

(pega o livro das mãos de fiote)

O pirotécnico Zacarias...,   um escritor obsessivo, né?,

obsessão é abrir os olhos toda manhã,

      (gosta da tirada e arregala o comentário)

          ...aliás, sabe quantas vezes piscamos, por dia?,

é,   fiote era um daqueles colecionadores de inutilidades,

não faço ideia...,

normalmente, cerca de 35 mil vezes,

porra...,

sabe pra quê?,

pra que o quê?,

piscar, caralho!,   *sabe por que piscamos?,*

sei lá,   pra lubrificar os...,

...que lubrificar merda nenhuma!, bobão,   *...piscamos um lembrete do nada, logo ali adiante, nos esperando, esperando e esperando,*

(tomás lhe devolve a careta)

...piscamos uma escuridão que não enxergamos de bobeira, esfregada o tempo inteiro em nossa cara, entende?,

não,   não entendo,

quanto tempo passamos mergulhados nesse escuro invisível, caso juntássemos todas as piscadelas da vida, hein?,   fiz as contas,   ...um sujeito que morra com oitenta anos fica, mais ou menos, um mês cego, porque nas situações tensas piscamos muito mais,

(silêncio)

    ...entendeu agora o recado existencial?,

fiote, você tomou mais ayahuasca hoje do que de costume, né?,

(fiote cai numa risada comprida, funda)

    ...fala o que você quer e vai chispando, vai,

        será possível que não posso ler sossegado?,

    além de cultivar a leitura, o professor licenciado era praticante do santo-daime e, de vez em quando, chamava alguns amigos para o chá das cinco, sendo que, durante um bom tempo, de acordo com os prosélitos mais fervorosos – e, por isso mesmo, os mais indignados fiéis –, fez uso solitário da bebida, nos mais diversos horários, para tristeza daqueles que ansiavam trocar algumas palavrinhas com o mestre irineu,

    daí a bem fundamentada pergunta de tomás,

o ex-operário percebeu que não adiantava enrolar, era melhor entrar logo no assunto,

se o amigo *desse pra trás, tudo bem,* pelo menos não o caguetaria, *mais pra frente,*

resolveu-se, tirou a chave do bolso,

tá vendo isso, fiote?,

(ele não responde)

vale um dinheiro lascado, meu amigo!,

ao ouvir a palavra dinheiro, fiote transpôs o próprio espírito pelas portas perceptíveis da conversa, num entranhamento mais profundo e verdadeiro do que se tivesse entornado sozinho, goela abaixo, sem tomar fôlego, uma garrafada inteira daquele chá amazônico,

como assim?,

é a chave do almoxarifado da empresa...,

que empresa?,

da empresa onde eu trabalhava, cacete!,

e daí?,

daí que ninguém sabe que eu tenho esta cópia,

(*fiote entorta a cabeça*)

e?,

...preciso de alguém pra entrar comigo lá, à noite, ...e fazer um rapa caprichado,

tá doido?, ...se eu bebo chá, cê tá trincado de farinha, maluco!, só pode!,

(*tomás fica sério*)

nunca estive tão sóbrio, fiote, ...**nunca!**,

(*levanta-se, abre a porta e certifica-se de que não há ninguém lá fora*)

são peças que não valem nada pra eles..., de máquinas descontinuadas, que nem estão mais na fábrica, uma hora vão ter de pagar alguém pra limpar aquilo, carregar aquela coisarada num caminhão-caçamba e despejar tudo lá no aterro do morro dos cachorros, gastando umas seis ou sete viagens,

e olhe lá!,

um puta desperdício, não acha?,

não sei...,

não vamos carregar tudo, é lógico, só um pouco, eles nem vão notar,

mas e o ermelino?,

(*tomás fecha os olhos, impaciente*)

olha,   ...se alguém sumir com o "e" do alfabeto, por aqui, ele vai se apresentar, a partir de então, como *irmilino, a vosso dispor*, só pra não si imiscuir no nigócio...,   um cagão!,   **...um estulto!,**

tomás não era bobo, o sinônimo sofisticado para a expressão *louco de pedras* vinha bem a calhar, né?,

bem,   *não tem jeito de anunciar esse...,*   *esse tipo de mercadoria no jornal, cê sabe, né?,*

quê!,   já tenho até comprador,

quem?,

adivinha,

a dona rosa é que não é...,

o seu ricardo flavíneo, das máquinas de novo novas!,

(tira o cartão do bolso)

olha aqui, ó,

fiote pegou o cartão com receio,   uma coisa era fingir loucura, arremedo que dependia dele, tão somente,

seria descoberto se, por desatino, confessasse o embuste,

e, mesmo nesse improvável caso, acabaria por confirmar o diagnóstico anterior com uma despropositada verdade póstuma, na qual nem o cioso médico da perícia acreditaria, mantendo, desse modo aparentemente contraditório, portanto, a prerrogativa do afastamento para o bem do serviço público e, muito mais, de uma folgada e perene licença,

enfim, o lado bem brasileiro daquela ingênua condenação sartreana...,

como fiote mesmo dizia,

por estas bandas, quem não se arrisca em 8 nem 80, que se fie no 4 e no 40!,

não sei...,   quanto isso renderia?,

chutando baixo,   uns... 30 mil cruzeiros,   quinze pra cada um,

é pouco,

fiote, não seja burro,   um sujeito sonha com filé,   tudo bem,

...mas se um amigo lhe oferece mamão com açúcar, por que não haverá de lamber os beiços na papaia, hein?,

apontar a fruta no quintal do vizinho é fácil,

...quero ver quem vai pular o muro,

(impaciente, tomás se levanta e olha o lado de fora da porta, de novo)

...besteira!,   dia desses fui lá, estudei o caso,   um guarda que não sai da portaria,   outro que só dorme, no canto da garagem central,

    um alicate no bolso, pronto, entramos por um alambrado de arame, na lateral da fábrica,   ...um descampado cheio de touceiras de capim-cheiroso,   é pá-pum,   basta sairmos de lá no escuro, porque o pessoal dos sítios e das fazendas, ali por perto, costuma cortar caminho pelo pasto, nem bem o dia nascido,   ...eu penso em tudo!,

...a caipirada põe despertador pra acordar as galinhas, você sabe,

(tomás empurra a cadeira para mais perto do amigo, que parece temeroso)

...não passam de uns pobres labregos,   ...uns coitados,

                    ...então,   vamos nessa?,

o ricardo sabe que...,

não!,   nem desconfia,   acha que estou garimpando em ferros-velhos,

        ...eu lhe disse também que não seria pra já, já,

                    ...que ia demorar um pouco,

(fiote balança levemente a cabeça)

                    não sei, procópio,   talvez
ele não tivesse coragem de dizer com todas as letras que concordava,
concentrando as forças na bunda, pra não borrar as calças,

ou, quem sabe, tivesse pendulado um sim para algum pensamento que
lhe acenava, justamente, a justificativa muda de cair fora daquilo,

sim,   a traição dos gestos,   mas palavra puxa palavra,

        ...mal comparando, se perec escreveu sem o "e",
para desespero dos irmilinos mundo afora, por aqui há escritores que
vão muito além, meu caro, não usando uma letra sequer do alfabeto,

        são os que fazem mais sucesso,

        ...e, de algum modo – reconheço –, reproduzem o tatibitate
das nossas indecisões, quando a grandeza artística dos desajustados passa
pela pequenez e pelos erros de um país inteiro, encarnando-os, obra e
homens, assim valorizados pelo mimetismo em série da própria mudez,

            concordo,

                ...geopolítica,

                não há que se fugir de nossa condição, sob pena de...,
você sabe de cor o que lhe digo, procópio!,

                            vai catar coquinho, vai!,

tomás, naquela hora capital, traduziu o movimento como simples anuência, comparsaria que, no entanto, pareceu-lhe carente de algum reforço, dado o silêncio do cúmplice, conduta desejada apenas depois da cadeia, momento em que todas as delações seriam premiadas, *plea bargain* que faria jus à reificação sistêmica que nos estabelece como férreos cidadãos do mundo, ai-ai...,

eis a verdade,

...palavra da salvação, *e pluribus unum* porque *in god we trust*, né?,

(*dá-lhe um tapa forte no ombro*)

isso, moleque!, não é só pelo dinheiro, mas pelo que me fizeram, porra!,

...e com você também, indiretamente, claro,

comigo?,

sim, ...o doutor leopoldo conseguiu impedir a chegada de uma faculdade de farmácia, na cidade, no final dos anos 60, sabia?,

...e de outras, que viriam na esteira da primeira,

que é que tem o cu com as calças?,

política, fiote, eu lhe esclareço, olhe,

contam que o industrial tinha medo de perder os operários de uma empresa que ele imaginava poder expandir até o fim do mundo, mas sem sair do município, o que muito explica da mentalidade tacanha de nossas elites, um filho da puta que fez campanha contra o ensino, meteu meia dúzia de vereadores no bolso, dando o seu quinhão de truculência financeira para alicerçar o desprezo atávico dessa meninada pelo estudo,

...molecada que enfia a mão na cara do primeiro professor que lhe cobrar algum empenho, poxa!,

...daí todos engolirem agora, com muito gosto, a barbárie cuspida pelos neofascistas de sempre, entendeu?,

pobre não deve estudar, vivia repetindo, *...faz mal pro país,*

...é fácil acreditar no terror, porque apenas destrutivo, enquanto o processo civilizatório é uma trabalhosa composição, mesmo quando tem o dever moral de desmontar esses ilusórios constructos racionais, como o osmar vive repetindo por aí, toda vez que enche a cara,

(*fiote se sente ofendido*)

não força a barra, tomás...,   *você acha que eu sou bobo?,*

discordo de você, procópio, tomás tinha boas justificativas, sim,

aprendeu no próprio corpo, matéria que os desvalidos devem "decorar",

...note que toda ambiguidade é prenhe de sentidos, sempre,

vem da pele, calejada de razões, das vísceras inconscientes,

metáfora?,   *quer uma boa metáfora, então, é?,*

ó,   resta ao pobre ficar balbuciando, sem parar, o adereço reluzente do suor que produz e carrega, de preferência, pela vida inteira, passista dos ofícios mal remunerados, é o que é,

o doutor leopoldo, católico que defendia com unhas e próteses a tradição, a família e, principalmente, suas propriedades, pensava desse jeitinho, aí...,

e você repetindo o safado como se tivesse escolhido um caminho,   pfff,

você não gosta, mas a religião emula essa ambiguidade, convocando-nos a questionar o mundo material que carregamos nas costas,   ...boa parte das vezes, sem querer, mas carregamos,

...um sistema que espelha a vida, só isso,

se deus opera no presente, o diabo se realiza no depois, estancando os quandos, cingindo os ondes, emudecendo os porquês,

deus é um nada, preso ao agora sem sentido, vazio antes ou em seguida, tanto faz, oração mântrica e sempiterna de uma trindade desfeita em unos mal remendados, ou, noutras mesmas palavras,

deus habita o já, inescapável prisioneiro de si, porque dentro de nós,

deus habita o já inescapável, prisioneiro de si, porque dentro de nós,

deus habita o já inescapável prisioneiro de si, porque dentro de nós,

e amém, seu cabra frouxo!,

...se bem que amém é só pra quem pode, né, neném?,

(tomás se irrita)

ao contrário, fiote!   eu...,

responda com toda sinceridade,

...você se dá por satisfeito, quando recebe essas migalhas pra bancar o louco, de tempos em tempos, babando mentiras pelos corredores de um hospital público?,

não é bem assim,   *não consigo mais entrar numa sala de aula, depois de...,*

porra, fiote!,   **agora sou eu que lhe digo!,**

pra cima de *muá*?,

...eu tenho cara de quem distribui atestados?,

(silêncio)

...olha, fiote,   quem mente a vida inteira, inclusive pra si mesmo, uma hora tropeça e erra os provérbios, deixando escapar, sem querer, umas verdades de cair o queixo,

você que não erga a cabeça, não...,

é assim que um sujeito resolve se matar, sabia?,

...quem só olha pra baixo, uma hora cospe a dentadura, meu irmão!,

(fiote se levanta, pega uma garrafa térmica, enche a xícara, bebe um gole)

hmmm,   frio...,

(abre a porta do banheiro e, sem entrar, despeja tudo na pia, dobrando o corpo para dentro do cômodo)

tomás não tinha saída, a não ser concluir sua dissertação, fosse como fosse,

(senta-se no tampo da mesa)

...seria melhor se você ganhasse bem, concorda?,

                                    tivesse alunos interessados,

    não precisaria se humilhar tanto, caramba!,

pense comigo, fiote,

        pegar uns restos largados no almoxarifado daqueles ladrões é uma forma de ação política, também!,

                                não digo cem anos de perdão,
mas dois ou três meses de alívio, pelo menos,

             há um sentido nisso tudo, caralho!,

                    social,   existencial,   não percebe?,

não é possível viver oitenta anos de olhos fechados, sem piscar um cisco, com medo dos ventos, porra!,

                ...até um cego enxerga isso, cacete!,

(fiote pensa um pouco, depois abana um sim, agora mais decidido)

...qual horário acredita que seja bom?,

        (tomás se esforça para demonstrar frieza)

entre duas e três da madrugada,

    e não tocamos mais no assunto, certo?,

        ...eu lhe digo, quando tudo estiver no ponto, bem engatilhado,

        nosso amigo apertou-lhe a mão e foi embora,
sem dizer mais nada, sublinhando o pacto com o controverso e mútuo silêncio dos consentimentos, moeda que saiu de circulação faz muito,

mas fiote não entrou nessa por causa de dinheiro,

            não, não,

        talvez revidasse a surra que tomou,
a sensaboria de uma existência mendigada, não sei,

    uma aventura?,

        um bandido não pode se desculpar das próprias ações amparado num hormônio, substância destinada, segundo consenso, aos atos de verdadeira coragem, àqueles que liberam a desejada epinefrina das gentes bem nascidas, como o *rafting*,

        o *highline*,

            o *heliskiing*,

o *wingsuit*,

o *free style motocross*,

entre outras atividades, digamos... descoladas,

pffff,

adrenalina de pobre é cagaço?,

ah, sei..., emoção?,

...os bem-nascidos querem sentir um friozinho na barriga, é?,

o governo deveria fazer um sorteio com todos os endinheirados do país, uma megassena ao contrário, procópio, como li dia desses,

isso, duas vezes por semana, participação compulsória, de sorte que os infelizardos ganhadores perdessem tudo,

obrigados a viver como pobres, até o fim dos dias, aí sim, o coração batendo o repenique descompassado de uma existência furada que desconhecem, samba de terreiro em couro de gato escaldado,

...iam ver só,

street luge...,

pffff,

tomás preparou tudo, roupas que nunca tinham usado, peças que seriam queimadas, depois, num grande tambor metálico, de 200 litros, que comprou no abelardo *pra fazer um barzinho upcycle*, segundo desculpa que inventou para rebeca, quando o viu entrar em casa com o trambolho nos ombros,

providenciou também duas balaclavas,

se o filmaram trepando, com certeza o veriam roubando,

...isso lhe dava um prazer antevisto,

uma sensível e grata ejaculação precoce, como se pudesse esporrar na boceta de uma situação oposta às desgraças peladas que vivia,

claro, vingava-se do filho abortado, também,

um sexto mistério gozoso?,

...ou a antecipação de outro, muito mais doloroso?,

não contou a fiote das câmeras,

justificou as máscaras como precaução, tirando ao destino a possibilidade testemunhada de um reconhecimento ocular, caso algum abelhudo os visse, o que não era mentira, tomás ainda costurou duas sacolas grandes, de lona de caminhão, com alças reforçadas que se cruzavam em x, nas costas, para carregar no cangote um bom número de artigos,

não levariam as peças para casa, evidentemente,

antes, à distância de um quilômetro e meio da fábrica, mais ou menos, numa baixada encoberta para quem estivesse nas fronteiras da empresa – ou mesmo apenas passeasse pela avenida industrial –, abririam um buraco no pasto, ao pé de uma grande touceira de capim-cheiroso, onde enterrariam as sacolas para, depois, ir pegando os produtos aos poucos, conforme a situação esfriasse,

teriam de ser discretos, mesmo porque, dentro das máquinas de novo novas, ninguém haveria de lhes apontar a origem suspeita de uma engrenagem, de um rolamento...,

uns dez dias antes da operação, para evitar suspeitas, os dois iriam lá com uma chibanca e uma cavadeira, preparar o terreno,

no dia da ação, ou perto disso, voltariam para ver se a cova estava intacta, o que confirmaria a segurança do local,

caso alguém tivesse tampado o buraco, por exemplo, ou mesmo apenas revolvido a terra ao lado, levariam as peças expropriadas para aquela casa vizinha à de tomás, desocupada fazia mais de um ano, sem que o proprietário desse as caras por lá uma única vez, em todos aqueles meses de vacância, a especulação desavergonhada com essas casinhas populares, você sabe,

era um plano B,
bifurcação que obrigou nosso amigo a pular o muro e limpar os restos das floreiras de pvc que atirara para o outro lado, quando teve aquele acesso raivoso, lembra?,

não queria nenhuma ligação com o cafofo,
a não ser pela divisória murada, claro,

se a casa caísse,
que os escombros não respingassem em sua propriedade, *poxa vida!*,

sim,   seria o principal suspeito, mas, sem provas, era bater o pé e dizer **não!**, mesmo que apelassem para as conhecidas técnicas interrogatórias que a ciência política disseminara pelas delegacias do país,

se bandidos entram numa agência bancária, não serão todos os clientes, na fila, parte do bando, caralho!,

achou a frase boa,

decorou-a, caprichando nas inflexões da indignação, indício necessário para quem forja as verdades a partir das pancadas que recebe, principalmente quando obrigado a piar pianinho, amarrado ao pau de arara – esse camarote de onde, dependurado de ponta-cabeça, um sujeito deve assistir aos desmandos do mundo – ou aos desmundos do mando, tanto faz –, sem confessar nenhum pecado..., agora, cá entre nós, se tomás gemia um dia inteiro, quando queimava o mindinho na churrasqueira, acha que aguentaria os trancos sem barrancos de um clássico inquérito?,

porra,   ia confessar até o que a sua avó não fizera, em ponta grossa, nos idos de 1939...,

sobrariam comunismos e subversões até para os avoengos alheios, tenho certeza, porque o diploma recebido num porão – curso muito em voga no país –, embasa justamente o vasto conhecimento da genealogia completa das famílias brasileiras, é ou não é?,

quem tira o seu da reta entorta o cu dos outros, isso sim...,

falando nisso, sabia que o arthur da penélope caga torto por causa de uma desazada cirurgia das hemorroidas?,

o coitado se vê obrigado a sentar-se de lado, a bunda de banda, na távola do vaso, se não quiser sujar as bordas da louça de grosso barro, o que sempre o obriga, fatalmente, a uma delicada operação de rigorosa faxina, ao terminar o serviço, mesmo depois de se contorcer pra lá e pra cá, feito um piolho-de-cobra chutado no passeio público...,

uma trabalheira mais ou menos melindrosa, a depender do cardápio dos últimos dias, segundo sua confissão, pobrezinho,

ora, ora,

esse curioso ato de cagar, hoje, exemplifica o que é a história ilustrada dos direitos humanos, em refinada escatologia, não percebe?, bem, voltando ao caso,

        sabe,

              ...esse plano,

                      essas sacolas,

                              olha...,

    até hoje, procópio, tudo isso me obriga a conjeturar hipóteses contraditórias a respeito da condição das mulas de toda espécie – entre as quais nos encontramos, reconheço –, animais que supõem se aliviar da cangalha e das bruacas curando as pisaduras com o fardo de tralhas alheias, definição metafórica e, ao mesmo tempo, denotativa de uma burrice absoluta,

        ...esses restos sistêmicos não justificam a exploração, como querem os crentes da economia de mercado!,

        ...estupidez resumida naquela frase que aponta, num dia futuro, a desejada vitória na vida,

                pffff,

cutuco, sim,

                porque, além de burro, você é uma besta, procópio...,

fiote dormitava em sua poltrona, no fundo da redação, quando tomás abriu a porta,

tão logo escutou a maçaneta, o professor descerrou um rasgo mínimo nos olhos, gradeados pelos cílios,

reconheceu o amigo sob o portal, ali parado, um tanto indeciso por vê-lo cochilar,

não se mexeu e retrancou as pálpebras, com a esperança de que tomás fosse embora sem acordá-lo,

em vão..., porque ouviu passos mais duros que de costume, como se o visitante marchasse no assoalho da sala, por certo para que o tacão das botas com biqueiras de metal – herança de um emprego morto e de uma época agonizante –, pudesse despertá-lo,

(só falta o filho da puta sapatear!)

fiote embirrou, fez ainda mais questão de não acordar,

talvez o impertinente desistisse, ao reconhecer a esparramada prostração da imprensa brasileira...,

(o operário chacoalha os ombros do jornalista)

ô, fiote de cruz-credo!, acorda, homem!,

o redator dos TRECOS E CACARECOS fingiu-se estremunhado,

vai tomar no cuuu...,

nosso amigo explicou-lhe que era chegada a hora,

iriam fazer o buraco no pasto,

agora?, acabei de almoçar, caramba!, quer que eu tenha uma congestão?, vamos à noite, seu tonto!,

pra que esse exagero?, ninguém vai...,

...discrição, meu amigo, é a "arma" do nosso negócio!,

...arma de carregar pela boca, entende?,

então, tá, a que horas?,

calma, quero que você me leve em casa, vamos deixar a chibanca e a cavadeira no carro,

rebeca está no hospital, disse-lhe que era o seu aniversário, fiote,

...que eu chegaria tarde, hoje à noite, que você pagaria umas bebidas, essas coisas,

ela caiu nessa?,

opa!, até gostou de saber que eu sairia, pra me distrair um pouco, pararam o automóvel na avenida industrial, ninguém passando por ali, quase meia-noite, poucos terrenos tinham sido ocupados, daí a desolação do local, a ideia de um distrito de indústrias animara os desempregados da cidade, dez anos antes, menos os investidores, que continuaram a preferir o mercado de capitais como funcionário do mês, do ano, do século...,

desceram, jogaram as ferramentas do outro lado da cerca, passaram no meio do arame farpado, e coisa e tal, e tal e coisa,

pronto!,

tiveram dificuldade para fazer a cova que mocozearia os produtos,

muito tempo sem chover, a terra estava dura,

fiote quis mostrar serviço e soltou a chibanca com fé e vontade,

talvez sua destreza viesse do medo, também,

quando voltaram e guardaram as ferramentas atrás dos bancos, o jornalista ainda bufafa,

vai, pff, guia você, tomás, pfffff, não tô acostumado com serviço braçal, não,

(riem)

antes de tomás dar a partida, entretanto, viram um carro dobrar a esquina, do outro lado da avenida,

era uma viatura da polícia militar,

puta que o pariu, tomás!,

assim que os meganhas avistaram o chevette do fiote, ligaram o giroflex, acenderam os faróis altos, com o intuito de ofuscar os ocupantes do carro suspeito, e se enfiaram pela contramão, barrando a improvável fuga daquela caranga velha,

calma, fiote!,   ...não fizemos nada, caralho!,

de modo geral, na vida, salvam o corpo aqueles que têm presença de espírito, é ou não é?,

tomás pulou sobre fiote, soltando o corpanzil no amigo, que se sentiu sufocado,

vai!, fica deitado...,

que é que é isso, tomás...?,

...abaixa a cabeça e não abre o bico!,

o camburão brecou forte,   os pneus gritaram,

        a viatura parou no meio da avenida, ao lado deles,

        no banco de trás, saindo pelo vidro, um policial apontava-lhes uma espingarda 12 *pump* – mais conhecida como 12 punheteira –, engatilhada com estardalhaço, aliás, assim que os carros se emparelharam,

        o motorista, por sua vez, empunhando um *três-oitão*, direcionou o farolete da porta para dentro do carro e falou grosso,

que é que tá acontecendo aí, hein?,

        tomás levantou meio corpo, saindo de cima de fiote,

ô, seu guarda...,   só tô tirando um sarro aqui, com a minha namorada...,
então os dois pra fora,   já!,   com as mãos pra cima, hein!,

        e quietinhos...,

    fiote, que estava com o cu numa das mãos, deve tê-lo deixado cair, imaginando os comentários maldosos pela cidade, "a mais conservadora do brasil", de acordo com uma séria pesquisa *encomendada pela maizena*, segundo dizem, quando a empresa responsável pelo produto tencionava modificar a tradicional caixinha amarelada de amido de milho, não sei se é verdade, mas, logo depois de os publicitários ouvirem os meus compatrícios, procópio, desistiram da alteração...,

os dois pra fora, já!,

                                        ...tomás?,

nosso amigo forçou a vista, porque a luz do refletor o cegava,

          ...oliveira?,

sim, eles se conheciam,   a cidade não é grande,

          o pm tinha um irmão que trabalhava na fábrica, o batista, sujeitinho atarracado e ranzinza, lembra?,   conheceram-se numa festa da firma, no campo de futebol do círculo operário,

     um churrasco, as famílias presentes, uma criançada dos infernos, berrando,

          foram apresentados,   as esposas conversaram, encontraram-se mais duas ou três vezes, depois,

                              na fila do banco,   na feira, passaram a se cumprimentar, sempre que se viam,

(o soldado se vira para dentro do carro)

tranquilo, tranquilo!, tá limpo..., conheço ele, é meu amigo,

volta-se para tomás,

ô, tomás, *é perigoso dar mole por estas bandas,*

...ou dar duro, né?,

(ouvem-se as risadas dos policiais)

olha, eu, ...eu lhe agradeço muito, oliveira..., o...,

fica frio, homem,

(tomás se ajeita ao volante)

você sabe, né?, a minha...,
sem problema, a gente entende,

...ninguém passou por aqui,

(tomás aponta com o polegar para fiote, encolhido ao pé do banco do passageiro) ela..., a moça, ...ela está com vergonha de se levantar, então...,

a menina é conhecida, é?,

garota vergonhosa?, tudo bem,

a gente sai na frente, escoltando a princesinha...,

no caminho da cidade, fiote jurou que nunca mais peidaria fora do penico,

tomás ria dele,

eh, fiote de cruz-credo!, bancar o abilolado é mais fácil, né?,

vá à merda, tomás...,

não queria lhe confessar isso, fiote, mais dois minutinhos, rapaz...,

...eu ficava de pau duro em cima de você,

vai tomar no cu, tomás,

a gente quase se fodeu, porra!,

                entraram na redação,

                                                      fiote
pegou uma garrafa de cachaça que ficava numa estante fechada, entupida de livros empoeirados, entre os quais, as *Poèsies complètes* de Rimbaud, da *gallimard*, que caiu no chão quando puxou o vasilhame,

                            encheu dois copos americanos,

tô fora,   *não dou pra isso, não...,*

larga a mão de ser besta!,   não aconteceu nada,

(fiote vira o copo, de uma vez, e torna a enchê-lo)

argh...,   e se estivéssemos com a mercadoria nas costas, hein?,

lá no meio do pasto?,   ninguém ia ver...,

(silêncio)

tomás foi bebendo aos golinhos,   devagar,

        pegou *le livre de poche*, no chão,   abriu-o ao acaso,

  – *L'autre peut me battre maintenant!,*

sabe francês, fiote?,

(o amigo não lhe responde)

tomás não insiste, coloca o livrinho sobre a mesa e arrota,

depois, foi ao banheiro, cuspiu, tirou a camisa, lavou-se na pia, mesmo,

enxugou os sovacos com a toalha de rosto,

puta que o pariu..., você é um porco, tomás!,

fiote entrou no banheiro, pegou a toalha suja, que o amigo sovaquento tornara a dependurar no cabide, e a jogou no chão, no canto da parede,

não faltava mais nada, né?,

...vou pra casa, fiote,

o antigo professor fez menção de pegar a chave do carro, imaginando que ele quisesse uma carona,

não, não..., vou a pé, pra colocar as ideias no lugar, relaxa, fiote, relaxa, você está precisando,

...fica aí, tomando a sua caninha, vai,

antes de sair, recomendou que levasse as ferramentas de volta, no meio da manhã,

...rebeca entra no plantão às oito,

ninguém ligaria os fatos, mas não era conveniente dar bobeira,

chibanca no carro do fiote, cujo maior esforço na vida fora erguer meio palito de giz, quando muito?,

tomás não queria beber nada, quase vomitou na sarjeta, logo que dobrou a primeira esquina, precisava, no entanto, daquele álibi para a esposa, que jamais acreditaria numa festa da qual voltasse sem o costumeiro bafo amargo de álcool,

sim, ele também ficara com o butico entre os dedos...,

caso não conhecesse o sargento oliveira, estaria fodido, fodido e sem pagamento, o que é pior,

não tinha preconceito, mas, fosse para a esposa abandoná-lo, que o fizesse pelos motivos reais,

...a bocetinha lisa e gostosa de azelina, e não o cu grenhudo de fiote,

(ri, enquanto caminha)

uma semana depois, voltou sozinho ao pasto, ninguém mexera no buraco que abriram, *ainda bem...*, durante esse intervalo, não procurou o redator, na espera de que os dias cicatrizassem as pregas frouxas do amigo, cagão por natureza e ofício,

decidiu-se e, do meio do mato, seguiu direto à redação,

encontrou fiote empilhando os TRECOS E CACARECOS que seriam distribuídos pela cidade,

(passa um fitilho numa pilha mais alta de exemplares)

a porta estava aberta,

creio que tenha fingido não ver o tomás, de novo, concentrando-se num trabalho que rendia algum dinheiro e, por conseguinte, desautorizaria o risco de qualquer conluio criminoso, firmado num momento de fraqueza,

atitude inútil, porque o nosso amigo via o plano como verdadeira redenção, como um procedimento, de fato, revolucionário, e, verdade seja dita, toda massa insurgente começa a se movimentar com o primeiro dos companheiros que tem peito de dar as caras...,

na cabeça de tomás, o primogênito dessa horda subversiva seria fiote, porque ele mesmo, ainda que tomás de jesus, não teria vocação para mártir, senão para uma ou outra prédica, e olhe lá...,

fazer o quê?,

os criminosos do país se disfarçam de homens de bem!,

dizia, no bar, depois de algumas rodadas,

...os verdadeiros homens de bem, portanto, caso queiram construir uma nova realidade, hão de botar pra quebrar!,

os companheiros mais sedentos, sempre, gritavam vivas e urras,

...e os que restarem inteiros, depois, reconstruirão a sociedade segundo os parâmetros daqueles que sonharam a vida sem dormir no ponto pacífico dos covardes, sonambulando por aí a quimera de um novo mundo!,

os amigos batiam efusivas palmas, e ele continuava,

não há outro caminho!,

vejam o fiote, dos trecos e cacarecos...,

arrebentaram o coitado, mas ele soube usar os cacos de si para subverter a ordem das pancadas, entendem?,

e dá-lhe nova rodada...,

tomás faria parte, como se vê, da multidão dos vivos, ou pós-revolucionários, como queira...,

muitos diziam que o pendor extremista do operário era inveja, não sei,

de todo modo, devemos perceber, nessas ideias, várias doses de fermentado exagero, não acha?,   eu..., bem,   ...lembro-me de que, uma vez, teimei com os mesmos amigos, afirmando-lhes que a história do brasil estava rascunhada nos boletins de ocorrência das nossas delegacias, o que, pensando bem, agora, não é de todo correto, porque parcial,

...nem de todo errado, pela mesma razão,

explico-me,

hoje, procópio, espalhados pela sociedade, os filhos da puta perderam a vergonha e se mostram ciosos da barbárie que pregam na própria cara de pau, com palavras, ações descabidas e bordoadas – mas estas, na outra face dos vizinhos, é lógico,

...todos estão soltos por aí,

uns, carregando latas de lixo, dando aulas, limpando piscinas, podando jardins, vê se tem cabimento!, outros, escrevendo, fazendo cirurgias, projetos e aplicações financeiras,

não sei dizer qual deles me enoja mais, creia-me,

não,   também não adianta chamar o síndico, procópio,

amor, ciúme, vício e alienação explicam minha tese, nas palavras aforismáticas do *babulina* mais gordo, frequentador experiente daquele gênero híbrido...,

olha,   voltemos logo à redação do jornal, meu amigo, porque os fatos não esperam abrirmos uma página em branco para eles, e aí, fiote,   quer uma ajudinha?,

(aproxima-se e coloca o dedo no barbante, para que o amigo desse o laço)

obrigado,   não precisa,

    (tomás se afasta e fecha a porta)

...deixa,   deixa aberta,

     os meninos vêm pegar os jornais, daqui a pouco,

é jogo rápido,   só duas palavrinhas,

      ...vamos amanhã,

aonde?,

larga a mão de se besta, fiote!,

    você sabe!,   ...pegar a mercadoria, é lógico!,

eu não vou!,

  já falei que não vou,

     ...e ponto-final!,

        não sei quais elementos discursivos usou para demovê-lo de sua reimosa teimosia,

    recursos retóricos não lhe faltavam...,

          fato é que, no dia seguinte, vinte para as duas da madrugada, fiote o esperava, estacionado a três quarteirões da residência do amigo, para iniciarem, os dois, a

       "*operação engrenagem*",

codinome com o qual tomás designara o empreendimento,

    desconfio que o exagero romanesco da nomenclatura tenha ajudado a convencer o literato, sonhador estrovinhado de vidas venturosas,

    ...isso se o ex-operário não declamou, também, alguns versos de verlaine, decorados com esse propósito,

      Quelle est cette langueur

      Qui pénètre mon coeur?,

    sem contar ainda que, ao fim e ao cabo, *ultima ratio regum*, uma engrenagem não se move sozinha, senão bem encaixada a outra, e, ainda que necessariamente em giros contrários, ambas tocando para a frente o eixo da vida, exemplo irônico de rara beleza, porque, também, maquinismo inconsequente dos nossos atos..., a esposa dava plantão no pronto-socorro,

      a data fora escolhida com base na agenda de rebeca,

          parariam o automóvel no limite urbano da cidade, longe da avenida industrial, numa rua sem saída que desembocava no rio lambari, decisão que os obrigava a caminhar pouco mais de um quilômetro, é verdade, mas evitaria encontros desagradáveis com a patrulha militar, até porque cortariam caminho pelo mato, evitando o acostamento da rodovia,

      mesmo assim, caso acontecesse outra batida fatídica da lei, ao atravessarem correndo a pista – ou mesmo a avenida, por exemplo –, confessariam aos policiais intrometidos, sem problema, o motivo de andarem os dois a pé, àquela hora, naquela região,

      tinham dado um pulo no trevo pra comer a palmira navalhada, puta que mantinha ponto nas redondezas, conforme lhe disse, lembra?,

      ...fato, aliás, que era de conhecimento da cidade inteira, inclusive de todos os motoristas que passavam pela estrada, o que fazia dessa palmira a cidadã mais famosa do município,

                sim,   atendia três clientes, tomando o taco na caçapa da boca, na buça e no rabo, ao mesmo tempo,

      e, houvesse mais dois cacetes duros, não os deixaria na mão,

          ...na mão dos fregueses, bem entendido,

porque ela própria se encarregaria, com desembaraço, de ambas as punhetas, satisfazendo os cinco marmanjos até a cabal frouxidão da mais renhida macheza,

...não digo sem tirar nem pôr, apenas,

mas pondo, tirando e chocalhando as maracas, ora, ora!,

palmira, meu amigo, era a maestrina de um coral orfeônico carregado em si, este sim, bem brasileiro, com o perdão e a benção de villa-lobos...,

uma artista,   ...uma carmen miranda rediviva, eis a verdade!,

pois é, pois é...,   também uma atleta de ponta, por que não?,

olha,   existisse a modalidade da foda sincronizada, na olimpíada, era medalha de ouro na certa, com recorde mundial e tudo,

estou até vendo,

o hino brasileiro,   a bandeira trepada ao pau, tremulando, metáfora dessa vida filha da palmira que procuramos levar na flauta, todos os dias, concorda?,

...se tommie smith e john carlos ergueram os punhos para o mundo, quantos cacetes esta palmira de cabelos desgrenhados, bisneta de uma sertaneja de canudos, como dizia, não erguera em riste, anonimamente?, depois que ela morreu, uns gaiatos quiseram dar o nome dela à rodovia,

fizeram abaixo-assinado,

eu o rubriquei, fui um dos primeiros, mas a secretaria da câmara dos vereadores não aceitou protocolar o documento, pode?,

outros, então, indignados com a ciumeira edílica, recomendaram que lhe erigissem uma *herma com o devido busto*,

...mas de corpo inteiro, troçavam,

chegou a correr pelos bairros uma subscrição para o monumento, com espaço para sugestões de qual deveria ser a pose estatuária,

eu mesmo dei uns trocados, propondo ao artista uma colossal vagina de bronze, hiante e estilizada, com a devida placa explicativa, bilíngue – ou trilíngue, vá lá, insinuando aos turistas pequena parte das habilidades nativas da puta –, para que a boceta de palmira, enfim, transcendesse as efemérides, desinfibulada, verdadeiro *memento mori* do prazer fugaz,

...ou da fugacidade prazerosa, qualquer coisa assim,

o documento desapareceu, no entanto, junto com o dinheiro arrecadado, infelizmente, os boêmios e libertinos da região não se entristeceram, porém, espalhando que palmira se reviraria na tumba, caso o tal busto fosse fundido e espetado no centro de alguma praça, isso sim,

e, na hipótese de uma exumação, depois de erigida a estátua, a puta, com certeza, seria encontrada de costas, no caixão, com as pernas cruzadas, trancando no cofre dos ossos aquilo que dera com tanta diligência, vida afora, já que corria o fundamentado boato de que teria sido enterrada de bruços, seguindo sua última vontade,

e finalizavam,

...não pega bem pra mulher as más companhias dos outros bustos da cidade, compreendem?,

porra, se ela tem importância!,

mais de uma vez ouvi dizer que um processo de beatificação estaria por ser aberto, do que não duvido,

sim, santa palmira navalhada...,

diz a história, ainda, que a palmira homônima, proprietária do puteiro popular, aproveitara-se da fama dessa primeira palmira – desbravadora de matas envirilhadas por pintos e paus sem lei, em país de duros lenhos, até então indescobertos –, e nomeara o seu estabelecimento, de caso pensado, com as sílabas de um antropônimo impronunciável nas casas de família do município, numa propaganda silenciosa e sofisticada do comércio barato que inaugurava aos cochichos,

puteiro da palmira,

...eta, pindorama!,

    ô, coisa boa!,

        dá até uma coceirinha na glande!,

tenho saudade daquela época,

     ...palmira navalhada!,

 era uma anhanguera da putaria,

    uma borba gata, se me permite algum exagero com os atributos naturais daquela saudosa pioneira,

   claro, tomás sabia que ela não trabalhava de madrugada, turno que impossibilitava acareações,

     ele se gabava de pensar em tudo,

eu sou foda, fiote!,

  ...a desculpa é o pé-de-cabra das mais bem-sucedidas escapatórias, meu amigo!,

(bate as mãos uma única vez, raspando depois as palmas, em chocalho ritmado)

...e digo mais!,

quem não gosta de quatro paredes,
que carregue no embornal umas três boas evasivas, pelo menos,

uma para cada janela deste cubículo trancado de mentiras,
que é a vida...,

(o jornalista faz uma careta)

tomás, sabia que todo mundo fala por aí que você é tantã,

...que não bola bem?,

(o ex-operário ri)

o difícil da boa fama é mantê-la sem cair da cama!,

o beco tinha quatro casas, apenas,   entre elas, vários terrenos vagos,

  uma delas, com um pequeno alpendre, estava com as luzes acesas,

tomás dirigia,   desligou o carro, para não chamar atenção,

vamos deixar pra amanhã?,

calma,   ...se sair alguém, a gente cai fora,

    ...ou estaciona em outro lugar, foda-se,

  ficaram ali por cerca de quinze minutos, em silêncio,

a respiração pesada de fiote irritou o operário,

você é asmático?,   ou tem adenoidite, hein?,

(fiote finge que não entende a pergunta)

não,   saúde férrea, por quê?,

nada, vai...,   não tira o olho da casa, homem!,

  ninguém saiu,

    nem afastou a cortina da janela, pra espiar,

vamos,   tá limpo,

desceram e entraram numa picada que cortava o mato alto que costeava o rio lambari,

puta córrego fedido!,

                                as sacolas de lona dobradas debaixo dos braços,

aqui não tem cobra, não, né?,
sei lá,   presta atenção onde pisa...,
de que jeito?,   não estou enxergando bosta nenhuma...,

na altura do trevo, atravessaram a pista e ganharam a avenida industrial, caminhando rente ao muro da metalúrgica, cabisbaixos,

                                            a luz os constrangia,
dedurando ao mundo o que nem tinham feito, ainda,

não é preciso correr, fiote,

                    calma...,

depois do paredão, enfiaram-se no intervalo dos arames farpados, desaparecendo na goela escura dos pastos e da noite,

era lua nova,

tomás calculara a data da operação segundo as fases do satélite, também, casando-as com os plantões da esposa,

eu sou foda, fiote!,

isso aqui tá um breu...,

levaram um pequeno farolete para alumiar o caminho,

o facho de luz era tão fraco, no entanto, que tomás tropeçou num pequeno cupinzeiro e caiu,

(fiote ri)

vai, papudo!,

(tomás se levanta, bate as mãos na roupa e pega a lanterna, no chão)

quer ir você, na frente?,

eu não!,

deram uma grande volta,   passaram pelo buraco que cavaram, queriam conferir, antes, se tudo continuava em ordem, para seguimento e progresso da *operação engrenagem,*

       beleza, *tudo do jeitinho que deixamos,*

(uma coruja bate as asas e chirria fundo, perto deles)

          credo..., *fiquei arrepiado,*
    larga a mão de ser tonto, fiote!,

subiram pelo aclive até enxergarem as luzes da fábrica, lá longe,

  e agora?,

      agora é achar o ponto, entrar, pegar a mercadoria, enterrá-la e picar a mula...,

    (tomás apaga a lanterna)

      caminharam devagar até o alambrado onde tomás vira o guarda dormindo, naquele dia em que os meninos pensaram que ele cagasse destemperado, atrás da moita,

     (moleques filhos da puta...)

no caminho, procurou afastar os pensamentos ruins,

(pra que lembrar besteiras?)

se não pronunciasse a palavra "azar", tudo daria certo, claro,

(calculei tudo, caramba...)

passou a mão no bolso, ...sentiu a chave do almoxarifado entre os dedos, respirou,

(já deu certo!, ...já deu!)

    sua mãe é que lhe ensinara isso,   calar as palavras de mau agouro, esquecê-las até não existirem, impronunciadas,

então a bonança abrindo os braços, ditosa,

(bom, ...mamãe não teve tanta sorte na vida, coitada,   por quê?)

    os passos de repente se turvaram,

ele tropeçou, mas dessa vez não caiu,

(será que basta pensar uma palavra desgracenta pro troço desandar?)

que é que foi?,

nada,   ...só tropiquei,

de novo?,

(tomás não lhe responde, amuado)

não tinha jeito de não pensar desgraças, *(caralho!)*,

ao afastá-las da boca, mudavam de lugar na cabeça, reviradas, boiando sentidos dos quais pensava se desviar, quando bracejava as obrigações,

(não tem erro,   não tem...)
olhou pra trás,   tentou enxergar o rosto de fiote,   não conseguiu,
(vai dar certo,   isso...,   já deu certo!,)

o rosto da mãe, porém, não lhe saía da memória, rascunhado em traços estranhos,   ...a escuridão?,

(mamãe sofreu tanto...   quem soprava as desditas em seu nome, sussurradas ao pé do ouvido, e, depois, repetidas sem querer, como se o eco das desgraças na sua voz, em coral consigo mesma, hein?)

pisou no estrume fresco das vacas, fartum recendido de seus passos tortos,

uma resposta?,

puta que o pariu...,

(pra que pensar besteiras?,   olha no que dá...)
cuidado com a bosta de vaca, aqui, ó,

(aponta a lanterna)

...pisei num monte,

          hummmm,   já tinha percebido,

espera,

(tomás apaga o farolete novamente e raspa os pés no mato, com força)

        teve medo,

               ...porque a vida era aquilo, intuiu,
bosta agarrada às ranhuras do sapato, grudenta, fedida,

      restava bater os pés com força, livrando-se dos dias até que,
de uma hora para outra, pronto, você também estrume da existência,

          ...e fim daquilo que não começara,

(...chega,   chega disso, caramba!)

        pronto,

              vamos,

o guarda estava dormindo na mesma cadeira, enfiado num nicho entre dois galpões,

não falei,   olha ele ali, ó...,

o pátio era iluminado por alguns postes, com lâmpadas de vapor de mercúrio,

aqueles antigos, com um braço que segurava o prato esmaltado, de borco, sabe?,

vamos mais ali, na frente,   se ele acordar, nem assim nos vê,

acompanharam o alambrado até o vigilante desaparecer,
(espiam a fábrica mais um pouco)

é aqui...,

tomás tirou um alicate grande do bolso,

a ideia era recortar uma abertura folgada, suficiente para passarem com as sacolas sem rastejarem,

(*faz uma careta e bufa, a cada movimento de aperto, com as duas mãos*)

    o arame ffff é grosso!,

              f fff está mais difícil do que ff ff imaginei...,

(*seca o rosto, que escorre e salga a boca*)

o esforço do trabalho é o dublê fanfarrão de nossas lágrimas, procópio?,

              quando terminou, tomás ainda mediu o buraco, contando os palmos, para ter certeza do tamanho,

puta que o pariu!,

     espera,   estava me esquecendo,

              pega,

                  enfia o capuz,

             ...e põe as luvas, porra!,

entraram e correram até a parede do primeiro prédio,

                  era só contorná-lo,

...pareciam dois ninjas trapalhões, personagens deslocadas do *kyôguen*, deslizando em disparada, grudadinhas ao muro feito lagartixas, ambas perdidas nos confins ensombrados do cu de um mundo muito distante, mas ao alcance dos dedos,

procópio, procópio,   ...que fazer, quando a antropofagia que nos cabe é o alimento indigesto de nossa própria carne?,

(não sabem se olham para a frente ou para os lados, enquanto caminham)

o almoxarifado era no prédio contíguo,

tomás escolhera roupas cinzas,
para que ficassem meio mimetizados ao cimento do chão, ao piso,

...às paredes de blocos de concreto sem pintura,

sim, faço questão de frisar isso, meu caro,   acho emblemático,

...você é um tonto,

se prestar atenção, verá que os detalhes não são à toa, procópio,

cabe a você encaixá-los à paisagem de significados,
desolação de rala alfafa, ao pé de muitos,

...ou cerrada floresta, para poucos,

deram com a cara no portão,

                        e agora, tomás?,

           era uma grande porta de correr,   não tinha cadeado, de modo que bastava empurrá-la,

     tomás respirou fundo, ao perceber que ela estava só encostada,
(*...certo,   já deu certo!*)

                           quando a deslocaram, porém, exageraram na força e ela rangeu alto, gemido que talvez despertasse o vigilante, que cochilava logo ali, do outro lado,

             (*olham-se, assustados*)

                          ato reflexo,
saíram correndo até uma pilha de barris e se agacharam atrás deles,

           fiote bufava,

(*sussurrando*)

e se o guardinha aparecer?,

não vai...,

...por que saímos correndo, então?,

sei lá,   seguro morreu de velho...,   fica quietinho, vai,

fodeu, né?,   vamos, vamos embora...,

embora o caralho!,   ...já fizemos o mais difícil!,

(coloca a mão no ombro de fiote, que está tremendo)

mais cinco minutinhos,   se não aparecer ninguém...,   olha, já deu tudo certo, calma,

(espia o relógio e fala consigo)

já era pra ter terminado...,

(fiote, ouvidinho de tuberculoso, escuta o pensamento solto do amigo)

vamos abortar o troço, tomás,   daqui a pouco...,

nem fodendo!,

o vigilante não apareceu,

saíram da toca e voltaram para a entrada do prédio,

seria preciso empurrar o portão mais um pouco,

acho melhor não...,

não tem jeito,   neste espacinho, a sacola não passa...,   é só ir bem devagar,   vai,

dessa vez, fizeram um trabalho milimétrico, sem rangidos,

viu só?,

dentro do galpão, estava escuro,   tiveram de acender a lanterna, porque a luminosidade do pátio recortava em vão, através da porta, uma figura geométrica inútil, rabiscada no piso do almoxarifado,

um losango de luz que ofuscava a visão, escurecendo os arredores com sombras mais fortes,

caminharam devagar para o fundo do prédio, onde ficava o maldito estoque de peças,

aponta só pro chão, hein!,

porra,   pensa que eu sou besta?,

o depósito era construído com blocos vazados que faziam as vezes de cobogós, como já lhe disse,

tomás tirou a chave do bolso,

correu até a porta e a abriu, sem dificuldade,

...com alívio, canonizou na hora um novíssimo santo, em nome de um ato realizado sem contratempos, ao contrário do que acontecera da primeira vez, quando trepou com azelina,

(beija o chaveiro)

(bendito berilo de são pedro gradeado!)

se me permite a sugestão, procópio, um santinho batuta para a nossa

IGREJA DO CRISTO CRENTE,

não acha?,

sim, claro,

...ao lado direito do altar-mor, junto à santa palmira navalhada,

amém!,

(tomás respira fundo)

a janela de atendimento, ao lado, estava trancada,

                lembrou-se do diálogo teológico, escrito no balcão,

(por que ermelino não o apagou?)

        não era hora de se preocupar com isso, *caralho!*,

                (pra que se lembrar dessas besteiras?)

    o medo o desviava das palavras agourentas?,

        talvez ermelino fosse mesmo o autor da obra completa, o narrador onipotente de um diálogo neobíblico, rascunhado nas tábuas do balcão de atendimento daquele velho depósito, apenas para agredir a cristandade hipócrita que nunca o poupara de sua extremada timidez,

    ou dos remédios que tomava,

...sim, do parentesco com o doutor leopoldinho, também,

                pode ser,   pode ser,

        fiote, por coincidência, mesmo atrás de tomás, quase entrou no corredor onde o nosso amigo comera azelina e lambera os beiços, depois, refestelado de amor, o jornalista não via necessidade de irem muito lá pro fundo, longe da porta,

...pra quê?,

tomás fazia força para não olhar na direção da câmera, cujo ângulo decorou quando assistira àquele filme estrelado por ele, em pelo – e pela balconista, bem rapadinha, aliás...,

não, fiote!,   vem comigo!,   aí só tem porcaria...,

e se a gente precisar sair correndo?,

...vai agourar a puta que o pariu!,   bate na boca, homem!,

era o único local proibido, claro,

o vínculo com a demissão, quando vissem o vídeo do assalto, seria imediato, tornando-o, de bobeira, o principal suspeito do crime,

duas fileiras adiante, encheram as sacolas, porque tomás, na verdade, fazia muita questão de ser filmado de novo – motivo pelo qual também não queria se afastar muito daquele corredor,

(vai que as câmeras não peguem o fundo direito...)

escolheram as embalagens menores,

        abriam-nas e guardavam as peças na sacola,

                quando a primeira ficou abarrotada, experimentaram o peso,

putz,   acho que não dou conta...,

fica frio,   a gente coloca menos, na outra,   ...eu carrego esta,

                      depois de guardar o último produto, tomás atirou para cima uma pequena caixa vazia, matou-a no peito e fez umas cinco ou seis embaixadinhas, metendo o pé no papelão para finalizar o lance imaginário, como se estivesse na cara de um gol de traves ilusórias, mal defendido pelo amigo,

fiote, que nunca jogara futebol, nem de botão, deu dois passos para trás, coitado, deixando a bola quadrada estufar as redes inexistentes daquele estádio, campo onde o ex-operário jogara como triste adversário de si, perdendo todas, por anos e anos,

                entretanto, naquele momento, teve a sensação gostosa de que virava o jogo, resultado que carregaria em volta olímpica para fora da fábrica, numa vitória estendida aos dias prorrogados que lhe restavam,

            (e que serão muitos,   ...tenho certeza!)

o troféu do pobre é o ar que respira?,

        tomás não conseguiu se segurar, procópio,

saltou e esmurrou o ar, finalmente pelé de um drible da vaca na vida, que saía desatolada de um brejo sem fim,

        garrincha de uma caneta sem garranchos, sem estudos interrompidos pela falta de dinheiro...,

        pela miséria de seus pais,

        sim,   um chapéu dado de letra nos doutores encapelados e nos patrões filhos da puta, que o marcavam com faltas, imposições e impedimentos,

...com pontapés e ordens que os juízes comprados fingiam não ver, deixando a peleja seguir sem apitar nada,

        (não... nunca mais serei rebaixado!,   chega...)

queria gritar, mas contentou-se com aquele arremedo soprado em baixo rascante, quando se imita sozinho a multidão dos grandes eventos,

        ...engatou essa vibração contida e infantil, depois, a uma narração eufórica, porém igualmente bocejada, coisa de moleque?,

                        ou nova versão resumida, bem brasileira,
solo fabuloso daqueles cantos orfeônicos, hein?,

ahhhhhhhaaaaahhhaaahhaaaooooooohhhaaahhhoooooooaaahhh...

                        é é é é é é éééé   doooo   bra-siiillllll,

     fiote arrepiou-se todo, rente às traves da prateleira, paralisado,

...tá maluco, homem?,

(tomás ri com a mão na boca, abafando à força aquela descomedida alegria)

         queria demonstrar para a posteridade, segundo pensava,
o desprendimento que um operário vingativo não teria,

habilidade que, portanto, sustentava um álibi muito particular de ódio,
documentado e registrado pelas câmeras,

    calma, fiote,

           ...pra que tanta brabeza, frangueiro?,

...só não abaixou as calças e cagou no chão, conforme curioso costume de alguns marginais que assinam desse modo as suas obras, porque a polícia talvez pudesse cotejar as imagens, reconhecendo-o pela bunda, investigação que o colocaria com destaque nos anais da história forense, fama que qualquer meliante, mesmo neófito, estaria longe de querer, *por mais que fosse fã daquele famigerado efésio*, como diria, provavelmente, o nosso dante negro, não fosse o poeta simbolista preterido ao cargo de promotor por questões adjetivas deste nosso país, como se sabe,

    não...,   uma *damnatio memoriae* ao avesso, isso sim,

          o pé-rapado toma pancadas e pontapés, torce o tornozelo, mas paga sua *hybris* é no olho do cu, em prestações que duram uma vida inteira, diante de deus e do mundo, tenha certeza disso, procópio,

          as tragédias brasileiras são grotescas, ao contrário de algumas sublimes comédias, meu amigo, nas quais, estas, encarnamos um palhaço disfarçado de arlequim, é o que é,

          ...ou fomos o que somos, hein?,

eusébio sousa estaria certo?,   diga,   pode dizer...,

...vamos embora, fiote,   acabou!,   acabou!,

trançaram as alças nas costas e saíram do almoxarifado,

a sacola de fiote tinha pouco mais da metade do peso da primeira, carregada por tomás, e, mesmo assim, o professor reclamava, já que tivera como único parceiro, até ali, o travesseiro, amizade conquistada *a macias penas,* como frisava, sempre que ouvia um LP antigo de noel, cofiando a barba cultivada de seu sossego, esparramado na cama, entre goles de boa cachaça envelhecida e um cigarrinho esperto do capeta,

...era um homem de hábitos, isso ninguém haveria de negar,

não...,   pfff   não estou acostumado com   pffff este peso, não...   pfffff,

tomás chegou a zombar do comparsa, crente de que o pensamento positivo era tudo, e que a força de vontade, afinal, seria um modo de se transferir a condução do destino para os próprios músculos,

(deu certo, caralho!,   ...deu certo!)

antes de sair do prédio, ficaram à porta, espiando alguma possível ronda,

nada,

só ouviram o silêncio da noite alta e os grilos, que chamavam as fêmeas,

tomás, quando enfiou a cabeça pela porta, sentiu um frio na barriga, antes de reconhecer o tritrilado chato dos insetos,

supôs que os ouvidos começassem de repente a zumbir, como naquele dia em que quase morrera, na cozinha de casa, tossindo incontrolavelmente,

teve medo de que um novo acesso os delatasse,

ao identificar os bichinhos, porém, espantou a lembrança impertinente com um leve pigarro,

(pra que inventar desgraças?)

arrependeu-se da palavra aziaga e bateu na boca, sem que fiote percebesse,

tá limpo..., vamos,

caminharam com tranquilidade, então, tomando o cuidado de não rasparem a sacola na parede, chiando uma confissão muda que, como toda revelação, alguma liberdade haveria de lhes custar,

não encosta a sacola na parede!,

isso, desafasta...,

(pisca para o amigo)

                eu penso em tudo, fiote!,

tomás puxava a retirada de uma tropa, afinal, triunfante,

                                      (pronto,   deu certo!)

                                        uma coisa boa no peito,
como se finalmente saísse do buraco entrincheirado onde nascera, cova da qual, por força das batalhas diárias, não deveria escapar...,

(sim,   ...eu também risco o meu destino, cambada!)

                      quando estavam na reta da abertura que fizeram no alambrado, no lado oposto, correram o mais surdamente que puderam, sem sapatear, para vencer quanto antes o pátio daquela *terra de alguém*,

(pau no cu dos leopoldos!)

mas os papais noéis não contavam com o tilintar dos sacos que levavam, o que bambeou a carreira dos dois maus homenzinhos,

                          os *sinos de além*, procópio?,

chegaram à fronteira caminhando depressa, apenas,

ao passar pela tela, tomás ouviu o estampido,

virou-se em tempo de ver fiote caindo,
o sangue esguichando latejado de sua cabeça, que empoçava o chão em derredor, após o baque,

tudo num relance,

caiu de bruços, atingido por trás,   o rosto de lado,

tomás era uma estátua de si, outra, diferente daquela da infância,

a sacola pareceu-lhe, de repente,
uma imensa mão que segurava o companheiro preso à terra, imobilizado pelo destino que ousara carregar nas costas,

...este, contrariado com tal rebeldia, agora apertava seu fantoche com força, para consertá-lo de uma ingênua e falsa liberdade,

fiote!,

o redator dos TRECOS E CACARECOS não poderia mais responder, os olhos arreganhados saltavam do buraco do capuz, enquanto arfava um rincho feio, semelhante àquele da multidão que tomás imitara,

    a torcida adversária?,

e outro estampido,

     a bala raspou o braço de tomás,

só então olhou dentro da fábrica,

      o guarda apontava-lhe o revólver, protegido pela esquina dos dois galpões, a uns trinta, quarenta metros, provavelmente temeroso de um possível revide,

   atirou mais uma vez,

      tomás escutou o assovio do projétil, agachou-se, tremendo, e caiu sentado, com o peso das peças,

       fiote chiava mais grosso, roncando a segunda voz daquele dueto à capela com a morte, o silêncio é a nossa apresentação final, procópio?, espetáculo de um só fôlego, bisado eternidade afora?,

o ex-operário ajoelhou-se, antes de destrançar bruscamente as alças que o amarravam,

o guarda se assustou com o movimento e recolheu o corpo, escondendo-se atrás das paredes,

nosso amigo despejou a sacola ali mesmo e saiu correndo, desembestado,

ouviu, ainda, mais três disparos,

chumbo quente é *doping*...,

olha, houvesse, na mesma olimpíada em que a foda sincronizada fora parte do programa desportivo, uma prova de corrida tresloucada, para fundistas fodidos, com salto desabalado de cupinzeiros,

...batata!,

a segunda medalha de ouro do país estava garantida, mesmo com os dois ou três tombos que experimentou, quem foge em disparada deve aprender a cair em pé,

        ...afinal, melhor um joão bobo de si que um sujeito esperto,
mas mamulengo dos outros,

na baixada, ele dobrou caminho em direção à avenida,

    não poderia seguir por ela, porque a polícia estaria avisada, com certeza,

        cruzou-a e saltou a cerca oposta,

ele correria pelo mato até o outro trevo, uns dois quilômetros à frente,

    foi o que fez,

só então arrancou a balaclava e as luvas,

        não poderia ser flagrado com elas, claro,

        escondeu-as numa grande moita de barba-de-bode,

por intuída precaução,

        se pudesse, tiraria as roupas, também,

voltando pelado para casa, livre de tudo que o ligasse ao crime,

a inocência é um procedimento, procópio,
um ato em hábito, ação que se repete até se entranhar numa verdade,
com todas as letras,

    das roupas à pele,

        da epiderme às carnes,

            do corpo ao espírito, enfim,

entrou na cidade caminhando,

      evitaria as ruas principais, sem correr,

(cospe na palma das mãos, esfrega-as e ajeita o cabelo, três ou quatro vezes)

    não queria que o desalinho do penteado confessasse,
em momento sensível, a máscara de seu anonimato, condição exercida
por nascença e destino,

        fama de pobre é escândalo?,

    andou algumas quadras,

(*acho que...*)

                ouviu sirenes, ao longe,

                                  estremeceu,

o zoado engrossava o ar, aumentando aos poucos o volume,

                desesperou-se, extático,

                                    sim,   ele seria pego,

    bateriam nele,

                talvez o levassem para uma quebrada qualquer, onde o espancariam a socos e pontapés, não sem antes o queimarem com cigarros, zombando dele, da sua burrice blesa de voltar ao local do crime demitente,

                e arrancariam suas unhas com o *alicate de bico fechado* da viatura, ferramenta para arreganhar de vez a boca dura de comunistas e subversivos, como ouvira do próprio sargento oliveira, certa vez, ao comentar *en passant*, no bar da lurdes, o papel central das forças públicas no xadrez da política brasileira, que os imbecis supunham ser mero jogo de damas, pagando caro por isso,

    e lhe quebrariam os dentes com o mesmo alicate, então,

                          e cortariam fora a sua língua solta,

  e furariam um dos olhos, apenas, com uma chave de fenda enferrujada, para que pudesse ver a própria morte,

...o corpo, talhado e retalhado ainda vivo com a motosserra do doutor leopoldinho – que a traria correndo da FAZENDA BOA VISTA –, seria jogado aos nacos para os cachorros da valorosa corporação dos bombeiros,

gemeu um desespero bufado, tossido,

(preciso..., eu preciso...)

não, não sabia do que precisava,

respirar?,

puxou um ar grosso, que não se encaixava na rosca espanada das ventas,

(eu...)

tentou moldar com frieza o barro seco da situação,

mas o pensamento se esfarelava,

(...preciso)

as sirenes berrando alto,

mais e mais alto,

(preciso... me esconder)

vasculhou os arredores com os olhos arregalados,

(isso...,   me esconder...)

viu o terraço baixo de uma casa,

eram duas viaturas, pelo menos, tamanho o estardalhaço,

(se cruzarem comigo...)

supôs que o sargento oliveira guiasse um dos carros,

(ele gosta de mim, mas...)

foi fácil pular a mureta e se agachar, ao lado de um vaso de antúrios, entre as samambaias de uma fileira de xaxins que contornavam todo o alpendre, dependurados em alturas variadas, algumas arrastando as saias verdes pelo chão, baianas bonitas da mangueira, cansadas de rodar, depois do desfile,

quando os carros passaram, as luzes tingiram as paredes do terraço de vermelho e azul, por segundos salpicados, relampejando no reboco um amontoado inútil de céus em poças latejadas de sangue e sombras,

ele se arrepiou,

(eu matei o fiote...,   eu...   mataram o fiote...)

não houve tempo de aceitar a dor, porém,

       a luz da sala se acendeu,

     o vitrô projetou-se nos ladrilhos do chão, janela de um inferno que se abria para o engolir,

     ...ou aquilo seria a intimidade perdida de seu lar, deitado fora por capricho?,

      ...ou talvez, ainda, as manchas no chão do almoxarifado e da papelaria, entrecruzadas, hein?,

      a fechadura mastigou a chave,

   tomás não pensou nada,

correu miudinho até o fundo do alpendre e se enfiou entre a folhagem mais densa, sem respirar, as pálpebras fechadas, para que o branco dos olhos não piscassem o improviso daquele refúgio,

       a porta se abriu,

    o ex-operário espiou a cena por um rasgo mínimo dos cílios, suficiente para se inteirar da situação e pular fora, assim fosse preciso,

     um homem grande, de cuecas e camiseta velha, com a propaganda de audálio dantas, para deputado federal, saiu e foi até a mureta baixa do terraço, descalço, procurando entender a estranha movimentação, olhava para os dois lados da rua, cabreiro,

    a polícia ia longe, tomando os lados do distrito industrial,

(*o que foi que eu fiz, meu deus?*)

        alguém gritou, de dentro da casa,

volta pra cama, homem!,   ***é só a polícia, querendo mostrar serviço...,***

o grandalhão obedeceu à voz feminina,

    entrou quieto, coçando a barriga e o queixo do candidato,

        depois apagou a luz e, muito provavelmente, caiu na cama, curioso da confusão e com raiva da mulher que exercia nele, em sua casa, a subserviência que desde sempre as ruas lhe impuseram,

o amor tem facetas repetidas, espelhadas na rolagem da vida,

    um dado viciado que atiramos incontáveis vezes, esperando o sete...,

tomás aguçou os ouvidos,

        fez hora por uns minutos e saiu do terraço, trêmulo,

no caminho de casa, não pensou em nada, a não ser chegar e chegar,

quando entrou, não pôde segurar o choro,
                        arrancou as roupas na sala, mesmo, e, nu,
secou o rosto no pano das calças,
(faz um amontoado com as vestimentas e as enfia sob o sovaco)

            rebeca chegaria às dez, dez e tanto da manhã,
                    sentiu uma pontada funda nos intestinos,

o pavor?,

      lembrou-se do dia em que amassara um grão de arroz nos dedos,
            uma dor de barriga dos infernos, quando, então,
tivera a maldita ideia da chave duplicada, da trepada gostosa com azelina,
de tudo aquilo que, naquele momento, redundara na morte do amigo...,
                sentou-se na privada e chorou mais,
abafando os soluços com o brim amarfanhado de seus fracassos,

      (coitado do fiote...)

jogou as peças no chão, ao lado do cesto de papel, e fez força para se livrar de toda a merda que carregava em si, desde que nascera – essa era a verdade,

um peido grosso ecoou, ressonado, na concavidade cavernosa da privada,

tomás olhou aquelas roupas amontoadas e reviu fiote agonizando, deitado como uma sombra no chão do banheiro de sua casa, *coitado*, a bosta da vida vomitando-se chiada pela boca do infeliz,

pelas narinas que raspavam o ar com as unhas da desgraça pelada,

...da desgraça uniformizada,   cinza,

...a sacola de peças espremendo-o contra o solo, fole rasgado de uma existência esfalfada e miserável,

não,   não conseguiu cagar, mesmo estufando as veias da testa,

devia queimar aquelas provas quanto antes,

levantou-se e parou na frente da pia,

descobriu no espelho que o rosto estava sujo de terra,

fechou os olhos,

...e os cristos da infância, de repente, saltaram da cruz, noutra escuridão, e desapareceram no meio de um pasto azulejado de pálpebras inúteis, correndo, fugindo da desumanidade que escolheram abandonar,

sim, eram todos impostores..., todos!,

(filhos da puta!)

mas outra pontada, agora no peito...,

seria ele, tomás, a mortalha de si, ...o avesso de um sudário nele impregnado, flagelo dos tombos que levara pela vida?,

fechou os olhos com mais força e viu-se exposto num relicário de grades douradas, cercado das gentes farisaicas que riam dele, que roubavam as moedas ao gazofilácio, cofrinho que ele mesmo construíra para a igreja a partir dos restos de uma gaveta comprada no ferro-velho do abelardo, com o dinheiro contado de rebeca, *pobrezinha,*

(o padre é que me pediu...)

a igreja estava cheia,

dona rosa e o juiz fernando à frente da multidão de infiéis, os bolsos gordos,

...catavam o dízimo sem nenhum escrúpulo, enquanto dedilhavam, numa das mãos, o rosário despetalado de uma oração em uníssono, que terminava na *infâmia ao pai, à mãe e aos amigos de tomás, no princípio e sempre, pelos séculos dos séculos, amém,*

(tomás começa a rir)

     ...serei eu o verdadeiro cristo?,

(não, não, ...nunca fui louco! nem eu, ...nem os meus amigos, caralho!)

sim, procópio, não era apenas a tosse...,

   ele tinha essas visões, nos momentos decisivos,

      ...imagens que escondia de todos,
com medo de um julgamento arbitrário dos amigos, da sociedade,

    escondia de quase todos, porque...,

        sim,

todos incapazes de ver o caráter estúpido e convencional das sanidades,

      ensaboou o rosto com vigor
e arrancou da pele as marcas daquela via dolorosa,

(chega disso, ...se foi, ...foi porque ele quis, caralho!)

depois pronunciou para si, olhando-se no rasgo dos olhos, o mantra que o livrava *ad aeternam* dos pecados mortais que se negava a carregar sozinho,

não posso encarnar o simão cirineu das escolhas alheias, porra!,

enfiou um calção, ajuntou a trouxa das roupas e saiu para o quintal, decidido,

encharcou-a com álcool e tocou fogo em tudo, dentro do barril de 200 litros,

ao executar a ação planejada, acalmou-se,

(pronto, chega...)

atirou as cinzas no quintal vizinho, restos de uma ideia infeliz, só isso, adubo para a tiririca que nascia com força nas terras ao lado e, quem sabe, também ao redor da cova onde o fiote descansaria, depois de tomar na cabeça um tiro que seria seu,

(ele salvou a minha vida...,

será que fiote é o cristo verdadeiro, mas apenas meu?)

sempre me perguntei, procópio,   ...os heróis feitos pelo acaso não mereceriam ainda mais honra do que os homens que se martirizam por gosto e convicção, quando aqueles colocam a sua covardia ressabiada no *front* das indecisões, ao contrário destes?,

depois, pensou melhor, ponderado,

(*ele é que deve ter acordado o guarda,*
quando raspou a sacola na parede,

...burro!)

lavou o tambor, tomou um banho rápido e deitou-se,

(*o fiote quase me matou, isso sim!,*

quase...)

pode ser mentira, mas disse que não demorou para pegar no sono, vai entender..., pela manhã, a cidade não tinha outro assunto,

                        o redator dos TRECOS E CACARECOS fora morto quando assaltava a maior indústria da cidade,

              cinco outros bandidos fugiram, mas o delegado afirmava que os perigosos meliantes seriam presos, *mais dia, menos dia*, pois as investigações *iam bastante adiantadas*...,

                    continuava a explanação afirmando que, para se saber o tamanho do prejuízo, só depois do levantamento das peças roubadas, relação que era preparada, com muito cuidado, por uma equipe de funcionários da fábrica, *para o natural andamento da burocracia referente ao seguro*, segundo as observações do doutor leopoldinho, filho e coproprietário da empresa,

gostei do fato de alguém ser filho do próprio negócio...,

      definição moderna para o termo "filho da puta", não pensa assim?,

                    o comissário completava as informações deixando claro que o guarda agira em estrita e legítima defesa,

      ...*summum ius, summa iniuria*, principalmente se o pé rapado tinha na sola o barro das adjacências patronais, é ou não é?, a rua do necrotério ficou entupida,

           todos os desocupados da cidade, sem exceção, assuntando o lambido chorume daquela tragicomédia,

           alguns cidadãos exercem a bisbilhotice, apenas, profissão que devia pagar muito bem, aliás, dado o número considerável dos empregados dessa tão próspera empresa, reunidos em assembleia facultativa, na frente do hospital – o que denotava um amor ilimitado ao ofício,

           comentavam o episódio em detalhes, narrando os fatos de acordo com a audiência,

           falassem com amigos e conhecidos do redator, apontavam alguma grossa chantagem, *coitado*,

    doença,   dívidas de jogo,   amantes,

           coisas assim,

           se o espectador, entretanto, era próximo ao clã dos respeitabilíssimos leopoldos, ou apenas aparentasse algum dinheiro, os mesmos escrutinadores relembravam a surra que tomou na escola,

a falsa loucura,   a licença médica forjada,   o uso de drogas...,

     uns pândegos...,

o modelo de cobertura da TRIBUNA foi o segundo tipo de comentário, em edição extraordinária, claro, não só porque seguiam o histórico exemplo de certa tendência jornalística que viceja no país, mas pela possibilidade de enterrarem de vez um concorrente que, sabe-se lá, um dia talvez chegasse a cobrir aspectos da miséria social e política até então circunscritos à compra e venda de trastes e badulaques, restos de uma verdade sempre questionável, e, portanto, perigosa...,

as concessões do poder apertam o cerco e as cercas, sempre que o povão questiona as padarias e pradarias,

no brasil, procópio, biscoito fino não é brioche...,

o corpo seria liberado no dia seguinte, segundo enfermeiros que passaram por lá, no horário de almoço,

entre eles, rebeca...,

foi nesse intervalo que tomás me procurou em casa e contou tudo, fingindo serenidade,

fiquei sabendo dos detalhes naquele dia e nunca os repeti a ninguém, a não ser a você, em nossas conversas, depois de tantos anos,

não posso dizer que estivesse engasgado, mas às vezes uma palavrinha desce meio atravessada, e o sujeito fica com aquela sensação de que alguma coisa está parada na garganta, não,   não quero me livrar da culpa que me cabe,

   mas acho que tudo aconteceria do jeitinho que, de fato, aconteceu, mesmo que eu não participasse de nada, poxa!,

   olhe,   a bolívia acaba de eleger um cocaleiro,   a alemanha, uma mulher para a chancelaria,

   o inevitável há de sobrevir, meu amigo,

   ...se o papa foi prestar contas ao patrão, no começo do ano, outros pontífices continuarão a bater os múleos depois dele, porque *assim caminha a humanidade*,

   não fosse um bento XVI, agora, seria um pio XIII,   e daí?,

   nenhuma santíssima trindade separaria o homem real dos outros que ele próprio habita, nele ou em qualquer um, zanzando por aí, ilusória que fosse a matemática dos corpos na subtração das vidas,

em outras palavras, como certa vez escrevi,   *tempo sucede tempo...,*

   lembrei-me de um caso,

   ou dois,

   ...escute,

um dia, um amigo lamentou para mim o fato de hitler não ter morrido, durante a primeira grande guerra..., acho que falava daquele bigodinho, usado pelo nazista como galardão de uma heroicidade que o mataria, não aparasse as bordas da taturana tradicional e cabeluda que cevava sobre os beiços, tal como o próprio pai, durante as batalhas do regimento de infantaria bávaro ao qual fora designado – lanugem impeditiva de uma completa vedação pelas máscaras antigás que os soldados recebiam, equipamento fundamental para evitarem o veneno que os inimigos da tríplice aliança aspergiam pelos campos de batalha,

...e vice-versa, porque a tríplice entente respondia à altura, sabedora de que a vilania é atributo da razão,

pois é, bigodinho de hitler...,

e no que deu isso?,

hoje é depilação do pentelho de bocetas, veja só...,

uma senhora com quem travei diversas lutas corporais, cujo nome prometi manter sob segredo militar, porque criptografado debaixo das barbas hirsutas de um marido bem brabo, devo admitir, certa vez me pediu, com ar zombeteiro, que lambesse os lábios do ditador germano, doravante carregado no meio de suas belas coxas,

ela achou que eu fosse gostar da novidade político-capilar, sei lá,

um troço bem brochante, confesso...,

por isso não me espanto com esses tarados de hoje, procópio, cujo prazer é meter a língua com gosto na xereca das ideias de jerico daquele psicopata alemão, babacas babando preconceitos fantasiados do mais chulo patriotismo, concorda?,

bem, meu amigo imaginava que a morte prematura do futuro *führer* livraria o planeta do conflito mundial seguinte,

ri da ingenuidade do rapaz, afirmando-lhe que a segunda grande guerra viria pelas patas de outro maníaco qualquer, membro ativo de uma das diversas raças cacogênicas que abundam pelo mundo, para alegria desses *galtons* pés de chinelo de nossas elites mais tacanhas...,

os indivíduos – completei –, não se impõem ao processo histórico senão como peões de um sistema a eles imposto, num folguedo de regras bem definidas pelo poder, sejam quem forem, quando forem...,

só no tabuleiro da baiana é que vatapá é rei,

em outras palavras, procópio, já que você teima em não me entender, a estupidez é uma roupa que veste o gênero humano, independentemente da espécie que a encarne,

ai-ai-ai,

atente na cambada de safados que nos cerca!,

                    é de dar medo...,

         olha,

            ...já que lhe despejei dois casos, entorno-lhe agora mais um, não para transbordar o copo da conversa, sempre vazio, mas para que a história se complete em três fatos, cabala que há de sublinhar a sua compreensão, também engasgada nalguns pontos importantes do enredo,

      espere,

              vou lhe mostrar...,

poucos sabem que, de vez em quando, também escrevo uns poemas...,

                  ...para o padre ornelas, que dizia querer enfeitar a prédica por ocasião da festa do padroeiro da cidade, mas andava sem inspiração, porque assustado com o que ouvia de indecoroso nas confissões,

          ele estava embirrado comigo, lembra?,

não guardo mágoas, e o oferecimento sincero haveria de o reaproximar de mim, até para que eu pudesse lhe contrapor, depois, nos futuros embates que, estes sim, não posso negar, davam-me um certo prazer,

                por isso lhe ofereci os versos que, agora, hoje, haverão de também ilustrar e iluminar o caminho de minhas palavras, para as quais percebo que você torce o pescoço, às vezes...,

                                                aqui na gaveta,

        pronto,

                      ó,   leia você mesmo,

antes das cinco moedas

o sol do ocaso, enfim, retrocedendo
tecido os fios do dia aos do mistério
enquanto deus labora, anoitecendo
cada estrela no céu do vasto império
sebastião, pensativo e solitário
reza pelos soldados, seus amigos

amanhã não será mais legionário
do armipotente imperador carino

tempo sucede tempo, tudo passa

agora, impera diocleciano
que o quer como primeiro comandante
à frente da coorte pretoriana

deus toma para si o seu destino
sebastião adormece, a noite passa

que nada,   fez questão de esquecer o papel sobre a mesa,

        na reunião seguinte, disse-me que não o entendera, tudo em minúsculas, a pontuação reticente...,

desculpou-se pela cabeça avoada,

        que não era desfeita de sua parte, *imagine!*,

...o povo tem sede das coisas simples e diretas, completou,

        discordei, afirmando-lhe que era preconceito,

        sugeri que relesse santo agostinho, pensando bem na juventude do doutor de hipona,

    dobrei o poema, enfiei-o no bolso e mudei de assunto...,

      se ele duvidasse da verossimilhança do enredo, do improvável sono do santo de narbonne, em momento decisivo, como fiz com tomás, naquela trágica noite, tudo bem,

        talvez lhe desse umas raspas de razão, mas...,

        creio que o padre tenha ligado a solitária reza daquele sebastião às obscenidades ouvidas no confessionário – ou mesmo à prática seminarista, vai saber –, supondo maldosas entrelinhas entre o padroeiro da cidade e um ativismo gay qualquer,

        um filho da puta preconceituoso, como lhe disse, em nada diferente do jair taschettine,   ...nada, nada!, aconselhei tomás a esquecer tudo,　　　a se afastar de azelina,

　　　　　　　　　　um sujeito não pode se apaixonar pela amante, porra, sob pena de se casar duas vezes, ao mesmo tempo, com o diabo *em pessoas*, ora, ora!,

　　　o nome disso é legião, não é?,

　　　　　　já que estamos à beira das hagiografias, nem a ubiquidade de santo antônio haveria de o salvar do inferno de ambas as esposas, donas de um lar de promessas monogâmicas amargas,

　　...bem amargas,　　　　　tem cabimento?,

　　　　　　na ponta do palito, pirulito não é doce, menino!,

　　bobeou, espeta a língua...,　　se não furar os próprios olhos,

disse-lhe, inclusive, que deveria comparecer ao enterro de fiote, sim,

　　　　　　de modo geral, como nos maus livros, os culpados acompanham o enterro de suas vítimas, sei disso, mas, naquele caso, nem tomás matara fiote, nem sua presença era uma confissão das dívidas já escancaradas de todo desempregado, poxa vida!,

　　　　ao contrário, o enterro seria um evento concorrido, marcado muito mais pelas questionáveis ausências do que pelo interesse compreensível de pegar uma alça do caixão,

　　　　　　　　　sim,　　prometi ir com ele,

quando chegamos, uma repórter bonitona da TV de são carlos entrevistava o nicanor,

ele, aproveitando o ensejo para fazer propaganda de seu ganha-pão, apresentou-se ao microfone como

nicanor, o melhor encanador, a seu dispor,

a repórter não segurou o riso,

desculpou-se e pediu para recomeçar, quando percebeu que o entrevistado fechara com força o registro da cara,

...microempreendedorismo ou subemprego, reificação é reificação,

sim,   demos sorte, já que várias pessoas que não arredavam o pé da sala mortuária, de jeito nenhum, ao virem a câmera, a iluminação e o microfone, saíram serelepes com a intenção de aparecer na filmagem, nem que, para isso, tivessem de entrar pelo cano, perdendo seu lugarzinho naquela fila do gargarejo muito pia, exemplo encharcado de devoção cristã ao redor de um defunto entupido de algodão, diria o nicanor, em rede regional de TV,

aproveitamos o êxodo das intenções pop warholísticas do povo e abrimos caminho por aquele mar de gente sem muito esforço, entrando de cabeça erguida na sala 2 do necrotério municipal, conforme recomendação que fiz a tomás, assinei o livro de presença e lhe sugeri o mesmo, claro,

lá dentro fazia calor, dois ventiladores quebrados,

a impressão não foi boa,

oseias cabeludo, em pé, junto ao caixão, tinha os olhos bastante vermelhos,

até por isso, muitos disseram, depois, que não era propriamente emoção, vai saber...,

estivéssemos à porta de um baile do círculo operário, não duvido de que algum folgazão gritasse **toca raul!**, remendando o pedido aos versos do roqueiro, maluco beleza que aconselhava os óculos escuros àqueles que estivessem mais ou menos na situação de oseias...,

o sócio alisava o rosto de fiote, que estava muito inchado, a cabeça enrolada em metros e metros de gaze,

durante muito tempo, aliás, depois do inditoso velório, as mães da cidade puseram um medo desgraçado nos filhos arteiros, ameaçando-os com a perseguição de um *fiote* de múmia, monstrengo que saía, de mãos dadas com o pai – o corpo seco do casarão abandonado, na rua coronel diogo –, à cata dos moleques sem educação..., não sei, procópio,

        a base de nossa pedagogia sempre foi a violência,

...notei que tomás não queria ver o defunto,

cutuquei-o discretamente, caprichando na ambiguidade do comentário,

olha o coitadinho, tomás,

    você foi muitas vezes ao jornal, né?,   era cliente dele,

        ...olha o pobrezinho, olha,

    maldita hora!,

        quando o fez, levou um azar filho da puta...,

um cachorro grande – vira-lata escanzelado que, por certo, bateu com o focinho nos umbrais da igreja do rosário e, descontente das ruas, foi dar às portas do velório –, enfiou-se no vão das pernas do nosso amigo, por trás, quase o derrubando,

        deu um berro que chamou a atenção de todos,

não era caso para tanto, mas os nervos de um devedor...,

a bem dizer, procópio, uma chanchada pastelão que colocaria oscarito e grande otelo nas chinelas,

ouso afirmar que, não fossem as faixas enroladas ao redor da cabeça de fiote, tamponando-lhe os ouvidos, ele mesmo se ergueria da essa, lázaro redivivo no grito, completando a cena de um filme de terror sem-vergonha que tomás nunca quereria estrelar, paródia plagiária e malfeita de zé do caixão com mazzaropi...,

sim,   ele se desequilibrou, mas a sala inteira é que caiu na risada,

uns, com a mão na boca, mais por respeito que discrição, outros, sem conter o espalhafato,

principalmente quando viram o pobre cachorro sair tristinho do morgue, catando cavacos e ganindo o solo uivado de uma botinada que tomou nos quartos traseiros,

...isso porque lhe disse que deveria aparecer sem ser notado, vê se pode, bem,   o velório não teve mais nada de perigoso para tomás,

na hora aprazada, fecharam o esquife e o enfiaram naquela veraneio caindo aos pedaços, único automóvel do serviço funerário do município, conduzindo-o ao buraco que românticos e imbecis apelidaram de "derradeira morada",

...eu não queria perder nenhum capítulo do folhetim, afinal, estava ali, com o *mumumudíssimo* protagonista da história – pelo menos depois daquele grito horroroso –, pronto para ver, em primeira mão, um cabra enterrar os atos tortos e anônimos de sua conduta miserável, convenientemente alocada num endereço alheio, distante da própria pele,

caminhamos juntos para o cemitério, seguindo o carro velho,

antes da encomendação – favor de um kardecista ali presente, já que o padre demóstenes desaparecera da casa paroquial –, oseias cabeludo pediu que abrissem mais uma vez o triste embrulho de madeira,

achei desnecessário, dada a deformidade do conteúdo, bastante estragado pelo sacudido balanço da vida, período de altos lucros para poucos, prejuízo na certa para deus e o mundaréu sem eira nem beira...,

retorcendo o distorcido que já lhe resumi, não faz muito, é o dedo em riste do mercado, mas agora bem visível, né?,

...e tome cuspe no fiofó da negrada,

diante do defunto redescoberto, o sócio ajeitou a cabeleira, tirou do bolso um papel, subiu numa lápide e leu, equilibrando-se no pescoço de um anjo, o que seria a última contribuição do redator para as letras nacionais,

...ou, simplesmente, para as páginas dos TRECOS E CACARECOS, o que dava na mesma, vá lá, visto o estado de acentuada penúria moral e desolação estética desses tempos, concorda?,

...ele soltou a voz com vontade,

aqueles menos curiosos que ficaram ao fundo, mais distantes – talvez porque não tivessem força para varar os mais parrudos da multidão –, chegaram a imaginar um bafafá qualquer, erguendo-se *sur la pointe des pieds*, impulso que multiplicou, num abrir e fechar de olhos, a população das gentes de pés juntos, se não separarmos os seres com a linha térrea do horizonte, como apregoa o velho ditado,

oseias cabeludo caprichou da dicção, embora o vento lhe despenteasse os fios da personalidade, obrigando-o a engolir uma boa mecha do sobrenome, depois do enxuto sarau,

por isso, não pude distinguir se encerrava o poema com reticências ou apenas cuspia e assoprava da boca os cabelos,

num e noutro caso, pouco importa, terminava bem a declamação, em polissêmica *performance*, diria um sagaz crítico literário, tivesse o fiote algum amigo desse meio,

...ou dessas rodinhas, como se diz por aí, né?,

fui ver se eu estava lá na esquina
e estava muito bem, obrigado...

ninguém entendeu porcaria nenhuma,

            a maioria ficou aguardando os outros versos, que não vieram, expectativa que criou um clima de duplicada tensão, retrato 3x4, em negativo burocrático, de um país indefinidamente à espera dos cliques, enquanto o passarinho, nunca visto, cai no alçapão dessa gentalha que faz pose em condomínios de luxo e mansões de gosto duvidoso, cantando de galo para a posteridade, é ou não é?,

            desconfiei de que fossem apenas apontamentos meio heroicos para um soneto irrealizado, porque nunca vira fiote cultivar o dístico, desde que se lançara de cabeça na poesia, movimento que lhe rendera, até então, alguns calombos na testa e, por conta disso, quando muito, um *deliciocioso* afastamento do cargo de professor, por licença médica, como neologizava, à boca pequena e trêmula de fingido choro, para os amigos mais próximos, antes de escrever a palavra numa pequena lousa que mantinha na redação, para pautar as edições,

            ...ou será que, finalmente, escrevera um poema ao sabor de francisco alvim, poeta que tanto admirava, sem contudo poder emular, por escassez de talento, essa verve saborosa e incisiva de uma incerta marginalidade artística e social – e nela, aliás, toda nossa centralidade –, contentando-se, vida afora, com a metrificada desculpa de formas fixas?, um cínico latinista diria apenas que o brasil continua *parnasianus*, mas quem leva no verso precioso somos nós, os pobres,

    ...e tome mais cuspe no anel de couro da cachorrada, nas palavras de um tolkien qualquer, perdido por estes sertões, nosso outro mundo invisível debaixo das próprias fuças,

  até hoje me indago, sabe,

seriam esses os motivos que o fizeram aceitar a empreitada do assalto?,

não sei...,

    a marginália heroica de oiticica, na beira dos dias, cara de cavalo e alcir figueira da silva, confundidos os dois, sendo um, e, agora, com fiote, uma degenerada e infidelíssima trindade?,

    de todo modo, o bandido frustrou-se, é certo, mas o escritor despediu-se a contento, na esquina das palavras, não acha?,

  sim,

    talvez, a sua melhor criação, e, por que não dizê-lo, em marcante conduta poética, mesmo que incidental,

eu mesmo escrevi uns versos para a ocasião, ao sabor do gosto defunto,

    não, não, ...mais do que mania, procópio,

os amigos do grupo de estudos,
depois daquele poema para são sebastião, passaram a me cobrar a poesia
que nos faltava, *santos operários da existência coxa*, como lhes nomeei,
mesmo porque não é preciso inventar terras médias quando o pó do
quintal enfiado até os pelos mais fundos das narinas, o pó na garganta,
travando o choro,

...nos pulmões, fazendo um homem tossir e babar seus fracassos,

disseram que gostaram muito deste aqui,

escute,

brasileiro,
o contorcionista saiu-se muito bem
quando entrou pelo cano

o que me diz?,

oseias cabeludo encerrou a leitura, depois de um minuto de desavisado
silêncio, com um salto do túmulo onde trepara, e, à vista de todos, enfiou
no caixão um vidrinho escuro, bem arrolhado, cheio com o bendito chá
do santo daime – para que o amigo, enfim, pudesse encontrar as portas
do outro mundo mais escancaradas do que aquelas que forçou em vão,
por aqui,   ...não disse isso, mas tenho certeza de que o pensou,

poucos sabiam da beberagem, claro,

os inocentes imaginaram alguns mililitros de água benta,

                                                os maliciosos, de cachaça,

            ...somente os iniciados tiveram a certeza poética e visionária da ayahuasca,

naquele momento, eu mesmo me lembrei de outro poema quase dele, na verdade um repente, extraído menos de si que de conhecidos versos, em decalcado improviso que declamou quando procurava me introduzir nos altos mistérios da *miração*, valendo-se das visões e dos argumentos oswaldianos,

                    larga a mão de ser besta, hômi

                        elixir de chacrona

                        tisana de jagube

                        e xarope de mariri

                            é bicá

                           bochechá

                            engoli

                            e avuá

descrente dos deuses, incrédulo dos homens, experimentei a bebida, pelo que, amargamente, me arrependi,

    estivesse em baependi, suruí ou parati, vá lá...,

              mas aqui?,

as rimas sonsas não seriam uma *solução*...,

    passei mal,

        vomitei e caguei até assar o cu, compondo, desse modo nada místico, as alucinações de uma viagem ao redor da privada que nunca mais ousei repetir,

            ou *repeti*, vá lá...,

    olha...,

        vivas sem urras pro talco pom pom, viu?,

não, não,

    pode ficar aí,

        eu pego pra você,

coloca a bolachinha, senão a isaura me mata, depois,

      não chega a ser toc, mas é seu tanto encafifada com flanelas...,

aqui em casa, procópio,

      eu não me canso de dizer,

  a gente gasta mais com óleo de peroba do que com cerveja, caramba!,

ela ri,

    diz que é por causa da minha cara de pau...,

          ao que sempre retruco,
segurando com gosto o bem móvel que todo homem carrega, em si,

        ah, é?,   então vem lustrar o pau ferro aqui, ó...,

tomás não seguiu o meu conselho,

   continuou a se encontrar com azelina, o que fui descobrir dois meses depois, quando me procurou, desesperado, pedindo algum dinheiro,

   a balconista arranjara um *namoradinho*, segundo ela, para equilibrar a balança do corpos, que pendia para o outro lado, sempre, já que tomás não pularia fora do prato do casamento, relegando-a àqueles encontros esporádicos, pontuados pelo calendário litúrgico da igreja matriz, templo quase centenário que roubava os fiéis da periferia – entre eles, a mãe da moça, graças a deus –, arrastando-os em cortejo para o centro da cidade, num magro rebanho que tinha a certeza de que o senhor habitava, logicamente, a melhor das edificações, apenas fazendo rápidas visitas às paróquias feias do subúrbio,

louvado seja deus, mas com classe, né?,

   sem dinheiro, enforcado por contas e laços matrimoniais, nosso amigo caía no ritual possível e barato da mesmice amorosa, na casa de azelina, quando a mãe saía, portanto, para os compromissos religiosos,

   ele chegou a fabricar uma desculpa adequadamente apoiada em genuína exatidão, porque repetida com a pontualidade dos sinos da matriz,

   a gente não pode dar bandeira, né?,

tinham transado no sofá,

tomás, você não vai largar a esposa, né?,

fingiu não ouvir, atento ao filme, na TV,

tomás..., você não vai largar a rebeca, vai?,

ele não gostou de ser colocado na parede e falou grosso, inocente da armadilha,

não, azelina, não vou abandonar rebeca, ela precisa de mim,

...você sabe, caramba!,

então..., olha, eu também não vou largar você,

ele riu,

faz muito bem!,

...é, mas você tem uma esposa, quando não está comigo, né?,

ele olhou para a moça,

e daí?,

não gosto de nada às escuras...,

estou saindo com um rapaz,

ele me pediu em namoro,

...é justo,

tomás ameaçou esbravejar, mas foi contido pelo matriarcado que rege as relações extraconjugais, diplomacia que abarca, com o bom senso do silêncio, a manutenção do próprio casamento, impondo à parte beligerante a política pela qual um homem se vê obrigado a aceitar as leis e os costumes de amantes e esposa, igualmente, mesmo que em distintas constituições, se quiser a paz das fronteiras sempre abertas para as gostosas idas e vindas do turismo sentimental,

a *flânerie* dos pobres, procópio, está sujeita aos encontrões e às topadas de quem escolheu o caminho oposto ao das procissões, sempre, o que exige um jogo de cintura daqueles, afinal, ninguém quer derrubar o andor com o santinho de barro, confessando em cacos um rumo desviado e profano qualquer, sem contar ainda que, na casa dela, não tinha outras armas, a não ser a discrição das relações interiores, por assim dizer,

  até porque, pior do que perder a amante seria perder-se da esposa, vagagem por um limbo escandaloso que não conviria aos viajantes da classe econômica,

  no seu caso, *um clandestino sem classe*, como gostava de dizer por aí,

     investigou a vida do rapaz,

        chamava-se mauro, trabalhava nos correios, tinha vinte e quatro anos, era solteiro e desfrutava um salário que lhe permitia passear com a moça e presenteá-la com mimos diversos,

  azelina não lhe dissera, mas tomás tinha certeza de que um anel grande, de *strass*, era presente dele, porque a bijuteria exagerada, quase um soco-inglês, não combinava com a ideia de bom gosto que imputava à amante, moça que, se não perseguia os ditames da moda, tampouco os ameaçava espancar,

      (*eu bem que achei estranho...*)

    de acordo com o que apurou, saíram três ou quatro vezes, depois de mauro conhecê-la na papelaria, tomás lamentou de verdade, pela primeira vez, a trepada no almoxarifado, visto que, não fosse ela, talvez a moça tivesse trocado mesmo de trabalho, empregando-se na firma dos leopoldos, mudança que a faria perder aquele acaso infeliz de encontrar o maldito estafeta, ainda que apenas postergadas as desgraças em vhs,

quem sabe?, ...talvez até descobrisse as câmeras ocultas, antes de levar a mais nova funcionária à gostosa auditoria das peças, salvando o emprego sem dividi-la com o serviço público,

nesse caso, ele ainda teria o seu cargo, gozando a liberdade maior de comê-la num motelzinho qualquer, variando os locais e a intensidade das paixões mundanas, reflexo dos gastos supérfluos com a pessoa amada, se não erra a contabilidade dos corpos, matemática de números inexatos,

e, por falar em algarismos, reflexos do gozo e opacidades dos hábitos...,

sim, bateu em casa e contou-me tudo porque precisava de algum dinheiro para comprar uma pequena joia,

...um anel delicado que tenha uma pedrinha de esmeralda, osmar,

ou, ao menos, de turmalina, seixo trazido a cavalo de sabarabuçu, de acordo com o mapa que fernão dias fizera daquela sonhada montanha, símbolo do amor que ora lhe ofertaria, prenúncio dos bons tempos e de um porvir de ansiadas farturas,

cocei a cabeça...,

conquanto a citação do famigerado bandeirante, respondi-lhe que, naquele momento, eu andava perdido num mato sem cachorro,

...numa pindaíba desgraçada,

e que não lhe ajudaria nem se ele quisesse uma pulseira de miçangas,

...ou de sementes dessa mesma pindaíba, vá lá, de cuja polpa rala eu teria chupado até os caroços, engolindo-os, em seguida, para matar um tantico a mais da fome,

ele saiu transtornado,

em casa, não precisou matutar muito para se lembrar de que a dona rosa era amante das artes, e, se a dondoca não tinha mais lugarzinho para móveis, paredes não lhe faltavam,

...tais espaços despertaram nele, de imediato, a força motriz dos instintos que a criação neo-pós-moderna clama aos pintores, escultores, instaladores *et caterva*,

gente refinada que, hoje, sabe construir, com pedras e vernizes performáticos, a gaita preta – às vezes bem colorida, aliás –, que dependuram por aí, fiados e confiados no bom gosto e no bom gasto de nossas bem-educadas elites..., tomás não perdeu tempo,

    garimpou tintas vencidas, pregos enferrujados, tábuas velhas...,

e enfiou-se nas artes plásticas com fé e vontade,

        ...mais vontade,
pra não mentir, sentando o martelo e lambrecando a madeira de modo a compor quadros que, enfim, demonstrassem o desespero estético de quem amava duas mulheres e não tinha onde cair vivo, caso quisesse continuar pincelando os cômodos, em casa,

        ...e os muros, pelas ruas,

    sabia que não era tão difícil,

      (*é arte moderna, caralho!*)

para a certeza da empreitada, ajuntou uns pedaços de ferro, também,

    ...restos de seu empreendimento moveleiro – matéria prima que levava enfiada na bunda há um bom mau tempo, portanto –, mas agora, num momento de enlevada inspiração, haveria de ser transposta como verdade artística de um gênio outrora incompreendido,

era preciso, porém, abordar a dona rosa de um modo sub-reptício,

a mulher estava arisca com ele,
que ofertara em demasia suas mesas, cadeiras e banquetas...,

sentar-se sossegadamente, procópio,
é atividade arriscada para quem anda tomando no toba, é ou não é?,

como dizia o meu velho pai,

*assento rasgado é chumaço de algodão
e cisco no olho do cu de quem não olha pra baixo, quando se agacha...,*

e completava a lição,

*...um sujeito consciente, meu filho, deve sempre saber onde coloca a bunda,
vê se aprende isso, hein, menino!,*

meu pai era um marralheiro desaforado, eis a verdade,

...e, talvez por isso mesmo, compreendesse o mundo tão bem,

ora, nenhum remorso, imagine!,

...retomando uma observação que lhe fiz há pouco,
a autocompaixão, ao contrário do que pregam as teses egoístas, é a base
da pedagogia difícil de todo sentimento de alteridade, não acha?,

meu pai também era craque em encarnar o espírito alheio...,

tss, ah!,   larga a mão de ser besta, procópio!,

a ideia nem é minha,

é de jesus, o cristo em pessoa,

...ou em pomba, sei lá,

tomás fez logo duas obras,
porque esse povinho gosta de combinar os bibelôs aos pares, não é mesmo?,

depois da martelada final, procurou-me, pedindo-me um texto que desse a entender o seu alto valor, o que fiz a contragosto, devo-lhe admitir, inventando um pseudônimo que tivesse algum peso clássico e, ao mesmo tempo, ainda me livrasse de qualquer perigosa comparsaria popular, por imiscuir-me à massa – em tese, indistinguível por estas bandas,

o plano dele era simples,

...bem,   ele supunha que fosse simples,

falaria com oseias cabeludo, cavando um espaço nos

TRECOS E CACARECOS,

veículo que resenharia suas obras como criação de extremado bom gosto, exemplo das renovadas artes plásticas brasileiras,

em seguida, ele mesmo enfiaria o jornal sob a porta, na casa da mulher, escancarado na página em questão, ensejando nela o desejo de ornar as paredes com os painéis espetaculosos de um novíssimo estilo,

no dia seguinte, toparia *sem querer* com a madame, munido de outro exemplar do periódico, caso a filha da puta não tivesse lido a matéria, usando-a – não duvidava disso –, para revestir o fundo de seu canil...,

e pronto!,

o oseias, entretanto, ignorante das vanguardas, não se convenceu de seu engenho, negando-lhe a publicação,

...a não ser que pagasse por ela, evidentemente,

tomás sugeriu-lhe um escambo, umas banquetas que ele poderia revender pelo jornal, mesmo, com algum sensato lucro, indo além do preço dos anúncios semelhantes, por conta do *design*,

...ou deixá-las na redação, que andava *meio caidinha*,

              o *publisher*, no entanto,
não arredou o rabo de sua bem assentada negativa, nem quando o artista lhe mostrou a bela resenha que xenófanes da mangueira escrevera para as obras,

    quem é esse xenófanes da mangueira?,

apelou para a amizade com fiote, então, que **nunca lhe negaria o favor!**,

nada,

   tudo inútil,

    a terra cobre os erros médicos, a boa pontaria dos vigilantes, e, mais ainda, as amizades mortas, *capisce?*,

            proximidades defuntas são uma forma irônica de cabal afastamento, meu amigo,

    oseias cabeludo, para encerrar e enterrar o assunto, apontou-lhe um caminho óbvio,

      por que não anuncia o quadro pra vender?,

nosso amigo nem respondeu,

saiu nervoso da redação,
jurando nunca mais abrir uma página sequer daquele jornaleco de merda, impressão reiterada de uma pobreza espiritual que manchava de azar o papel vagabundo da vida de todos os leitores, atados às letras miseráveis de um mau agouro sem fim, conduzido pelo dedo indicador, por debaixo das palavras, tateando futuros trocados...,

minha mãe estava coberta de razão!,
quem trabalha com privadas entupidas se acostuma ao cheiro de bosta...,

estava na rua do comércio,

resolveu se aproveitar da ocasião,

queria ver se aquele carteiro lazarento entregava alguma correspondência indevida pelos arredores da papelaria santa escolástica,

(eu devia quebrar a cara desse sujeitinho...)

cruzou com um jornalista da TRIBUNA por acaso,

o rapazola assinava "fofolete", que era o seu reconhecido e afamado nome de guerra, alcunha ligada a atividades anteriores ao pseudônimo jornalístico, por assim dizer, se não estavam corretas as bocas malditas que espalhavam a continuidade desse mesmo hábito, sustentado às sombras, pelo verso, reverso e, quando não, também pelo transverso de uma conduta inadmissível para quem escrevia nas páginas daquele tradicionalíssimo veículo familiar...,   pfff,

creio que faziam vista grossa para a sua orientação erótica – ou mesmo para o veneno das línguas vãs –, porque ele era o responsável pela coluna social da gazeta, cobrindo os concorridos eventos da alta roda – ou mesmo da baixa rodinha, vá lá –, no município e na região,

...um luxo!,

tomás viu aí outra chance, pois sabia que o ódio sapateado dos proprietários da TRIBUNA contra o jornal concorrente ecoava nos funcionários pés de chinelo do vetusto periódico, fenômeno político bastante comum no país, em todas as áreas do nosso produto interno bruto, há que se frisar...,

quem não pode bater os saltos, que arraste as sandálias!,

e aí, fofolete?,

opa!,   como é que vai, tomás?,

indo,   ...quando não estou voltando,

(fofolete ri forçado)

outra hora a gente conversa,

        ...tenho um texto pra escrever, o prazo estourando,

vocês precisam se modernizar,

        ...seguir o exemplo dos TRECOS E CACARECOS,

(o colunista desiste de fugir)

que exemplo?,   aquele jornalzinho de bosta?,

que nada, fofolete!,   *agora o oseias quer tratar de arte, no jornal,*   *olha aqui...,*

(tira as fotografias e a resenha do bolso,

        ...o colunista a lê com a cara amarrada)

vão publicar?,

não sei...,   acho que sim, mas não mostrei pra ele,   *estou indo lá...,*

e completou, como quem não quisesse nada,

        ...o oseias que me chamou,
quando ficou sabendo que a crítica elogiou bastante o meu trabalho, vê se pode,

    enfim,

...quer falar de arte no jornal e entrar no assunto dessa gente endinheirada,

(esfrega o indicador no polegar, levantando o gesto até a altura do rosto)

sabe como é, né?,

fofolete era um sujeito genioso, não ia deixar por menos,

me dá isso aqui, tomás!,

...vou publicar na seção ***SOCIALITES EM DESTAQUE***, da TRIBUNA,

...pode ser?,

não sei, fofolete...,   o oseias tá me esperando,

que esperando, o quê!,

...só faltava você admitir sua obra no meio desse rebotalho que mercadeja arruelas enferrujadas!,

...tá louca, menina?,

"tá louca, menina?" era uma pergunta de sucesso na coluna, quando apontava algum fato notável, tanto para o bem, quanto para o mal, desde que se compreendesse tal malignidade como algum comportamento repreensível das classes inferiores, bem entendido, tomás cedeu, claro,

...não sem antes fazer algum cu doce, petisco que, enfim, agradava o paladar do nosso colunista, que se considerava não apenas a miniatura do hoje saudoso ibrahim sued, mas o seu provável sucessor, assim que suas colunas caíssem nas mãos de um joel silveira qualquer, na capital,

ou nas de alguém do clube dos cafajestes, que fosse, agremiação que se multiplicou pelo país, mesmo antes de sua fundação, na década de 1940, quando o invejado pioneiro começou a dar nomes e comportamentos aos muares de raça que sempre ruminaram sucessos e posses pelos pastos cercados deste brasil, ui-ui...,

bem,   foi assim que tomás entrou no concorrido mercado das artes,

sim, concorrido...,

olha,   o sonho desses artistas há de se tornar realidade muito em breve, procópio, quando passarão a pintar diretamente no papel moeda,

você vai ver,

as cédulas dependuradas na parede,

os escultores não usarão outro metal senão o níquel...,

não, meu caro,

      o ouro só como lastro bancário do reconhecimento inconteste,

    e pronto,

        o apogeu das artes plásticas, finalmente,

...as efígies, com o rosto do artista, gargalhando poses monalisadas mundo afora, sem ironias enigmáticas no canto da boca,

          aleluia!,

sim,

    a obra de arte se ultima, invariavelmente, num autorretrato,

sempre...,

        vou pegar o jornal pra você ler a reportagem,

Fotografia da obra "*agora é só ocaso*", premiada com a Grande Medalha de Ouro, no **18º Salão de Artes Plásticas, Artesanatos e Afins** do município de Serra da Saudade, em Minas Gerais

Fotografia da obra "*a criação do homem*", trabalho distinguido com a Grande Medalha de Platina, Categoria *Hours Concours*, no mesmo Salão, em Serra da Saudade, nas Minas Gerais

DO QUINTAL PARA O MUNDO

By Fofolete

E aí, gente bonita?

Agora a nossa cidade tem mais um grande artista. Nome de peso, hein! Assina Tomás de Jesus, e é apontado pela crítica como a grande revelação das artes plásticas brasileiras.

Espiem só que chiquê de ti-ti-ti:

UM ARTISTA COM FOME

"(...) a alegria de viver brotava da sua garganta (...)"

O trabalho de Tomás de Jesus aborda as formas simples com as quais nos relacionamos. Por outro lado, no entanto – ou, talvez, por isso mesmo – a sociedade é desnudada como frágil pano de fundo, tela incapaz de sustentar o que a cultura ainda ousa designar como Arte, expondo o paradoxo atual e grotesco de obras que devem criticar as mazelas do capital para o próprio mercado que as sustenta.

Notem que esta *dependuricalhada* ambiguidade, aqui, é proposital e produtiva. Em países como o Brasil, *junk art* – ui, ui, ui –, é descabido refinamento prático e teórico para um triste e troncho desequilíbrio econômico, social e político.

Metalinguagem? Sim e não, visto que o brasileiro se vê obrigado a sentir a arte na pele. Simples assim. Por estas bandas, em outras palavras, catarse é vergão, braile de nossas misérias.

A procura pelo melhor substrato, portanto – neste caso, portas e janelas de casas demolidas –, reflete um esforço que tem sido constante na criação de Tomás de Jesus, a saber, a busca pelo avesso das miudezas que nos rodeiam, sempre carregadas de invisível e diluída humanidade, unguento possível para as cipoadas da vida.

Seu moderno artesanato começa com a negação da própria pintura, com a raspagem das várias camadas de tinta aplicadas por décadas e décadas naquelas velhas tábuas. Como não é desejável, entretanto, para qualquer cidadão que se queira consciente, negar também o passado – mesmo que, em algumas partes do quadro, o artista atinja a madeira –, o resultado da obra é uma exposição arqueológica da existência, transcendendo o dia-a-dia de moradores humildes que, tantas e tantas vezes, com certeza, debruçaram-se em antigos batentes para bisbilhotar os vizinhos e tentar compreender o mundo.

Esse olhar, agora, porque invertido por um movimento de subtração, recoloca a janela na parede; no entanto, não mais como janela, mas espelho de um universo perdido à medida que malemal se constrói, dimensão incontornável e necessária para se pensar a existência mesma, dentro e fora das casas, naquilo que teria de mais pungente: suas cumuladas perdas cotidianas.

Os defeitos do tempo, as lascas do uso, o carcomido dos cupins transformam-se em elementos da composição, fixados em arranjos de restos da natureza e das indústrias locais, sobrepostos numa intervenção vigorosa, bem pontuada em tinta acrílica. Tudo arranjado – eis a palavra-chave – de modo a revelar o desconsolo e, também, a felicidade do artista diante da matéria que recria e, ao mesmo tempo, rejeita, porque ciente de sua inserção a fórceps nos trâmites do fetichismo cultural e sistêmico.

Cabe ao homem do povo, então, em certo e errático sentido, reorganizar esses materiais descartados, dar alguma ordem subversiva às formas que devem compor e sustentar outra possível civilização, uma vez que esta, hodierna, descaradamente confundida com as manifestações mais requintadas, perversas e destrutivas da barbárie.

Em resumo, a obra de Tomás de Jesus é o espelho trincado de um sujeito simples que reflete, em si mesmo – já que também reflexo desta –, a história recontada e recortada de nosso país. Tomás de Jesus é o cara porque é um joão-ninguém. Tomás de Jesus, meus módicos amigos, é o sem-nome do momento.

Xenófanes da Mangueira,

Catedrático da Universidade de Trás-os-Montes e Professor Titular da Escola Superior de Artes e Ofícios da Baixa do Sapateiro – Portugal, Brasil e Circunjacências Lusófonas

esse desafamado tomás era o mesmo que ia jogar a TRIBUNA no jardim da casa de dona rosa, mirando a porta, lá no fundo,

quando parou em frente do portão, no entanto, um dogo argentino apareceu e começou a latir, provavelmente em espanhol, seu manjado e fraterno ódio aos *macaquitos*,

desistiu,   ...o cachorro estraçalharia *el periódico*,

no dia seguinte, prendeu o jornal ao gancho de mola aramada, na garupeira de sua velha monark barra circular, e ficou à espreita da benemérita, na esquina de sua casa, dela, pronto para segui-la e, depois, encontrá-la *meio sem querer*, conforme os passos agora pedalados de seu plano,

a mecenas, porém, saiu de automóvel, e, como o seu pé era pesado – talvez em razão dos sapatos de salto que não tirava nem pra tomar banho –, tomás a perdeu de vista logo na primeira subida,

(*pfff... pra que lado ela foi?*)

os objetivos dos pobres são assim, procópio,

nunca na banguela de uma descida boa, sem freios,

mas nos dentes perdidos de um tombo,

os coitados até capricham pra tropeçar na sorte, mas acabam escorregando no azar, antes..., ele demorou mais dois dias para reencontrá-la,

a dondoca estava na loja do munir, comprando *uma camisetinha pro aniversário da cozinheira*,

por via das dúvidas, tomás ficou longe das cuecas, sugestionado pela sua *magrelinha boa de breque*, como dizia, bem amarrada ao poste com uma grossa corrente, presa com duas voltas a um cadeado 40, porque a cidade vivia um surto desgraçado de roubo de motos e bicicletas,

em época de caganeiras, peidar, só na privada!,

...e, por falar em assaltos e desarranjos, esses artistas são engraçados, não acha?,

a reportagem da TRIBUNA era mentirosa até o caroço, mas os fiapos daquela publicidade o aliviaram de seu desespero, acredita?,

começou rindo amarelo, quando rebeca, em casa, leu a notícia em voz alta,

depois, parece ter acreditado no que releu várias vezes, convencendo-se até mesmo dos prêmios nunca recebidos, mas, por certo, muito justos, no final da noite, ria arreganhado de seu sucesso, sem nenhuma vergonha da dentadura postiça, supondo-a enraizada no maxilar daqueles que são bocas duras com o próprio destino de beiços moles...,

então lhe pergunto, procópio,

...haveria alguma diferença no caso de uma justificável fama?,

artistas,   pfff,

tomás entrou na loja com a TRIBUNA devidamente assovacada,

disfarçou, fuçando as peças de uma bacia de promoções, girando feito bobo em torno dela,

fingia *satelitizar-se?*,

...uns passos pra lá, outros pra cá, ao redor das mercadorias, dançando escondido com uma ou outra camiseta suspensa na frente do rosto, encoberto e estampado conforme a padronagem do *silk screen,*

(aproxima-se de dona rosa com discrição)

olha quem está aqui!,   ...boa tarde, dona rosa!,

pretendia falar dos quadros de cara,
sem que ela supusesse floreiras de pvc e saísse correndo,

...mas não foi preciso,

oi, tomás!,   gostei muito dos seus quadros, viu?,

não sabia que você era famoso...,

o pintor olhou ao redor,
a ver se algum cliente se aproveitava da observação para admirá-lo,

...ou, principalmente, a balconista filha da puta
que rira com muito gosto de sua bunda suja, *aquela biscate*,

pois é, dona rosa...,

está vendendo?,

sim!,

...mas tudo pra gente da capital,

...gente educada,

...que sabe admirar obras de arte,

ah,   que pena!,

(o artista faz força para se conter)

...pena por quê?,

queria vê-los de perto, ...acho que combinam com o meu sofá le corbusier,

(tomás abre a TRIBUNA DAS PALMEIRAS IMPERIAIS)

por isso, não!, olhe, estes aqui são justamente os últimos que ficaram, ...os mais bonitos, como a senhora mesma percebeu!,

isso!, ...quero os dois!,

bem, dona rosa..., sim, eles ainda estão comigo, mas fazem parte do meu acervo, e, por isso...,

jura?, ...quanto quer neles?,

a senhora é minha cliente, é verdade, mas não sei se...,

quanto quer por eles, tomás?, ...fala, pode falar!,

ele ia pedir trinta mil cruzeiros, mas como a mulher se fazia de olívia guedes penteado, arredondou logo pra cinquenta,

nossa!, ...que caro, tomás!,

bom,

...tem muito artista mais em conta, sim,

...se a senhora quiser, posso apresentá-la pro chico farofa, lá da vila santa clara, conhece?,   todo mundo sabe quem é,

...cospe de chuveirinho, quando fala,

...ele faz um artesanato bem bonito, com aquelas lonas surradas de caminhão,

uns remendos caprichados, cerzidos,   umas almofadas,

uns pufes confortáveis que só vendo, recheados com aqueles flocos de espuma, sabe como é?,

não, tomás,   eu só...,

...vende na feira da rua pernambuco, todo domingo,

...parcela em cheques pré-datados,

não, imagine...,   não é isso, tomás,

olha,   ...leve os seus quadros lá em casa, pra eu ver, pode?,

(desta vez, o artista não consegue se segurar)

agora?,

não,   *agora não...,*   *estou em cima da hora,*
daqui a pouco eu tenho cabelo, pés e mãos...,   *amanhã cedo,*

...lá pelas dez, combinado?,

as obras eram pesadas,

      entretanto, como a venda era certa, chamou o joão da kombi, que fazia uns carretos mais baratos,

          não ficava bem um artista chegar à vernissage empurrando uma carriola de obras,

...a não ser que fosse uma *performance*, claro,

      arrependeu-se de não ter pensado nisso antes,

      (agora já foi...,   *de repente, incluía o valor da apresentação às obras)*

          na porta da casa do juiz, desceu os quadros, apoiou-os na grade e dispensou o motorista, dizendo que pagaria a carretagem quando recebesse, *amanhã ou depois*,

    o fretista fez uma careta bem feia,

      afirmou que não trabalhava assim,

...e que, por isso, combinava antes o preço, *poxa vida!*,

      sem contar que tomás dera a entender que acertaria tudo no destino, *caramba!*,

...**não trabalho assim!**,   repetiu, com a voz mais grossa, o artista se desculpou, não tinha sequer o cheiro de um puto, que fosse, estava liso, liso, época de vacas magras, sim, mas pior, todas nos pastos alheios, de modo que o joão da kombi, mesmo sem trabalhar *assim*, teria de esperar o *assado*, quando dona rosa lhe pagasse pelos quadros,

...amanhã ou depois, refrisou,

o motorista saiu queimado, resmungando, certo de que tomara um calote,

tomás esperou a kombi velha se afastar, ajeitou as sobrancelhas e tocou o interfone,

foi bem recebido, aceitou um copo d'água,

enquanto bebia, leu em voz alta a resenha do jornal, sublinhando, com um ritmo bem mais lento, os aspectos centrais da crítica, enquanto apontava, nas obras, os detalhes técnicos do estilo,

a esposa do juiz sorria, atenta,

em seguida, por sugestão de tomás, saíram à caça de um bom lugar para dependurá-los, *caso os comprasse,*

experimentou os quadros em mais de uma parede, levantando-os para que dona rosa, de longe, opinasse a respeito da disposição, da altura, da distância entre eles, e, ainda, se combinavam com os móveis e bibelôs em derredor, compondo um diálogo de refinada elegância entre as peças, a arquitetura e o rico mobiliário, como queria aquela *flor transplantada de um murano para enfeitar, com pétalas de rara delicadeza, o terreno fértil desta exuberante sociedade,* segundo a legenda de fofolete para a última fotografia em que a bela esposa do excelentíssimo senhor juiz federal, doutor fernando diaper do nascimento, aparecia agarradinha ao marido, na coluna social da TRIBUNA, em concorrido evento da vara do trabalho, 15ª região,

no fim, decidiram-se pela parede atrás do sofá *le corbusier,* mesmo,

tomás não escondia o contentamento, que era existencial, tanto quanto monetário,

(agora eu consegui!)

tinha certeza de que, a partir daquele sucesso, rebeca faria a sonhada faculdade,

...e azelina, claro, abandonaria o vício filatélico,

(mas eu devia mesmo era dar um safanão naquele carteiro filho de uma égua...)

          sentiu um estremecimento, quando se imaginou esmurrando as faces do estafeta enxerido,

...tremor seguido daquele frio na barriga que o acompanhava nas horas decisivas, ao perceber que a lazarenta da cozinheira – aquela mesma cujo aniversário se aproximava –, fazia uma careta esquisita ao examiná-lo, supondo que não a visse, ainda que parada ao seu lado,

       (o que será que essa outra filha da puta...)

discretamente, olhou-se por inteiro, imaginando o zíper aberto, mas...,

       (putz..., é isso, só pode...)

pediu para ir ao toalete,

estava transpirando,

     as pizzas molhadas queimavam sob os sovacos,

ora, ora,   a exsudação do êxtase não cheira melhor que a da labuta, verdade seja dita,

e tomás respingava ambas...,

uma coroa de louros, procópio, não disfarça a fedentina dos corpos que suaram para vencer na vida,

a não ser que as folhas e os ramos sejam de ouro, claro, metal sem fé, nem lei,

...mas com um rei que exala de si, do bodum mais fermentado, o bálsamo dos escolhidos,

sim,   sim,

uma eleição fraudada, mas capitalista e divina, em nome daqueles que não fedem nem cheiram as desgraças descabeladas de um mundo já perdido, fatalidade incontornável para esses camumbembes que, então, correm à toa pra todo lado, sem descanso, como o nosso amigo tomás, em volta daquela bacia que ele encarnava tão bem, picuá de si mesmo...,

não,   não somos diferentes dele, procópio,   não seja ingênuo,

(o artista tranca a porta do cômodo apertado)

o lavabo tinha um espelho veneziano, e tomás achou que o seu rosto combinava com a lapidação do vidro, emoldurado em clássicos floreios que se encaixavam muito bem àquela vitoriosa condição, aproximou-se, fixando melhor a proporção da imagem, para admirar-se,

(entorta a cabeça mais um pouco, sorri, satisfeito)

chegou a imaginar que, numa escavação futura, na samotrácia, um arqueólogo qualquer pudesse encontrar a cabeça de palas, o titã, pai da famosa nice, e, numa coincidência especular, o filho de geia tivesse as suas feições, tais como as via no reflexo, ali, depois de findas tantas e tantas eras e batalhas...,

seria um belo mármore!,

antes de sair, secou os sovacos com tufos de papel higiênico,

cheirou-se,

como não gostou do que cafungara, pegou mais papel, encharcou-o de sabonete líquido e esfregou os sovacos,

(ai-ai..., puta que o pariu!,   ...sabão de rico arde!)

teve de repetir a operação com mais papel seco, soprando alternadamente as axilas, enquanto girava a cabeça pra lá e pra cá, de braços erguidos, feito uma chacrete do nosso velho guerreiro...,

(pronto..., agora sim)

aceitou uma xícara de café e, entre um sequilho e um biscoito, começou a discutir valores com a proprietária,

bateu o pé nos cinquenta mil...,

a dondoca, no entanto, era jogo duro na pechincha!,

para convencê-lo do desconto, dona rosa tirou a carteira da bolsa, deixando-a virada para ele com a boca suja de notas, sobre a mesa, rindo, oferecida...,

(essa filha da puta é foda!)

bateu o martelo por quarenta mil cruzeiros,

(tss, ah..., queria trinta, mesmo)

mas só se você pendurá-los agora na parede, pra mim!,

(putz, não faltava mais nada!)

tentou se safar,

disse que não estava com as ferramentas,

o fernando tem uma oficina completa!, ...hobby, né?,

ele ia dizer não?,

estava com o dedo no gatilho da furadeira, no topo de uma escadinha, pronto para rasgar a parede com a broca 12, quando o doutor fernando entrou na sala,

que é que é isso?,

ao contrário do que faria supor a antroponímia, pelo semblante de repente murcho de dona rosa, percebia-se que os espinhos da relação vinham dele, magistrado famoso pela brutalidade com que espetava as partes litigantes mais fracas sob sua vara trabalhista, e, ao que parecia, também aqueles sob sua outra vara, em casa..., um amigo me contou, inclusive, que ele tirou o filho da escola porque a instituição passou a oferecer bolsas de estudo para alunos carentes, do ensino público, que tivessem bom rendimento escolar, acredita?,

ficou possesso, quando foi buscar o moleque, e viu uma variant velha, enferrujada, na porta do colégio,

informado e, depois, inconformado, matriculou-o num tradicional estabelecimento de ensino, em ribeirão preto, na mesma semana, porque não queria, *de jeito nenhum*, que o rebento tivesse contato *com esse tipo de gente...*,

alugou uma quitinete, mobiliou-a, e despachou o herdeiro, que deveria morar sozinho *para aprender a se virar desde cedo,*

(dona rosa empalidece, enquanto a cozinheira sai de fininho)

comprei dois quadros, fê...,

que quadros?,

estes...,

tá maluca?,   pendurar essas porcarias dentro de casa?,   tá louca?,

...são premiados,

premiados o cacete, rosa!,   *...nem que fossem do fantasma do picasso!*,

bom,   eu já os...,

não quero nem saber!,   quero essa merda pra fora de casa agora mesmo!,

esse troço tá infestado de cupim, caralho!,   não tá vendo?,

não pensou na minha biblioteca, rosa?,   hein?,

...você não pensa, rosa?,   ah!,   tenha a santa paciência!,

o juiz saiu da sala sem olhar para o artista, batendo os pés com força,

...talvez porque, enquanto o meritíssimo exigia aos gritos a execução da sentença doméstica, tomás acionasse, por impulso e nervosismo, o gatilho e a trava da furadeira, que ficou ligada, rosnando sem querer a *tafelmusik* de alto impacto para a tragédia sem ensaio de sua vida, coitado,

dona rosa mesmo puxou o plugue da extensão, desligando a ferramenta, já que o ex-operário estava abobalhado, preso ao topo da tarefa, cadafalso diário de quem não pode cair morto, ainda mais se estiver trepado à escada, por menos degraus que tenha subido,

não sei se é verdade, procópio, porque o povo fala o que não deve, mas me contaram que o doutor fernando reclama até do mau cheiro dos pobres, nas audiências,

verdade ou mentira, fato é que um assistente está incumbido de escancarar portas e janelas, período em que o juiz sai da sala, e aspergir ali um perfume de sei lá qual grife importada, tão logo o magistrado encerra cada uma das sessões, é...,   eis o homem,

         eis a justiça,

não seja besta!,

     acha que o sistema haveria de questionar as bases trabalhistas que lhe dão carne, a partir dos nossos ofícios?,

        a antropofagia não tem pruridos, procópio, porque urtigada na pele dessa pobreza "digna" que a sustenta com unhas de fome, temperada em resignado suor e necessária gratidão,

          sim,   comemos os próprios músculos, amolecidos na panela das pressões sociais,

            quantas vezes já lhe disse?,

...por isso, no aniversário, ganhamos uma camisetinha da loja do munir,

    pfff,

       em resumo,   a justiça nunca foi um poder, senão a configuração de forças retrógradas para sustentá-lo,

          ...e só!,

ai, procópio,   você não passa mesmo de um bonifrate abobalhado,

   e burro, ainda por baixo!,   burro, burro...,

olha,   em outro incisivo e heroico provérbio paterno, pra fechar de vez a tampa de sua subserviência rasteira e mal cozida,

sempre falo: quem lambe calo e mão,

...só sente o gosto amargo do sabão,

pois é, pois é,   refinamento bem lambido de um clássico adágio...,

tomás desceu, guardou a furadeira na caixa, quieto, aceitando o fato de que o martelo da lei valia mais que quaisquer outras ferramentas, fossem brocas ou unhas...,

dona rosa desculpou-se, disse que o marido era sistemático, tinha sido diagnosticado com a síndrome de asperger ainda menino, *tadinho*, daí alguma dificuldade nos relacionamentos, e coisa e tal,

...e que o artista levasse logo os quadros embora, *por favor,*

sabe o que tomás fez?,

pediu água e acompanhou a proprietária até a cozinha,

enquanto ela enchia o copo, pegou a carteira que ficara sobre a mesa e retirou todo o dinheiro,

(filhos da puta!, ...é na marra, é?)

enfiou as notas no bolso e a deixou no mesmo lugar, vagabunda agora banguela, de boca murcha, mostrando as gengivas vazias de couro, puta rampeira cujo sorriso fingido ele carregaria no bolso, por merecimento e justiça, dentadura para mastigar ao menos um anel para azelina, *caralho!,*

decidiu-se ali, naquele instante,

(não tem como arrancar arreios, rédeas e freios, é?,

vamos ver, vamos ver...)

a partir daquele dia, teria tudo o que desejasse,

...à força, com o boticão da minha vontade!,

mais dia, menos dia, um homem se cansa e passa a conduzir o próprio cabresto, aceitando-se encilhado, é verdade, mas trilhando o próprio caminho, não acha?,

nem que para isso tenha de se entortar até puxar o bridão das palavras e condutas...,

foi o que ele fez,

agora digo que o invejo, sabia?,

　　　　　　　　　　　eu...,

　　　　bem,　　acho que chegou a hora de me abrir,

eu...,　　olha,

　　　　　　　　　confesso a você, procópio, hoje, a minha culpa com o que aconteceu a tomás, remorso que me faz mudar o entendimento de seus atos,

　　　　　　　　na época...,

foi cômodo dizer que eu não tinha nada que ver com a história,　　mas...,

　　　　nunca disse isso a ninguém, de modo que exijo de você, antes, a promessa de levar esta minha revelação para o túmulo, entre os dedos cruzados no peito, compreende?,

　　　　　　　　calma,

　　　　　　　　　　　você vai...,

　　　agradeço-lhe,

　　　　　　　　　　a confiança é moeda cujo metal custa mais do que a estampa nela cunhada, de modo que só a consciência do depositário valerá a poupança barata que a cara de pau de um amigo lhe creditou..., tomás nem quis saber dos quadros, abandonando-os recostados ao muro de um terreno baldio, em frente à casa do juizico de merda, de propósito, por intuída presunção de que as obras pudessem comiserar o comportamento avoado daquela dona rosa dos ventos, que deixaria de soprar ao marido, portanto, a constatação da carteira inexplicavelmente vazia,

(sempre achei aquela mulherzinha meio biruta)

riu de sua presença de espírito, de sua astúcia, instante em que sentiu no bolso o maço inflado pelas notas gordas de sua arte, sentimentos pandos que o levariam para além das margens da felicidade, fincando um novo padrão de posse para as próprias carnes sem terras, eiras ou beiras...,

(não,   nunca mais,   ...nenhuma bosta pra vender,   nunca mais!)

caminhou até o centro da cidade, decidido a interpretar um novo ser,

sentou-se na praça do rosário, precisava pensar um pouco,

o banco de cimento fazia a propaganda da FARMÁCIA DO POVO,

sim,   um homem deve curar-se com os procedimentos de sua conduta, deve ser o remédio de si,

sentado no POVO, entendeu o significado daquela ratazana que ameaçava entrar em seu cu, vida afora, livre de todos os ralos e banheiros do brasil,

aquele rato não era a maldição de passos trôpegos, como supunha,

mas um aviso,

...um sinal!,

(aquela ratazana era – e é – o supositório para as minhas desgraças,

o lenitivo de uma tomasite grave que infecciona a existência,

um joão ratão avisando que devo emborcar as panelas alheias, se quiser viver com alguma dignidade, mesmo que forjada à margem do sistema,

...eu é que sempre fui roubado!),

espiou em volta,

ninguém o olhava,

(a liberdade?,   ...um estado de espírito)

tirou o dinheiro do bolso,

        contou-o,

              vinte e três mil, duzentos e sessenta e três cruzeiros,

sentiu-se lesado, acredita?,

        (filhos da puta!)

                recontou as cédulas, mais devagar,
vinte e três mil, duzentos e sessenta e três cruzeiros,

        (quase sete mil a menos do que eu queria, antes de tudo...)

não foi à joalheria rubi, tradicional estabelecimento onde nunca entrara,

        um sujeito pode fazer o seu caminho, como lhe disse,
mas não convém sair correndo de olhos fechados por uma rua sem saída,

        caso dona rosa desse parte à polícia,
alcaguetando que o dinheiro fora roubado, iriam atrás dele, com certeza,

...então, nada de rastros por desvios indevidos, porque principais,

        tinha de correr pelas estradas secundárias, cuidando, ainda,
de não se aproximar das cercas,   dos mata-burros...,

a cidade tinha uma senhora que vendia ouro e afins,

era bem conhecida,

alugava uma sala pequena, nos fundos de um corredor, perto do mercado municipal, atendendo a clientela pela alcunha de joana dourada,

a fama daquela empresária não era boa, por conta da intrujice de algumas mercadorias de procedência duvidosa que comercializara no passado, fato que terminou por afastá-la do convívio social por um período razoável, quando foi sustentada pelo estado, por assim dizer,

de volta à ativa, não se emendara, preferindo, a isso, a boa e velha fundição, segundo os ourives de futricas, fuxicos e maledicências...,

tomás entrou e pediu um anel de esmeralda,   *uma joia delicada,*

)

joana perguntou-lhe o nome,

(para de respirar por dois segundos)

agostinho...,   respondeu,

tomás tinha certeza de que ela não abriria o bico, caso aquele dinheiro empepinasse de algum modo a história, até porque joana arrotara saladas semelhantes e mais indigestas durante amargos anos, conforme lhe disse,

...tempo que foi obrigada a passar de molho, como se diz por aí, numa vilegiatura para a qual ninguém sonha retornar,

mesmo assim, nosso amigo mentiu o nome, por precaução,

a comerciante mostrou-lhe uma porcariada de vidro, o que o irritou,
minha senhora, não quero bijuterias...,

ela estava desconfiada, claro,

mas como cachorro cheira cu de cachorro, convenceu-se de que o novo cliente não era nenhum meganha à paisana, novo na cidade, porque conhecia a fuça de todos, logicamente,

por isso largou o osso e pegou a muxiba,

ofereceu-lhe um anel com um pedrisco de esmeralda, guarnecido por mínimas lágrimas de brilhantes,

pagou onze mil, setecentos e dezoito cruzeiros, sem nenhum desconto, transação que o aborreceu pela segunda vez, não pelo dinheiro, mas porque joana lhe mostrava como vencer na vida batendo o pé, sem arredar um níquel de sua opinião,

(*ela está mais do que certa...,*   *comigo, a partir de agora, também é assim!*)

veria azelina dali a dois dias,

        resolveu esconder o anel no quartinho dos fundos,

        rebeca dificilmente entrava em seu ateliê, amontoado de tranqueiras imundas e bagunçadas, ferramentas e tintas, madeira, caixas, canos e retalhos de ferro-velho,

        um inferno, como a esposa o definira, desistida de chamar o cômodo de "ateliê", depois de matar dois ou três escorpiões no quintal,

        tomás concordava, brincando,

o único demônio da casa sou eu,

        de modo que ela não se incomodasse, *anjo de sua vida,*

por fim, afirmava que a bagunça sempre fora criativa,

        ...essas coisas,

    depois eu dou uma ordem em tudo, deixa,

        pode deixar...,

no quartinho, enquanto procurava um bom esconderijo, deu de cara com uma pequena mochila de pano que fiote pedira a ele para *que guardasse bem escondidinha*, com um litro de chá do santo daime,

tomás nem se lembrava mais do caso,

(*coitado do fiote...*)

infiéis tinham entrado na casa do redator e levado boa parte de sua adega, obrigando-o a apelar para alguns amigos ateus, se não quisesse perder o rebolado de suas futuras mirações,

como os descrentes, por certo, eram muitos, em cujas casas o ex-professor depositara sua diversificada e previdente poupança, ambos se esqueceram da beberagem, mais preocupados com as dívidas da vida que com os parcos juros da existência e suas indevidas correções,

na época do roubo, inclusive, fiote chegou a brincar, aventando a hipótese de religiosos concorrentes, praticantes dos mistérios eleusinos, inconformados com alguma ciceona batizada por aqui, uma vez que *ultra aequinotialem non peccavi...*,

e arquivaram caso e mochila, às gargalhadas, junto com um bom litro do xarope de mariri, tomás pegou o vidro, chacoalhou-o,

(parece bom, ainda...)

tirou a rolha, cheirou-o, fez uma careta e despejou um fio largo da bebida pelo chão,

aos verdadeiros santos, homens que não abandonaram a prática dos pecados!,

em seguida, criou a coragem que, segundo acreditava, a partir daqueles dias o impulsionava, e deu uns bons goles, para celebrar os novos tempos, distantes do sujeito estúpido que fora,

descanse em paz, fiote!,

...puta que o pariu,

que gosto de terra!,

sentou-se ali mesmo, observando o entulho de sua antiga falência,

rebeca tem razão,   ***...tinha razão!,***

trinta e cinco, quarenta minutos depois, seu pau endureceu,

uma vez lhe disseram que a bebida era afrodisíaca, então ficou sem saber se era isso mesmo ou apenas uma sugestão enteogênica do chá, placebo de seus desejos,

o membro neófito de sua nova e independente religião começou a doer...,

abriu o zíper e libertou o pinto, que não cabia nas calças e parecia reclamar da prisão de brim, cavernosa em si, piscando-lhe o olho terrível de polifemo,

tomás riu gostoso, quase consciente de que a cena grotesca era efeito do chá,

claro...,

tirou o anel do bolso,   abriu a caixinha,

a pedra era um minúsculo batráquio,

...ela parece mais verde que antes,

(a luz dos olhos dela, coaxando em silêncio?)

a lembrança misturava os rostos,

na mesma face, um olho de azelina, o outro de rebeca e...,

o que é isso?,   vocês...,

quando a testa daquela única e tríplice mulher, então, abriu-se inteira num terceiro olho, menina da infância,

...ouviu a própria voz, miudinha como a morte,

o que você fez com comigo, hein?,   djanira?,

suas mãos estavam molhadas,

brejo das ações pendentes?,

o anel se mexeu entre os dedos,

quis escapar,

...não!,

atentou nas pedras de brilhante e viu que elas choravam,

(por que estão tristes assim, pedrinhas do meu descaminho?)

seu pênis não gostou da pergunta e latejou nervoso, sugerindo-lhe que levasse logo o presente da moça, **porra!,**

e emendou,

seu pênis, não, moleirão!, **senhor pênis!,** *senhor pênis!,*

tomás viu que o antipático pinto não era mais um ciclope,

o olho do pau se transformara numa boca que babava muito, quando falava, entidade sem rosto, sem narinas, cega de sua masculinidade,

(o que você quer de mim, hein?)

seu pênis foi categórico,

queria que o ex-operário fizesse o serviço completo, enfiando-o logo na casa do caralho de azelina, edificação do conjunto habitacional que a moça carregava sem trancas no meio das pernas, inadimplente das prestações devidas ao governo, que enviaria, por isso mesmo, um funcionário dos correios, munido de uma extensa declaração de posse imobiliária, seguida de uma ordem de despejo cabal, líquida e certa – documentos em inteiro e grosso teor que o deixariam, não obstante pau pra toda obra, literalmente nas mãos de um tolo, um tomás que o obrigaria a penar o calor dos dedos ao redor de si, *célere ficção de um amor perdido, impronunciável...,*

não entendi!, *eu ou ele?,* *nós?,* *...quem sou ele, meu deus?,* pinto I, o grande, disse o que tinha de dizer e, em seguida, brochou-se, calado suicídio das vontades,

tomás passava a mão no pau, quando ouviu, por fim, uma das prateleiras balbuciar entre caixas o artesanato perpétuo de suas misérias laborais,

trabalhadores do brasilll...,

cutucou os ouvidos com o mindinho,

(não,   isso não é mais comigo...)

o ex-operário ficou bastante nervoso,

queria conversar com alguém,

(preciso fugir daqui...)

• • •

veio dar aqui em casa, mas não se lembrava do percurso que fizera, zanzando pelas ruas com aquela mochila escolar nas costas,

penso hoje que..., bem,

tudo indica que bebeu mais chá, no caminho, *pagando de louco em cada esquina*, segundo as palavras do ubiratã, que até hoje vive de narrar o dissabor dos outros para dar um gostinho qualquer à própria insípida existência,

a pimenta das atribulações, né?,

quando arde o cu alheio, procópio, as vidinhas sem sal ficam todas com água na boca...,

minha mulher abriu-lhe a porta e viu que não estava nada bem,

eu acabara de chegar da fábrica, estava no quintal, soprando o alpiste das gaiolas,

corre aqui, osmar!,

encontrei-o no sofá, chorando baixinho e tremendo, com vergonha de isaura, que remexia a colher num copo de água com açúcar,

discretamente, pedi que minha esposa saísse de casa, que eu cuidaria dele,

ela deu uma desculpa,

preciso ver minha mãe,

no fim das contas, nem era desculpa, porque dona cátia ia bem das pernas, mas não da cabeça, dicotomia que obrigava a parentalha a correr atrás da velha o tempo todo, perdida dentro de casa, procurando as chaves da porta para fugir de um lar desconhecido e, muito provavelmente, para se afastar de si mesma, demência que entendo como o avesso de um ato de extremada lucidez, se é verdade que o alzheimer nos coloca diante daquilo que sempre fomos sem saber...,

tomás revelou tudo e, longe de isaura, pôde chorar rebentado, sem conter as águas que saltavam as comportas das pálpebras, inundando-o peito abaixo,

as narinas escorriam muco, que tentava engolir no sorvedouro da boca, fungando e lambendo-se, ao mesmo tempo, entre soluços descompassados, passava a língua nos lábios,

      tentava dizer alguma coisa, mas os sentidos lhe escapavam,

tossia,

      chupava o ranho com força, inutilmente,

      quando as lágrimas pingavam a enchente desastrosa de si, esfregava as mãos no rosto, espalmadas, secando-as em seguida no pano das calças, entre palavras que rolavam carcaças, troncos e angústias,

      ...a solidão absoluta?,

      às vezes, parava e inquiria o vazio, como se ouvisse os conselhos do mestre irineu, comportamento que arrepiava até os cabelos da bunda de meu mais renhido ceticismo, juro, porque ele falava com outra voz,

      "o daime é para todos, mas nem todos são para o daime",

não, procópio,

      não dou meu braço a torcer, porque a pior possessão é a de si mesmo,

o pavor do que não há é sentimento inescapável,
matriz capenga da humanidade,

culpamos o além quando manquitolamos nossa essência,

que se há de fazer, *santos operários da existência coxa?*,

será que a minha voz, por exemplo,

...sim, esta que você ouve agora, sempre foi fingida?,

não,   não diga isso,

quem me dera exorcizar-me de mim,

...quem me dera!,

é lógico que eu tentava acalmá-lo,

não tinha outros argumentos, entretanto,
além daqueles mais tolos, confesso,

comportamentos que sugeriam a mansidão silenciosa,
a brandura das atitudes, a placidez das resignações,

mas fale isso aos céus, no meio da tempestade,
quando as ondas se quebram no convés...,

eu combatia o daime com o ópio do povo, sem querer?,

depois de um bom tempo, ele se aquietou, recostou a cabeça no espaldar do sofá, fechou os olhos,

fiquei aliviado,

em seguida, levantou-se para ir ao banheiro, mas refez a curva, no corredor, embicou na cozinha e voltou com uma faca de churrasco,

queria rasgar o próprio pescoço,

abandonei o discurso religioso e apelei para a lógica, parte da filosofia que me levava a conservar boa distância dele, uma vez que o candidato ao suicídio poderia muito bem testar a lâmina noutras jugulares, a ver se o fio daquele desespero não se arrebentaria nas peles de outrem, o que talvez o desobrigasse de experimentar o corte em si, satisfeito dos estertores alheios...,

eu, hein!,

desvairou-se,

e, com a mesma outra voz, começou uma espécie de mantra,

...ou um hino, sei lá, porque meio cantado,

vem...,　　　　não é mais o chá do santo daime,　　　　é de são tomai-me,
não é mais o chá do santo daime,　　　vem,　　　é chazinho de são tomais,
não é do santo daime,　　　...é do pecador,　　tomai-o e tomai-lhe,　　sim!,
tomai na marra,　　　tomai no cu, tomás,　　　...tó, tomás,　　　...vem!,
ao que a vida e os safados tiraram de mim, em nós, de ti, de si..., e muito além,

　　　　　　　　　　　　　...amém!,

finda a oração, caiu de joelhos,

　　　　presumi que se preparava para o *seppuku*,

　　　　　　　　　　　　　　　...ou coisa pior,

　　　recuei mais um pouco,

　　　no entanto, à estripação, preferiu golfar, vomitando um jato de fazer linda blair corar de inveja, perdendo o demoníaco esverdeado da cara, se não mesmo o capeta inteiro, então cuspido e babado no chão...,

esparramou-se, os olhos fechados, desfalecido,

　　　chutei a faca para longe e o virei de lado, com medo de que fizesse, depois da ladainha, o *cover* do conhecido e triste solo de jimi hendrix, afogado em si, na própria vomição, mas agora no tapete da sala de minha casa, ...o que me daria, em mim, uma dor de cabeça dos infernos, depois,

       eu estava certo,   ele regurgitou mais e, devo dizer,
nunca senti fedor maior em toda a minha vida,

acabei vomitando, também,
       um pouco em cima dele, porque não consegui me desviar,

               estou vendo a sua cara, procópio...,
você me considera um sujeito arrogante, né?,
       não é preciso mentir,
várias pessoas já me disseram,   não ligo,   ...até gosto, sabia?,
   bom,
       vou lhe dar mais motivos...,

        ao me afastar, olhei tomás no chão, em posição fetal,
e vi um boi morto, acredita?,
     tive a impressão de ouvir manuel bandeira rindo de nós, dentuço,

tenho um LP dele, declamando,
            por isso...,

cismei,

        acho que o azedume de suas entranhas relampejara em mim uma leve piscadela, num resvalo de iluminação, assim compartilhada,

                senti, por alguns instantes, que o daime nos levava ao princípio, em destroços de nós que rolavam, ínfimos, por vômitos e bile de entrelaçadas tripas, enquanto os bibelôs da estante, todos eles, no alto, tremiam a louça dos corpos, arrepiados,

                eu mesmo me ouricei, quando um elefante quase caiu de bunda, juro, mas creio que tenha sido ele, tomás, num estertor da miração, claro, esbarrando o pé no móvel,

      eu ia com com ele, devedor?,

        ou nosso amigo pagava um solitário alumbramento, misturado aos restos de uma consciência apenas minha?,

cuspi várias vezes, ao lado dele, aumentando o brejo daquela dissolução,

        não conte isso a ninguém, por favor, mas vi ainda uma roda de oito eixos boiar emperrada sobre tomás, num relance que reputo, hoje, como vertigem do meu fundamentado apego à matéria,

                o que acha?,

      ...os vapores da bebida?,

quando isaura voltou, eu acabava de limpar o chão, todas as portas e janelas da casa escancaradas,

o ventilador ligado no último,   o tapete lá fora, no quintal,

...joguei sabão em pó nele, e esguichei muita água por cima,

ao entrar, ela quase vomitou, também, porque a carniça das tripas se misturava à catinga do desinfetante, sem corrente de ar que dissipasse a nojeira curtida nos miasmas, infiltrada funda, na fenda dos tacos,

...enfim,

não contei a ela que eu desabafara o estômago sobre o coitado,

não por vergonha, mas por desnecessidade, até porque acreditava que o meu vômito diluíra o dele, amenizando a concentração da desgraça por ambos desentranhada,

similia similibus curantur?,

não fosse isso, minha interioridade exalaria ao menos o *contraria contrariis curantur* de suas amarguras sem remédio – ou sem placebo, vá lá, replicado protocolo de exasperações mal digeridas por todos,

...apenas o por dentro das vidas?,

sim,   isaura é uma santa,

não gostou de que eu o acomodasse no quintal, sentado numa cadeira de praia,

...na verdade, quase deitado, o que seria um conforto maior para quem tramava deixar a vida, *poxa morte!*,

bem,

não sei por que evitei contar-lhe o dramático lance da faca no pescoço,

...queria poupá-la, creio,   só isso,

abanquei minhas desculpas no ar fresco,

ele precisa respirar...,

sim,   eu me prevenia,

se ele chamasse o juca, o hugo e o gregório, de novo – todos juntos, porque nunca vi tamanha concentração de vômito –, não emporcalharia ainda mais a sala de malemal-estar da minha casa, lugar de onde eu e isaura deveríamos fugir até que a fedentina abrandasse, o que levaria semanas, não duvidava,

...se é que a boa memória não me trouxesse o fartum, depois, com mais graves putrescências,

ah, procópio,

...onde as ruínas de uma sala de ser, hein?,

tomás se disse melhor, finalmente,

desculpou-se com a minha mulher,

pediu pra ficar descansando *mais um pouquinho*, antes de ir embora,

não quis entrar, no entanto,

a aragem fresca lhe fazia bem,

viu, isaura?,

fui até o tanque, tirei a camiseta e, com o sabão de pedra, esfreguei os braços até os ombros,

depois de enxaguá-los, não gostei do resultado e repeti a operação,

dessa vez tirei também as calças, ensaboando o peito, a barriga, o torso inteiro,

e, já que fora por esse caminho, lancei fora a cueca e me ensaboei por completo, dando especial atenção aos joelhos, dobradiças que pagaram muitos dos meus pecados, naquela noite, de rojo sobre o vômito *ausencialista* de um amigo,

...ou de dois amigos, vá lá, supondo que eu nutra por mim, da mesma forma, algum tipo de camaradagem, quando isaura me viu, não se conteve,

pra que isso, homem?,   essa água gelada!,   ...vai pegar uma pneumonia!,

coloquei o indicador nos lábios e pedi que se calasse,

(pshhhhh...)

de onde estava, tomás não divisava o tanque, mas não era surdo...,

    eu não queria que ele me descobrisse naquela situação, pelado, arrancando o cheirum de suas tripas no quintal de casa, com nojo,

    isaura apareceu com uma toalha desfiada e roupas velhas, escolha que sinalizava sua emudecida compreensão do meu procedimento,

peguei uma cadeira na cozinha e me sentei ao seu lado,

                                                      ele fedia,
apesar do banho de mangueira que eu lhe dera, salpicando-lhe sobre o corpo o resto de sabão em pó que gastara no tapete,

...que isaura não saiba disso, porque também usei uma vassoura velha, esfregando-o com alguma vontade,

agora, ao seu lado, via que os braços estavam vermelhos, arranhados pelas unhas de piaçava do basculho,

creio que algumas cenas de sua miração persistissem, pois murmurava frases desconexas, entremeadas a observações de nossa conversa, palavras que, também, para ele, talvez emoldurassem visões de uma realidade fabricada, se é que a razão não fosse inteiramente dele – e a quimera do que chamamos verdade, então, corporificando apenas outra forma de absurdo,

o nosso maior devaneio seria viver?,

sabe, procópio, às vezes bate uma coisa ruim, não sei,

penso que tudo o que falo agora, por exemplo – e que faz algum sentido em mim, ao menos –, para você não passe de um discurso sem pés nem cabeça, desvario que me escapa, prendendo-me acorrentado a mim mesmo, tão somente,

e, nem sozinho, portanto, estaria apenas comigo,

por isso, meu caro, pensando nele com aquela faca no pescoço...,

bem, *morrer para a vida eterna* foi a primeira formulação de um paradoxo paraconsistente, ...isso tenho de admitir, isaura preparou-lhe um café bem forte,

        pensou que estivesse bêbado, só isso,

            depois de uma xícara grande,
deu-lhe também um comprimido de dramin,

    ele descansou mais uma hora, uma hora e pouco, e caiu fora, desculpando-se apenas para isaura, de novo,

        percebi que uns restos de lágrimas lhe escaparam,

(filho da puta!)

não me deixou acompanhá-lo até a sua casa de jeito nenhum,

        será que o desgraçado viu que vomitei nele?,

na porta, ainda ficou um tempinho em silêncio,

        mas desentalou-se,

pediu, *pelo amor de deus*, que não contássemos o episódio para rebeca, que já sofrera o seu tanto, *entendem?*, acredito que o respingo de suas últimas lágrimas foi forçado, pois simulou disfarçá-las, de modo que o esconderijo das atitudes denunciasse justamente a presumível transparência daquele sal,

leviandade?,

minha ou dele, hein?,

...porque o descaramento pode ser uma verruga nas costas, distante do alcance dos dedos, e um sujeito desabusado apontaria estrelas sem se dar conta da inaudita extensão da própria pele, não acha?,

a canalhice insciente da cultura, se me permite a contradição nas camadas apenas superficiais da epiderme...,

os ardidos riscados e arriscados da piaçava?,

ao cabo, depois que ele saiu, narrei tudo a isaura,

ou quase,

omiti a trágica tentativa de assalto, o roubo da carteira e, principalmente, o caso com azelina,

não queria oferecer a ela o mapa de uma estrada que, bem ou mal, eu mesmo trilhava, ainda que por distintos caminhos, culpei o desemprego,   a crise,   a ditadura,

                                        ...as verdades assentes,

ela ouviu quieta,

           e terminou afirmando que eu deveria contar tudo à mulher dele,
acredita?,

           devo dizer que me assustei bastante com o conselho,

     para evitar o pior, sabendo que, em segredo, a história se espalharia,
pedi que ela mesma explicasse o fato a rebeca,

                         confidentes, talvez a angústia de tomás
se restringisse a uma revelação entre amigas, poupando-me de ilações
que acabariam por resvalar em verdades inoportunas,

           mal dormi naquela noite,

culpei a rancidez do vômito, que se enfiava por baixo da porta do quarto,

                ...ou não saía da cabeça, se é certo que a boa memória
se agarra aos cinco sentidos, forjando o sexto, como lhe disse,

                                                 bem,
pode ser isso, mesmo, porque cheguei a encharcar duas tolhas de rosto,
buscando vedar o vão, inutilmente, portanto...,

cerca de duas semanas depois, ele apareceu,

eu estava no bar da lurdes, sozinho,

tinha acabado de tomar uma cerveja, no balcão, antes de voltar pra casa,

sentou-se ao meu lado,

pediu outra *breja, bem gelada,*

virou dois copos de cara, soltando aquele *ah* comprido, chiado,

...*estou com uma sede dos infernos, osmar!,*

fechou os olhos, respirando fundo, maquinal,
impondo às ações um ritmo inumano e temporizado, quase circular,
propenso às obrigações perdidas, como todos nós...,

bateu nas minhas costas, com carinho,

e desculpou-se pelo incidente,

mas havia alguma intenção oculta nele,

...eu não saberia explicar,

agradeceu-me, com a voz mansa,

      deixou escapar a palavra transtorno, caída para fora das frases, e frisou que ainda estava com vergonha de isaura,   baixou a cabeça,

besteira, homem,   *amigo é pra essas horas,*   *esquece isso...,*

então, mudou os assuntos, como se a vida tivesse uma chave geral que, ligada – ou desligada, não sei –, descortinasse outros mundos e fundos, opostos à mesmice dolorida e rasa da existência,

    falou das malvinas,

        da burrice daquela junta militar,

            da provável sem-vergonhice de mitterrand, uma vez que os *exocets* repentinamente ineficazes, o que anos depois se mostrou verdadeiro, como você sabe, episódio que só fez crescer minha admiração pelo seu discernimento político,

    ...concluiu dizendo que os argentinos eram mesmo estúpidos, ao confiar num povinho que entregara joana d'arc ao pior inimigo,

                quis outra cerveja,

    comentou as eleições, para o final do ano,

a copa do mundo, que ia começar,

era de repente outro homem, procópio,

                num ai, assim, mas sem as dores,

     alegre,

          beberrão,

fiquei feliz, juro, levando à frente o pé, que eu conservava lá atrás, junto ao medo,

fazia pouco, estava para rasgar o pescoço com uma faca de churrasco,

        agora, falava entusiasmado da vitória oposicionista,

                ...e que, ao final, os milicos haveriam de cair do cavalo mal encilhado por golbery, xingando aqueles *quadrupedantes* que insistiam em chamar o benzilhão da doutrina de segurança nacional de *bruxo*,

      ...ofensa à memória de machado de assis, não acha?,

(vira mais dois copos, estala a língua)

                emendou suas críticas à ausência de reinaldo, como centroavante do escrete canarinho, apenas por discordarem de suas opiniões políticas,

    o que pode custar caro na copa, você vai ver,

fez até piada com a arbitrariedade,
que iria além da pequena área desportiva ou comportamental,

...prova dos 9 de que não vai ser fácil chutarmos,
para fora do campo e das cidades, esse ranço fascista dos últimos tempos, que se querem prorrogados,

(*bate três vezes no tampo da mesa*)

depois de arrotar alto, pediu dois rabos de galo,
em homenagem ao jogador do meu querido atlético mineiro!,

(*ergue o punho fechado*)

achei por bem meter um fim naquela expansão líquida e eufórica de seu agradecido reconhecimento, mesmo porque tomás continuava desempregado e, com certeza, sem nenhum crédito nos bares da cidade – e eu não queria gastar à toa uma efusão de sentimentos alheios, poxa vida...,

foi a minha vez de brincar,
amigos, amigos,
bebidas à parte...,

ele gargalhou – mais do que a graça dúbia do meu chiste permitiria –, e disse que as bebidas eram por conta dele,

arrumou emprego, tomás?,

(entorta a cabeça, levanta as sobrancelhas)

digamos que sim...,

eu quis saber a firma, ele disfarçou,

pediu também uma garrafa de cachaça, *pois agora estou com um amigo de verdade!,*

dessa vez ele bateu nas minhas costas com força, aplicando à explicitada amizade, com a pele grossa da palma da mão, os limites dos vergões ambíguos de minha larga desconfiança, o que me acabrunhou,

só não o interrompi porque lurdes trouxe a pinga e os rabos de galo, sorrindo, sentença de uma aceitação que corroborava a história do emprego – ou, pelo menos, a quitação das dívidas naquele estabelecimento, fato que não dirimia as minhas dúvidas, é certo, mas me livrava da conta, ora, ora..., foda-se,

    bebi com ele,

        sim,   ajudei-o a esvaziar a garrafa de aguardente, mas me enchi com aquela história que cheirava mal contada,

  restos de vômito nas palavras?,

      não sei se foi a proximidade ou o álcool,
talvez as duas coisas, somadas à minha insistência quase inquisitorial...,

          fato é que se abriu, meio sussurrado, quando eu menos esperava, o que talvez fosse mesmo a sua intenção primitiva, quando me encontrou, se é que não me procurava, como sempre...,

     eu roubei, osmar...,   *agora sou ladrão,*   *um bom ladrão...,*

            pensei que o filho da puta fizesse um gracejo com as desgraças passadas e ri forçado,

              insisti,

        perguntei-lhe o nome da firma, de novo, impelindo a realidade com a perseverança do meu desejo, a ver se mudava um destino do qual me desviava de antemão, ele, no entanto, fincou o pé nos fatos, muito sério, soletrando a denominação jurídica e completa da empresa,

TOMÁS DE JESUS E SILVA, S/A

eu só consegui engolir a bebida insossa do meu cuspe e arregalar os olhos vermelhos, ciente de que não era apenas uma nomeada fantasia...,

aliás, o sobrenome dele não tinha silva porra nenhuma, acredita?,

ele inventara aquele silva, vi na carteira de identidade, uma vez, o antropônimo terminando na judeia, seco, sem outro jordão, mas faltou coragem para desdizê-lo, apontando, naquele documento revelador, um indébito paganismo, coitado,

até porque talvez o silva viesse mesmo de seu pai, sujeito que caíra fora, é fato, mas que carregava um sobrenome, sim, diferente da extensa carpintaria de que se lembrava, ao recordar a difícil labuta noturna de sua mãe,

...ou ele é que teria inventado o silva, ao léu, não duvido disso, procópio, nome tão comum que o aproximaria fatalmente de alguma verdade, nem que fosse pelas leis da probabilidade, então dilatadas pelos reconhecidos encargos maternos, que é que tem?,

ele cerrou mais as feições e finalizou,

eu me cansei, osmar,

      agora, sou a minha firma,

            a sociedade mais anônima de todas!,

     ...sou o proprietário de uma empresa cujo funcionário goza dos lucros completos da fábrica,

        ...chega de menos-valia!,

            acabou, osmar!,   *acabou!,*

eu não sabia o que lhe dizer, confesso,

           arrastei-o para a mesa do fundo,

puta que o pariu, tomás!,

      ...você não se emendou com o fiote, homem?,

ficou ainda mais sério, os lábios tremeram,

     pfff,   *...estraçalhado, osmar, eu devia isso a ele, também,*

(enche o copo, despeja um gole no chão)

a história era boba, procópio,

                    tomás fez amizade com aquele vidraceiro que colocara os boxes na casa do pastor, lembra?,

sim,   voltou a frequentar a igreja, dizendo-se arrependido,   ...herege,

          deu, inclusive, um testemunho contrito, ao microfone, confirmando para os fiéis da vez o sumiço de um tumor acalombado, nas costas da mão, durante uma benção especial do ministro otaviano ratã,

    ...as reconhecidas falcatruas estelionatárias de sempre, fazer o quê?,

                    entre uma aleluia e outra, conseguiu com o vidreiro a descrição detalhada do imóvel pastoral, pegou o endereço da residência e, aproveitando-se de que o religioso levava em penca a família para os cultos, entrou em sua casa, até com certa facilidade, e revirou os cômodos, coletando um bom dinheiro em cima de um guarda-roupa, no quarto do casal,

havia um pequeno cofre, também, ao lado da cama, mas estava trancado,

           ...o lazarento deve ter preguiça de abri-lo, osmar, amontoando os dízimos em quatro caixas de sapatos,

se é que a burra não seja apenas um disfarce oco para os bons ladrões deixarem os móveis e calçados na santa paz do lar, carregando-a fechada até a puta que o pariu, onde terão tempo de arrombá-la sossegadamente, para descobrirem, incrédulos, o vazio contínuo dos infernos de sempre, é ou não é?,

(vira uma dose gorda de cachaça, fecha os olhos)

tomás estava tranquilo, e, agora sim, troçava da vida com mais estilo,

a esposa é da mesma laia, ...são descendentes diretos de dois animais impuros da arca, homem e mulher, se é verdade o que se diz, à boca pequena, daquela caixa flutuante de noah, invadida por um casal esperto que ouvira a história do dilúvio da própria boca rota de hâm, ao soltar a língua para uns velhos amigos do vinho farto,

não acreditaram nele e riram da profética ameaça, claro,

...a não ser o referido casal, que antecipava um seguro que ainda não morrera de velho, dada a idade de noah, que soprava seiscentas velinhas naquela ocasião, segundo o pentateuco e a vizinhança do aniversariante,

sim, creio que a história nascesse daquela festa de seus cinco anos,

pode ser, não acha?,

...no alvoroço da bicharada em fila, osmar, teriam entrado na embarcação de rojo, no meio das serpentes, dando origem, a partir dali, a toda raça desses pregadores modernos,

(os dois riem da conclusão)

                devo lhe confessar de que gostei muito da exegese, corroborada *ipsis litteris* pela história presente,

...quatro caixas com dinheiro, osmar,

            uma para o pai,

                    outra para o filho,

a terceira para o espírito santo, dos quais era, por direito, o terreno tutor,

                ...somente a última para ele,
o cioso pegureiro, claro, porque abarrotada com as notas graúdas,

    e era boa leitura, concorda?,

        se a césar cabia o que era de césar, a otaviano muito mais, herdeiro vitorioso do tio-avô, quem há de negar?,

sim,   tomás apreciava o meu ateísmo, o que pode tê-lo feito decorar as ideias com alguma caturrice herética,

   ...é a religião, procópio,

                nada mais, nada menos,

já lhe expliquei isso nem sei quantas vezes!,

...um pastor com perspicácia sabe que os tempos bicudos pedem um passo teológico adiante – um pulinho de tico-tico no fubá, que seja –, obrigando-se a saltar uma antiquada trindade para exercer, finalmente, a chefia da própria quadrilha, ora, ora,

dizem que planejam tomar o poder no país,   ai-ai,

                                        e que o projeto estaria em curso...,

bem,

             do jeito que as coisas vão...,

                       agora é a minha vez de bater três vezes na madeira,

      bate também, vai, pra garantir,

                    ...e põe força nos cocres, homem!,

                            opa!,   se o verdadeiro bruxo, como queria tomás, descreveu uma igreja do diabo, não duvido de que logo, logo estejamos governados por belzebu em pessoa..., o nosso amigo não traçou grandes planos,

    serrou um pé-de-cabra, para que ficasse do tamanho de sua canela, escondido dentro das calças, e entrou, forçando os trincos com o ferro e a raiva de deus e o mundo,

        procedimento que metaforiza boa parte de nossa história, não pensa assim?,

tudo bem,   tudo bem,   não foi de todo descuidoso...,
tomou a precaução de usar uma camiseta com o rosto de jesus, às costas, prudência de muito bom alvitre, porque um salvo-conduto esperto para a bisbilhotice mal pagã da vizinhança daquele pastor otaviano,

    ...uma espécie de jesus bifronte, por assim dizer,

        ah, osmar,   estou até dormindo melhor, acredita?,

    o dinheiro?,   foi fácil,

    ...disse para rebeca que os bicos começaram a render,
que bufunfa é que nem pipoca,

    quando começa a rebentar...,

arriscou-se a pedir que ela prestasse o vestibular, sim,

no entanto, sem deixar de fazer os plantões no hospital, claro, uma vez que a sazonalidade dos biscates impunha alguma prevenção,

ele mesmo comprou-lhe três apostilas novas, *atualizadas*,

no dia seguinte ao assalto, inclusive, entrou em casa com várias sacolas de supermercado,

fez questão de que rebeca guardasse os produtos,

bolachas e queijos,

frios e chocolates,

duas garrafas de vinho,

deu-lhe até um anel parecido com o que presenteara azelina, mas com pedrinhas de rubi, no lugar dos brilhantes, comprado à mesma joana dourada, que dessa vez lhe concedeu um pequeno desconto, acredita?,

acho que nunca me senti tão homem, osmar!,

contou-me, ainda, que ofereceu para azelina uma cg 125, usada, 1977, com a condição de que a moça abandonasse o carteiro, *esse tipinho de gente que aceita andarilhar por aí,*

pois é, foi das primeiras motoqueiras da cidade...,

enfim, com a amante desimpedida e motorizada, pôde alugar uma casinha discreta, lá no fundo da gatolândia – *vila nova, só de gente desconhecida,*

comprou os móveis básicos, cansado de amar no sofá, *xô para aquele courvin craquelado* que beliscava os pelos da bunda,

...e chispa, miséria!,

ainda sobrou grana pra uns três, quatro meses, com a cabeça no lugar...,

bem, sempre gostei do paulinho da viola, você sabe, e se é verdade, como adverte o sambista, que *dinheiro na mão é vendaval...,*

cabeça no lugar, para tomás, era a glande metida no meio das pernas da moça, ao contrário do que descreveria o cebolinha, num balão da capa daquele imprevidente caderno escolar...,

sem contar que telhado de pobre não aguenta chuvisco,

ou, como se diz por aí,

                         bom tempo de remediado
é bacia prevenida na mancha seca das goteiras, é ou não é?,

       na época, lembro-me de rebeca segredar para creusa que abrira *uma poupancinha escondida dele, para uma emergência qualquer,*

                         mal sabia ela que...,

       eu estava preocupado com ele, sim, mas até então via o episódio da morte de fiote como simples vingança frustrada,

   uma tragédia,

     ...e a carteira de dona rosa não seria mote para delinquências, senão apenas o bom senso prático de um negócio de ocasião,

                  a dondoca quebrara o contrato, caramba!,

     ele só rabiscou as letras miúdas de um improviso que seria visto por todos como *apenas uma correta ação multatória*, e, portanto, legal,

                       bem legal, aliás...,

no entanto, agora, esse assalto à casa do maldito pastor,

                       ...encafifei, caralho!,

e quis saber o que ia fazer depois que o dinheiro acabasse, poxa vida!, *deixa comigo,*

deixa como, tomás?,

estou ajeitando outro esquema,

esquema?,

...a casa de outro pastor, em são benedito das areias,

ficou maluco, rapaz?,

por quê?,

você..., você...,

        de modo geral, mesmo em momentos críticos, as palavras nunca me faltaram, procópio, e, apesar do silêncio que solucei, acredito não ter calado, ali, nenhuma rebelião de sentenças recalcadas,

não, não,

        ao contrário, justamente por concordar com as ações pontuais de sua revolta, engoli a eloquência falsa de uma admoestação qualquer, porque ele saberia ouvi-la hipócrita, mendacidade que o empurraria de vez à vida criminosa, tenho certeza,

(osmar deixa cair a cabeça, devagar, quase em câmera lenta)

                              por isso lhe ofereci a mudez,
represando na garganta a falta de uma valentia revolucionária que, até aquele momento, eu pregara para todos, sem coragem de exercê-la em mim,

a bravura se alimenta de vento, diverso nome que damos aos ideais,

        mas a covardia, por outro lado, vai comendo a nossa pele,

  sim,

      começa na boca, falando pelos cotovelos, e termina em dor, na dobradiça dos mesmos braços...,

arrependo-me,

        por que não o deixei em paz?,

                por quê?,

a nossa condição, procópio, é um monturo de falências,

              e eu...,

desculpe-me chorar assim, meu amigo,

        nas suas barbas,

              eu,

          ele...,

bem, refaço aqui o silêncio gaguejado daquele dia, certo de que você o entenderá não como um estúpido fingimento, mas a confissão imperdoável das minhas replicadas insolvências,

espere um minuto,

vou ao banheiro,

fiquei dois dias matutando,

o conselho de isaura na cabeça, esfolando as maçãs do rosto com as unhas, sabe como é?,

perdi o apetite,

o sono,

tinha algum orgulho de tomás, admito,

procurava, no entanto, encontrar em suas escolhas uma fatalidade que diminuísse o peso de suas decisões,

inveja?,

hoje, acredito que o desespero seja o único motor possível para as atitudes verdadeiramente políticas, perspectiva pela qual sustento minha conhecida aversão à humanidade,

mas não sou tão idiota,

sei que ela é tributária de minhas incapacidades, e, se aceito os meus erros, é porque, desse modo, eles darão certa ressonância ao torpor arrazoado de uma sociedade que seria justa, no futuro, porque moldada segundo os parâmetros enganosos de uma "nova civilização", vá lá,

...o que me recolocaria no mesmo lugar de agora,   pfff,

evito conversar a respeito desse tema, pois tal possibilidade é um argumento contrário às ideias que, levadas ao extremo do raciocínio, nunca deveriam se revestir de palavras, limite que abarca, portanto, a linguagem, fenômeno distante do animal que devemos encarnar como a nossa verdade, compreende?,

se insisti nisso, desde a semana passada, foi apenas para lhe mostrar uma teoria descosturada, aos pedaços, ajuntamento de partes também sem urdidura, concepção que expõe o paradoxo da própria razão, desejo descabido para um homem que se fia em grunhidos,

...um falso *koan?*,

...ou o único sentido possível?,

você me torce o nariz,

...mas que fazer, se construímos esta cela a partir de dentro?,

pense comigo,

sob tal ponto de vista,
a falta de nexo é um refinamento exagerado da compreensão,

ou, se preferir, a coerência dos discursos extrapola a mais grosseira das incompreensões, ambiguidade intelectiva de nossa condição inescapável,

quer ver?,

vou lhe mostrar outro texto – pretexto ou destexto, não sei –, que rabisquei para o chato do professor astolfo, com o intuito de aborrecê-lo, bem como os meus companheiros de curso...,

ele...,

olha, tenho asco aos imbecis que apontam qualquer liberdade sistêmica enquanto elemento central de conquistas individuais,

ou o inverso,

as derrotas do sujeito ancoradas na mesma liberdade,

espere...,

        tss, ah!,

                estude história, procópio!,

                        ou abra os olhos, porra!,

falávamos dos regimes discricionários e mandonistas,

        o professor evitava o assunto, sempre, e isso me irritava, porque sabia que tratava do tema em campinas, com seus bem-nascidos aluninhos,

        mas aqui, com operários pobres...,

                no fundo, defendia a sua classe, creio, respaldado no temor de perder a cátedra na unicamp, o que não deixa de ser uma grotesca ironia pedagógica e mundana,

        às vezes, também, um homem se escora numa verdade para se ocultar melhor de si,

                ...era o caso dele,

e eu não ia deixar barato nem fodendo!,

...contrariando os lexicógrafos, fui ao centro da roda e gritei que o sinônimo essencial de qualquer civilização é a

bar-bá-rie,

não deram bola,

ou não entenderam...,

sim,   as duas coisas, talvez,

em casa, depois, desenhei letras grandes, com capricho datilográfico, num pedaço de cartolina branca, e, antes de levantá-las na frente do peito, na reunião seguinte – rodopiando a rotação do sol que encarnei, na sala, apenas para expulsar o professor até a longínqua periferia do meu sistema –, repeti a frase engasgada e a completei com as seguintes observações,

num dicionário, as duas palavras deveriam estar mais ou menos sobrepostas, assim como no verbete correspondente, casadas numa ilegibilidade que lhes conferisse o sentido daquilo que baralham, árculo vicioso de um vale-tudo social, meus amigos,

...quadrado ilógico dos novos tempos, diria um atônito aristóteles, depois de maldizer a ambígua enteléquia de sua reencarnação,

*...ó, **aqui**,   ó,*

civibarbárie = barcivilização

barcivilização = civibarbárie

e virei a placa para todos, dervixe extremo de um único giro,

o valter forçou a vista,

   ...o isidro quis silabar as antipalavras, vê se pode,

          enrolou a língua,

   ...em tempo de se engasgar, o banana,

no fim, os filhos da puta deram risada,

uns acharam bonito,

outros, apenas *esdruxulez*, língua oficial dos loucos de pedras, bando que muitos me acusam de liderar, até hoje,

      falam que sou trineto de antónio conselheiro,
o que muito me honra, não posso mentir,

por maldosa brincadeira, então, certa vez enviei a todos um trecho da obra manuscrita daquele meu pseudoavoengo, pingando-lhes um ressabiado tema que haveria de fazê-los suar o cangote, escorrido, no esconso escuro dos quartos, por sugeridas desconfianças ditadas do passado, como sói aos misticismos, conforme lhe disse, não faz muito,

"Não digam mal de seus maridos em presença de outrem para não incorrerem na nota de que os não amam como devem e são obrigadas. E se seus maridos lhes derem exemplo neste particular, nem por isso lhes venha tal tentação de os ofender com outra semelhante injúria;"

António Conselheiro

pois é,

manuscrito por mim e anônimo, se é que não psicografado...,

bem,

a maioria não achou nada do cartaz, tenho certeza,

o professor astolfo pediu que eu me sentasse, fingindo cara de paisagem – plagas que, na verdade, descortinavam, para além do episódio, a desolação lunar do seu intelecto, isso sim, ele acreditava que, ao negar-me o *nihil obstat*, a estrela maior das minhas ideias voltaria à translação ptolomaica de seu cursinho de bosta, coitado...,

bem, bem, bem...,

eu precisava agir,

procurei rebeca, certo de que ela enquadraria o esposo de algum modo, dependurando-o na parede açucarada do lar,

sem amante, ele sossegaria,

isso mesmo,

eu tinha medo de que os próximos tiros o atingissem, e ele fosse terminar a comparsaria de seus acertados erros ao lado de fiote, na cidade dos quatro pés juntos,

uma coisa era certa, porém...,

sentia-me responsável por ele, mas não queria me expor,

consegui o horário da enfermeira, no hospital,

fui ao pronto-socorro a pé, correndo, para transpirar bastante,

na recepção, disse que não me sentia bem,

exagerei os sintomas,

o braço esquerdo formigava,

o queixo parecia meio endurecido,

estava com falta de ar,

um peso no peito,

pedi um balde, por causa da ânsia de vômito...,

antes de me levarem para uma sala de atendimento, quiseram saber de um parente, claro,

pedi que chamassem rebeca, amiga que entraria em contato com isaura,

e fechei os olhos,

(ai, inamps...)

ela veio correndo,
pobrezinha, e, antes de dar um jeito de avisar alguém, soltei-lhe o verbo e os cachorros que, se não latiram, gemeram a minha ganida indignação,

tomás é o culpado de tudo...,   *o que ele fez com você, rebeca...,*

tomás?,   como assim?,   fez o quê?,

o médico plantonista, jovenzinho recém-formado, entrou, interrompendo o meu plano,

auscultou-me e confirmou na hora a "*possibilidade certa*" de um enfarto,

uma vez que, antes de exercer a crítica linguística, eu nascera hipocondríaco, quase fui convencido de que beirava a cova, supondo, por instantes, uma coincidência irônica,

ou um golpe de sorte, quem sabe...,

(será que corri demais?)

pediu que me levassem *imediatamente para um eletro,*

rebeca, muito séria, se encarregou de tudo, temerosa de que, fulminado pelo entupimento das artérias – e, por consequência, da boca –, eu levasse para o além a velada culpa do marido, ela estava nervosa,

      mulher cheira longe, procópio, e as flores de plástico, às vezes, fedem mais, a depender das intenções *kitsch* do jardineiro,

          ...tem gente que despeja perfume nas pétalas, na esperança de enganar, com aquilo que o nariz sente, a falsidade que os olhos viram muito bem,

      uma sensata lição moral para as condutas da vida?,

fiz o exame com o cu na mão, não posso mentir,

          nada de errado com a bomba, *felizmente*,

      o doutorzinho me reapertou a barriga, então, apalpando-me com mais vontade, à procura de algum parafuso meio solto,

ou mesmo de um prego, creio,

          como os homens, de modo geral, têm merda na cabeça, concordei com o procedimento clínico, e, por isso, achei por bem soltar uns queixumes, o que o fez pensar em pedras na vesícula, ai-ai-ai,

arrependi-me de gemer,   ou, pelo menos, do último *ai*, vá lá..., encaminhou-me para o ultrassom,

...e lá fui eu, numa cadeira de rodas, empurrado – ou, melhor dizendo –, escoltado por rebeca, que concentrava ambas as preocupações nas rugas, sublinhadas mais fundas,

nos corredores, premida pela curiosidade e amparada nas técnicas interrogatórias da época, que incorporavam as dores como encoberto incentivo às delações, a esposa de tomás exigiu-me a verdade,

...o que é que o tomás andou aprontando, hein?,

abaixei a cabeça,

pedi-lhe que encontrasse uma sala vazia,

demos sorte,

ao dobrarmos o corredor de uma ala particular do hospital, para cortar caminho, vimos que um quarto acabara de vagar,

o paciente saía quieto, numa padiola, coberto até a cabeça, carregando, quem sabe, a última impaciência de suas carnes, depois de uma existência inteira aprisionadas a ossos e ossos do ofício, *troço duro de roer,* diria um poeta ou um mau piadista,

...sim, um autor de gosto duvidoso, que é que tem?,

entramos,　　　　　rebeca fechou a porta,

　　　　　　　　　　　　os vestígios do morto, nos lençóis,
sulcavam o tecido em frágeis fronteiras,
　　　　arrepiei-me, mas depois gostei daquilo,
　　　　　　　　a sua última atuação demarcava, no pano,
a certeza amarfanhada de que eu agia certo, anteparando tragédias,
　　　　por isso mesmo, fixei-me nos descaminhos da paixão,

...se para minha mulher filtrei tudo, para rebeca rasguei logo o coador,
deixando vazar o pó do que seria o café pequeno das relações amorosas,
　　　　despejei as palavras de uma vez, ferventes,

　　　　　　　　　　tomás arrumou uma amante, rebeca!,

　　　　　e completei, com a mão direita apertando o peito,
o cenho contraído mais e mais, girando pra baixo o volume da voz,

pelo amor de deus, hein!,
　　　não diga que fui eu que lhe contei!,
　　　　　　　　...pelo amor de deus!,

a rogativa, ao final, deixei escorrida com restos, cacos de força e uma gemidinha quase imperceptível, meio bufada,

ela ficou muda, desenrugou as feições, acredita?,

saiu do quarto e me largou lá, caramba, com o fantasma de um paciente que, talvez, ainda zanzasse ao redor da cama, negando-se a acompanhar os despojos de si, vai saber,

arrepiei-me de novo,

...a propósito,

uma vez, disse ao padre ornelas que a alma se acabava quando esvanecido o calor do lençol onde a carcaça perdera a vida,

e que, portanto, este sim, seria o sudário de uma verdade comprovável e definitiva, ao contrário de outros panos molambentos que uns safados dependuraram por aí, desde a idade das trevas, querendo fazer história à luz de parcos círios,

ele era engraçado,

retrucou-me com a observação de que eu poderia ficar tranquilo, nesse caso, porque *o fogo do quinto dos infernos me deixaria vivinho da silva, bem iluminado pelas chamas, eternidade afora,*

ri, claro, pontuando a constatação óbvia de que os demônios tinham mais que fazer, governando por aqui mesmo, em carne e osso, as nossas mais respeitáveis instituições,

ele virou as costas
e me largou falando sozinho, procedimento, aliás, que elogiei para todos,
depois, *porque ao menos me deixava em boa companhia...*,

no quarto, diluído o avejão e, finalmente,
de novo apenas comigo, senti um alívio arrebatado, não sei explicar,

caí fora o mais depressa que pude...,

para não perder a viagem nem a desculpa, fui até a sala de ultrassom,
eu mesmo, divertindo-me com as remadas fortes nos pneus da cadeira,
pelos corredores,

quando cruzava com algum funcionário, diminuía
as braçadas, claro, fazendo um caprichado esgar de muito sofrimento, ao
mesmo tempo que dava umas bufadinhas,

mesmo assim, nenhum enfermeiro ou médico
prontificou-se a me empurrar, tem cabimento?,

hipócrates que se vire...,

se, com ele,

os homens de branco juraram não praticar a talha, ontem, deixando-a para os práticos – sejam lá quem forem –, com o avanço das ciências médicas, desde então, mais ainda abandonaram os pacientes ao acaso e à desfaçatez, nomes coetâneos de uma deusa argentária que, outrora, atendia pelo nome de panaceia,

...há outros melhores numes, entretanto,

placebo, por exemplo, tem feito mais para os homens do que toda a mitologia grega, procópio,

...ou que toda a indústria farmacológica, vá lá,

sim,

juraram também por higeia, não por ser a filha de esculápio, mas pelo fato de outra potestade alocá-los no distante mundo da lua, para onde se afastam sem ressentimento das dores humanas,

profissionalismo?,

então, tá...,

por pirraça, chutei a porta e entrei na sala do exame imitando, com a boca, o motor da brabham de nelson piquet, o sujeira, apelido que ganharia mais cavalos depois, turbinado por ideias políticas de jerico, como se sabe...,

até os pacientes me olharam torto, com exceção de um menino de sete, oito anos, que parou de choramingar e chegou a sorrir, esquecendo-se de uma luxação qualquer, a cena me fez indagar se as nossas alegrias, no mais das vezes, não seriam tão somente a reverberação de felicidades alheias, mesmo que fabuladas,

as ilusões da vida em ponto morto, procópio,

ou sexta marcha, tanto faz,

...e, ruminadas na banguela, apenas as tristezas soltas, então nunca desfeitas, azedas no refluxo de ser,

bem,   a vesícula estava boa, e o médico pôde, finalmente, acertar o diagnóstico, culpando uma virose e o estresse,

...ou o estresse e a virose, agora não me lembro,

mantive distância prudente do caso,

temia que rebeca dissesse a tomás quem era o judas de seus amores, e, por isso, em vez das trinta moedas, eu ganhasse o pior dos inimigos, além de uns sopapos bem dados – pagamento justo para um neossicário que tivesse feito o companheiro perder os beijos descontados de uma saborosa e lucrativa traição,

mas...,

espantei-me, porque, uma semana depois, ele me contava em detalhes o passeio que fizera, no dia anterior, com azelina – de motocicleta, vê se pode –, às margens do rio mojiguaçu, onde comeram um belo pintado na brasa, guarnecido por arroz à grega e rodelas grossas de tomate, deitadas na alface e recobertas com muitos aros caramelizados de cebola roxa, tudo acompanhado de um vinagrete bem curtido, pimenta dedo-de-moça e, como não poderia deixar de ser, uma travessa grande de batatas palito, *sequinhas, sequinhas*, além de duas garrafas de cerveja, *que ninguém é de ferro, né?*,

quer mais?,

      ora, ora,   arroto de estômago vazio não fede nem cheira!,

    ...na cachoeira de emas, perto de pirassununga,

                  você conhece, né?,

sim,   ali, peixe que é bom, mesmo, neca de pitibiribas!,

      foi-se o tempo, como dizem os bons e velhos comunistas...,

agora, tudo congelado, vindo de fora, em caixas de papelão,

                  mas vale pelo clima,

    ...o rio,

      ...as pedras, caminho de perdidas piracemas,

a memória sempre se agarra a restos que se fingem presentes, não acha?, aproveitei aquela peregrinação do casal para forjar um álibi futuro, que não sou bobo nem nada,

tá maluco, homem?,   ...e se alguém viu vocês?,
não penso mais em desgraças, osmar...,
isso não é pensar!,   **é ser visto, caralho!,**

o turista aprendiz ainda fez piada, acredita?,

caralho?,   mim caralhoguaçu, rapaz!,
agora escrevo o meu caminho – e ponto-final,
...ou vírgula, reticências,   dois pontos...,   o que der na telha, entende?,

pois é...,

feliz aquele que imagina pontuar o manuscrito garranchoso de seus dias ágrafos...,

na hora, supus que rebeca aceitara a amante, mesmo a contragosto,

e fiquei com inveja, sabia?,

então pintei, a meu modo, os fatos, fabulando fora de mim a interioridade dos meus desejos,

pois é,   tomás teria confessado o caso à mulher, o dualismo inapelável do amor, colhido e acolhido como divisão natural da masculinidade, e assim por ambas as fêmeas entendido,

rebeca era inteligente,

tivesse o macho alfa de escolher, haveria de abandonar a esposa e os alfabetos, preferindo cultivar um sentimento que lhe permitisse respirar, de "a" a "zê", o perfume de novas flores, assim lhe ditassem os instintos e o olfato, porque virilidade é saber-se homem, primeiramente, debaixo do próprio nariz, ora bolas e bagos!,

...que ninguém misturasse alhos e caralhos com bugalhos e bagulhos, não é mesmo?,

homem é homem, não pode ver pernas bonitas,

...na encruzilhada de um jardim que se trifurcava, rebeca optara pelo caminho novo e, forçoso dizê-lo, cômodo – apenas uma trilha mais larga que comportaria, lado a lado, passeios a três,

por que não?,

o marido no meio, todo peralta, olhando ora um flanco da estrada, ora o outro,

...e a outra,

isso mesmo,   a paisagem bonita, nos férteis horizontes do amor, sentimento que brota obedecendo às revoluções do planeta em derredor do sol, elipses imperfeitas a criar a estação das vontades devolutas de toda espécie,

        que é que tem?,

a cultura inventou um ser humano cuja verdade ancestral pulsa na carne, e a alternativa de rebeca seria a solidão,

        ...esta sim, estreita vereda de ventos frios,

        ninguém quer sentir na pele apenas a própria pele,

        um resumo de boas maneiras?,

quem se nega a ficar na mão, procópio, não pode ter muito tato...,

        ao fim, deitei fora a invídia para polir a soberba das minhas ideias com a flanela macia da imodéstia, confesso, porque tomás parecia pôr em prática o maquinismo difícil e brilhante dos meus ideais, compreende?, depois, caí em mim,

...e me deu uma vontade filha da puta de ser ele,

bom,   claro que não era nada disso,
nada do que criei para o que seria uma utopia particular,

vivemos apenas quando sonhamos?,

cerca de seis meses depois, ele desapareceu,

sumiu de casa,

rebeca foi à polícia,

espalhou cartazes pela região,

colocou anúncio nas rádios,

nada,

o homem *afantasmara-se*, de acordo com paquito,
o antigo escrevente da delegacia, lembra-se dele?,

sim, era espanhol, mas veio criança pra cá,

seus pais, anarcossindicalistas, fugiram do franquismo,
logo no início da segunda grande guerra,

os ideais morreram antes do caudilho, por isso resolveram nunca mais voltar ao velho continente, nem a passeio,

pra não mentir, o patriarca – pablo rodríguez moreno de la llana – mudou de ideia em 64, mas as patentes daqui, ridículas, eram arremedos nada superlativos de uma gramática violenta que ele conhecia de perto,

então foi ficando, com a família, descoroçoado da humanidade, que dobra a língua de incontáveis modos, mas sempre dentro da boca, entre os dentes,

não tenho mais saúde pra mudar de planeta, paloma,

...ya no tengo salud,

oito dias, onze,

...duas semanas sem tomás dar as caras,

fui obrigado a intervir, procópio,

primeiro, falei com rebeca, que chorou sem parar,

resvalei na palavra amante para pescar algum fato escuso, submerso entre as quatro paredes da intimidade,

ela nem se tocou,

recolhi o anzol vazio,

     como azelina continuava a trabalhar na papelaria santa escolástica, imaginei que o nosso amigo desistira de ambas, de repente pressionado por todos os lados, naquela fabulosa excursão a três,

                  ...ou incursão, pra não mentir os buracos nos quais os homens querem se meter, não é mesmo?,

     por falar nisso...,

          faz alguns anos, apareceu um mendigo na cidade, andarilho que fez amizade com o chico-bufa e vagou por aqui durante dois ou três meses, mais ou menos,

          ficou famoso pela sua boa lábia,

        dizia que se chamava evandro, mas não acreditei, porque se apresentara como affonso, para outras pessoas, antes de me conhecer,

        muito alegre, atendia também pela alcunha de "simpatia", apelido que os alunos do ginásio lhe deram, durante as aulas de ócio que ministrou, à saída do colégio, para desespero de algumas mães que o viram ensaiar, antes do sinal, deitado na grama da praça, sozinho, inúmeras diatribes, infindáveis monólogos e incontáveis lições em voz alta, o curso, porém, durou somente três ou quatro dias,

a polícia militar, acionada, proibiu-o de ficar ali, zelosa da nobre missão de servir à sociedade,

o cabo mílton, vulgo militão – impávido soldado que, pouco depois, passou uma boa temporada no presídio romão gomes, antes de ser expulso da corporação, por questões farmacêuticas –, ameaçou-o com pancadas e cadeia, motivo que levou o peripatético mendigo a se afastar da cátedra e, ainda mais, de nossa hospitaleira cidade, *por incompatibilidade temporal com o medievo*, segundo frisou, antes de tomar o rumo das minas gerais, a pé, como de hábito,

dizem que fez amigos em arceburgo, não sei se é verdade,

foi num sábado,

ele bateu na porta de casa,

queria um prato de comida, que seria pago com uma boa história, garantiu-me, ouvida quando viajara com um grupo de ciganos, cujos antepassados – oriundos de portugal, no último quartel do século xvi –, guardavam apenas para si, repassando-a como benfazeja herança aos sucessores, desde então, entre joias e dentes de ouro, ele a ouvira de gaiato, depois de uma bebedeira com *ruan boris roni, do clã kalon*, que, antes de soltar o verbo, invocou kali, santa sarah kali e nossa senhora aparecida, uma das três, ou todas elas, não se lembrava...,

        bem,

                o chico-bufa era esperto, tinha estudo, como lhe disse, e deve ter falado de mim, é lógico,

                              do meu gosto pelos livros,

                não sou bobo,   ...mas sou curioso, você sabe, e não duvido de que o cachaceiro tenha feito também essa observação ao novo amigo que, se perambulava com os ciganos, saberia agradar aos aventureiros, principalmente àqueles que viajavam sem sair de casa,

    ...os tontos ao redor de si, como eu,

   que preconceito?,   preconceito de mim mesmo?,   parece bobo...,

   estava sozinho, em casa,

               isaura, com a mãe,

                              fazer o quê?,

                      bater-lhe a porta nas fuças e reforçar uma intolerância que sempre abominei?, repito, sim!, quem nega demais, reafirma, e você tecla a mesma nota sem parar, sem parar, de modo que temo por aquilo que carrega entre os ouvidos, ecoando-se numa caixa que se enche do mesmo, o tempo todo, porque em meio a extremados *meatos*, buracos sem fundo para as palavras sempre vazias,

...abismos cujo poço encarnamos os dois, sem saber, ...será?,

sem contar...,

porra, acha que eu tenho cara de jair taschettine?,

logo eu, procópio!,

dei-lhe corda,

...com arroz, feijão, filés de sardinha *e um copo d'água bem gelada*, para molhar as palavras, como fez questão de cantarolar,

gostei tanto da crônica que me senti culpado, depois, por não lhe ter oferecido um pedaço de pão *com manteiga à beça*, para empurrar a comida fria, acredita?,

...contou-me a curiosa história de um sujeito que sumira na boceta de uma *mulher-baleia*, de acordo com uma classificação desconhecida do *kama sutra,*

não tinha como não me lembrar de tomás...,

segundo a lenda e o pedinte – que não deixou de mastigar, enquanto falava –, o episódio fora manuscrito pelo próprio vātysāyana, durante um período em que ficara afônico, ainda jovem,

temeroso de perder para o silêncio aquilo que seria a primeira versão de seu pensamento, tratou logo de escrevê-lo,

curado, no entanto, extirpou a *mulher-baleia* da divisão das *yonis,* quando compilou sua obra, tal como hoje a conhecemos,

...além de cortar do texto clássico, também, a história exemplar de purushotam chandrachud, homem que desaparecera na vagina de uma bela mulher,

não se descobriu o motivo da supressão e, na verdade, pouco se sabe da vida de vātysāyana,

por mim, foi apenas a inadequação ao gênero, um apêndice inapropriado ao ensaio, o que hoje é grande bobagem, dada a salutar mistura de tudo com qualquer coisa,

...ou a própria história teria desaparecido na *yoni* da grande leitora, mulher que habitou boa parte da literatura romântica, hein?,

        ...o que acha?,

olha, procópio, ele era bom...,

vou lhe contar uma coisa,

    evandro affonso narrava como ninguém, diria odisseu em pessoa, ao próprio homero, caso este pudesse dividir com outro a autoria dos versos de uma odisseia que – ninguém haveria de negá-lo –, era um retorno tão somente do herói, e de mais ninguém, concorda?,

    não, procópio, viver é muito pior, porque voltamos, sem saber, para o lugar de onde não viemos...,

calma, já lhe disse,

    você vai entender,

        não brinca...,

nem vi passar, acredita?,

    dois minutinhos e já volto,

  ...estava me esquecendo dos remédios,

...o precioso manuscrito estaria na biblioteca de nalanda, muito bem guardado, entre outros importantes textos da antiguidade, numa sala especial, dedicada a acharya nagarjuna, um dos grandes filósofos budistas que lá estudara, chegando ainda menino, com sete anos, para fugir da morte, segundo profecia ditada aos zelosos pais,

o original do texto indiano teria desaparecido no final do século xii, quando a cidade de bihar foi destruída pelos muçulmanos,

na verdade, um dos soldados invasores, fahir mahafara antar, teria roubado o documento, como esbulho de batalha, e o conservado consigo, em sigilo, até que resolveu partir, cerca de três anos depois, para a península ibérica, com o intuito de servir o grande almançor, terceiro príncipe do califado almóada, dito "o vitorioso" justamente por ter derrotado afonso viii, de castela, na batalha de alarcos, um ano antes, em 1195,

fahir mahafara antar carregou consigo o seu bem mais precioso – a saber, o manuscrito do kama sutra, com o adendo único e original da *mulher-baleia*,

não conseguiu lê-lo, evidentemente, mas tinha consciência da importância daquele texto em sânscrito, língua que desconhecia, tanta força fizera para arrombar o rico armário onde estava, marchetado de cima a baixo com floreios de bronze, marfim e madrepérola,

tal documento seria um salvo-conduto para o desejado ingresso – improvável, sem ele –, na corte de abu iúçufe iacube almançor, reconhecido também pela sua vasta cultura, como apregoava a lenda, de boca em boca, pelos mundos e fundos afora, e ainda hoje nesses documentários rasos e meia-boca da *national geographic*..., segundo o mendigo, ainda, graças ao manuscrito, o soldado mouro travou conhecimento com averróis, filósofo que foi julgado e condenado ao desterro, entre outros motivos, não apenas por desrespeitar o corão, mas por procurar um significado aristotélico para a fábula de purushotam chandrachud, o sudra que desaparecera na *yoni* cavernosa de uma linda jovem,

...parcela da pena foi, antes da expulsão, desfilar por córdoba, para que a população lhe cuspisse no rosto, o que muitos habitantes fizeram com enorme prazer, principalmente as mulheres – fato explicado, em parte, pelo interesse do famoso comentador em deslindar o sentido imanente daquela *monstruosa boceta*, como se dizia, na época,

ah, procópio,

não seja inocente!,

toda vez que acusam intelectuais e artistas pela desgraça de uma nação, tenha certeza, a justiça será o berço de um demônio embalado pelo sistema, entidade burocrática que estabelece, por aqui, hoje, este lar dos infernos, e de cuja família postiça não podemos escapar, irmanados pela força da lei,   ...pffff,

...besta de quem não o perceba,

creio que apenas a observação aristotélica de que a mulher seria um homem defeituoso – guardadas as ressalvas da tradução, que sobrevalorizaram e redefiniram a ideia, mal respingada em averróis e são tomás de aquino –, explicaria o interesse do polímata num caminho em que o sexo daria às fêmeas, ao engolirem os machos, durante o coito, a primazia existencial sobre todos os seres, elas mesmas responsáveis, portanto, pela completude do gênero humano, calcado e recalcado num original desaparecimento, matriz de nossa inalcançável condição...,

      por isso comentei o caso de jano bifronte, e, depois, o da vagina dentada, lembra?,

    isso mesmo!,   os ceratioídeos...,   a mãe de borges!,

     ...e até o episódio com o trecho de plotino, ora, ora, viu só?,   você não é tão burro como penso, procópio!,

quando aqui não existe, é preciso ir além,

              ir aquém,

                      pra lá e pra cá,

   ali e acolá, porque...,

      entenda, meu amigo, o imbróglio não tem fim, e, sinceramente, espero que você conjugue sozinho as partes de tudo o que lhe digo, porque são muitos e embaralhados os pedaços que conformam a nossa inteireza, entendida – e, também, incompreendida – conforme os descaminhos vários da individualidade, não?,

quer mais?,

bem,   prometi retomar o comediógrafo...,
não, não,   calma,   depois voltamos ao kama sutra,

escute,

a séria brincadeira de aristófanes, no banquete platônico, quero crer, pontua e sublinha o que acabo de lhe contar,

(pega os diálogos, na estante, e lê um trecho em voz alta)

Suponha-se que assomasse Hefesto, com sua ferramenta, quando estão deitados juntos, e perguntasse:

– Homens, que é que desejais obter um do outro?

E, diante da sua perplexidade, tornasse a perguntar:

– O que desejais não é unir-vos um com o outro o mais possível, de modo que não vos aparteis um do outro noite e dia? Se é o que desejais, estou pronto a derreter-vos juntos e formar uma liga, de maneira que, sendo dois, fiqueis um;

claro,   referia-se aos pederastas, sei disso...,

situação que, entretanto, transponho agora para as infinitas possibilidades amorosas, afirmando-lhe que as artes de hefesto nunca prescindiram de sua óbvia metalurgia para a união carnal,

ora,   ...consubstanciada na indústria mesma da existência, plural, quando as mulheres acolhem o macho por onde a humanidade escapole para a vida, metonímia que se faz metáfora, a partir do ventre, em duplos sentidos,

a mulher, procópio, é o centro de toda concepção de unidade *a partir de um único indivíduos*, se me permite um ambíguo e certeiro solecismo,

...ela é, por isso, e, ao mesmo tempo, também as beiradas incompreendidas da ambivalência humana,

a criação e o desfecho!, o que explica tudo o que aconteceu com tomás, rebeca e azelina,   ...e muito mais!,

mas voltemos ao mendigo, vai,

estou vendo a sua cara,

saber desistir é o refinamento ignorado das ações...,

bem,   eu queria ouvir a história, é lógico,

          evandro, affonso, ou simpatia, algum deles, com certeza, percebeu o meu interesse e me pediu uma sobremesa,

                    algo com açúcar, se possível,

sugeri uma fruta, que ele recusou com sólidos argumentos,

          três coisas matam o homem, não necessariamente nesta ordem...,
banho*, por óbvios motivos,*

      frutas, verduras e legumes *– em conjunto, ou, mesmo, em partes, ainda que inteiras,*

        e ***exercícios físicos****,*   *...qualquer um,*

(olha para dentro de si, abana a cabeça e concorda com o aforismo de sua lavra)

entrei em casa rindo de sua alta sabedoria,

                dei-lhe uma barra de chocolate, então, e ele começou a narrar, enquanto desembrulhava o chokito,

...a quarta classe de mulheres, segundo a profundidade da yoni, é um caso especial, compreensível em sua união perfeita, ou, ainda – e também por isso –, em sua perene impossibilidade, circunstância que será entendida, agora, por meio da breve narração da vida de purushotam chandrachud, homem que vivia em varanasi, às margens do sagrado ganges, quando se apaixonou por eshana seshanitara anantha, a mulher-baleia,

purushotam carregava lenha para as cremações coletivas, dia e noite, custo dividido entre as famílias pobres que não pagariam por uma cerimônia pessoal, nem escolheriam o horário da morte do parente, que deveria rumar para o nirvana quanto antes, por razões espirituais e, também, climáticas, dado o mormaço e a umidade de kashi,

vivia sozinho e, quando não cortava e carregava madeira, perambulava pelas ruas de benares, em busca de uma mulher com quem pudesse dividir o peso dos dias e, principalmente, o das noites, cada vez mais curtas – porque a vida ainda mais dilatada de obrigações,

no auge da virilidade, satisfazia-se, às vezes, com as prostitutas, queimando com elas, no fogo interior que também carregava, as poucas moedas que muito calor e suor custaram aos músculos,

purushotam chandrachud era um homem devoto, seguidor dos preceitos de sua crença, ...contudo tinha também grandes dúvidas, quando a solidão das cinzas, à noite, espalhava tristes vaga-lumes em brasa pelos céus da cidade sagrada,

nessas ocasiões, não continha as lágrimas e indagava as estrelas,

– morrerei sozinho?,

como os astros não cintilavam resposta alguma, perguntava de novo ao chão, cabisbaixo,

– terei uma esposa?,

nada,   ...nem os céus nem a terra haveriam de responder aos desgraçados, pensava, e voltava ao trabalho para esquecer as dores do espírito com a fadiga das carnes,

...mas não de todas elas, o que lhe parecia natural, pois os parentes, remexendo a lenha dos mortos, durante as cerimônias de cremação, sempre se viram obrigados a acomodar, com pedaços mais longos de galhos, de preferência forquilhados, uma perna ou um braço que se negavam às cinzas, revolvendo os corpos entre os troncos e gravetos que, indiferentes, ardiam a passagem da alma de um ente querido mais apegado à matéria, talvez por ter gostado de correr livre pelos campos, quem sabe, só para criar no rosto uma aragem fresca que vayu resguardara dele, no atribulado calor dos dias,

purushotam chandrachud sentia que desperdiçava sozinho a sua melhor parte, aquela que valia por sua inteireza,

– por quê?,

...uma vez que shiva se enfeitava com grandes najas, na cintura e no pescoço, o carregador teria a dele no meio das pernas, lingam de um homem-cavalo que, conquanto o porte, a força e a avidez, nunca o ajudara a carregar o peso arrastado de seu trabalho, e, ainda maior, o de seus desejos insatisfeitos,

talvez, por essa razão, a desencantada serpente quereria, a toda hora, cuspir a peçonha de si, fosse onde fosse – o que obrigava o infeliz intocável a se esgueirar por entre os feixes para se masturbar sossegado, molhando a lenha que arderia, depois, uma pessoa e meia...,

a conduta desrespeitosa teria sido a causa de sua perdição?,

...um castigo do deus destruidor?,

ou purushotam chandrachud, enfim, tão plenamente se encontrara no amor que, por isso, desaparecera dele mesmo, habitante da amplidão maior?,

em outras palavras, ele e eshana seshanitara anantha encarnariam uma dádiva muito particular de ardhanarishvara, metade shiva, metade sua consorte, parvati,

...supondo-se que, desaparecido na yoni da amada, portanto, viveria nela, ausente de si, uma pura e transcendente existência – condição inapreensível para a mais ínfima subjetividade, prisão a que nos condenamos, mas agora, neste caso, uma contraditória saída interior?

se não, vejamos,

era um dia comum,

sahasra-kirana debruçava-se aos poucos e molhava as franjas douradas nas águas calmas do ganges, graças à sagrada jata – as longas tranças de shiva,

purushotam estava deitado na lenha que amontoara com cuidado, formando um nicho de troncos, galhos e gravetos – de modo que pudesse descansar sem ser visto –, quando ouviu as orações e os lamentos chorosos de eshana seshanitara anantha, que acompanhava o pai morto, carregado por quatro homens que o largaram sem nenhuma reverência, assim que ela se adiantou alguns passos para olhar as águas divinas do rio, depois da exaustiva caminhada,

estavam afastados de todos, num canto de pilhas de madeira e incontáveis feixes que formavam as paredes de um labirinto de lenha a céu aberto,

ao voltar-se e ver o pai no chão, correu até ele, ajeitou os panos dourados que o amortalhavam, pedindo aos homens para o afastarem do esgoto que corria ao lado e, lentamente, o empapava,

um deles respondeu, em nome dos companheiros, que o fariam somente depois do pagamento, pois temiam ter sido enganados por uma órfã pobre e desesperada, possibilidade apenas vislumbrada naquele momento, passada a compaixão por ela e pelo defunto, motivo verdadeiro de tanto esforço e impensado sacrifício, frisou,

outro desalmado adiantou-se e completou as palavras do primeiro, afirmando que madhuchandra, seu pai, limpara e carregara as fezes dos ricos a vida inteira, de modo que ali, com a cara no esgoto, mesmo morto, sentir-se-ia em casa...,

todos os quatro riram, enquanto se punham, ríspidos, entre ela e o pai, eshana afastou-se alguns passos, abaixou a cabeça, tirou do alforje algumas poucas moedas, contou-as e repassou-as ao primeiro homem que, ao ver a moça com outras três, de resto, exigiu-as para que tirassem madhuchandra dali, uma vez que isso, afinal, não era parte do que fora combinado,

os outros concordaram, agora muito sérios, olhando com desdém o cadáver que se encharcava devagar, na imundície,

eshana fechou os olhos para segurar a dor com o peso das pálpebras,

a filha pagou-os com todo o dinheiro que tinha, mas os homens foram embora sem afastar o pai de eshana do esgoto, zombando da situação, apesar de seus gritos de justa contrariedade, abafados pelos próprios soluços, mais que pelas gargalhadas daqueles impiedosos carregadores,

o mesmo homem que pegara todo o seu dinheiro, então, voltou-se, nervoso por ser admoestado daquela maneira por uma mulher, ordenando-lhe que calasse a boca imediatamente,

em seguida, conversou com os amigos e tornou a dizer que eshana só não recebera, antes, o que merecia, porque era virgem e, além disso, todos eles conheciam o seu pai, mas que estavam mudando de ideia, naquele instante mesmo, para cumprir nela, os quatro, dois a dois, em cada um de seus buracos de baixo, o que talvez fosse o último desejo de madhuchandra, pai de uma triste e solitária solteirona...,

um deles, o mesmo que fizera o comentário a respeito da profissão do defunto, fez questão de dizer que, pelo serviço adicional, nada cobrariam, ainda que a moça pudesse continuar, depois, aberto aquele caminho, numa profissão que lhe seria rentável, como se podia bem adivinhar por debaixo das roupas..., *e avançaram sobre a jovem, paralisada de medo e horror,*

antes, porém, de que o primeiro lhe encostasse as mãos, purushotam saltou de dentro do esconderijo, no meio de toda a lenha que tão bem empilhara, urrando como um tigre ferido,

armado com um porrete, desferiu, no mais próximo, um golpe duro na cabeça, paulada que o derrubou desacordado, antes mesmo de tocar o chão,

o segundo conseguiu se defender com o braço, que partiu, expondo-lhe o osso, tamanha a força da pancada,

os outros dois saíram correndo, seguidos pelo maneta, que uivava de dor, todos imaginando um demônio das matas, asura que fugira da lenha derrubada para se vingar dos homens,

purushotam largou a arma apenas quando o primeiro acordou e, cambaleante, tomou o rumo da estrada e dos passos daqueles falsos companheiros, chorando menos o abandono do que o talho profundo, no couro cabeludo,

eshana seshanitara anantha caiu de joelhos, comovida,

depois, ainda assustada, levantou-se, soluçando como nunca,

o trabalhador procurou acalmá-la, dizendo-lhe o que fazia para sobreviver, ela olhou o cadáver,

— não tenho mais o dinheiro para a lenha..., não quero abandonar meu pai para apodrecer aqui, largado, como fazem as famílias de tantos desgraçados, ...muito menos jogá-lo no rio, para que desapareça, comido pelos crocodilos,

parou de falar e secou o rosto no sári,

— caso o senhor se compadeça de mim e de meu pai, que não tem, neste mundo, mais ninguém, senão a sua filha...,

estava pensativa, mas resoluta,

— pagarei a lenha depois da cerimônia, com o meu corpo que, nesta encarnação, não conheceu a pele dos homens,

ao terminar de falar, despiu-se, mostrando-lhe as formas de sua beleza – nas quais, até aquele momento, nenhum varão colocara sequer os olhos,

purushotam chandrachud perdeu os gestos e as palavras, tomado pelas mãos do amor, os dedos do sentimento deitados nos lábios inscientes e, ao mesmo tempo, plenos de sabedoria, como se apenas a ele o êxtase do sagrado trimúrti fosse, finalmente, revelado, depois que eshana seshanitara anantha se vestiu, recobrindo rapidamente a promessa de um pagamento que o tornaria mais rico do que os senhores dos mahajanapadas, o herói voltou a si, correu até o rio e chamou três amigos,

juntos, carregaram o corpo de madhuchandra até a margem do ganges, onde a filha, toda de branco, banhou-se, antes de lavar o pai, rapar-lhe os cabelos, a barba e o bigode,

nesse intervalo, purushotam preparou a pira, escolhendo os troncos mais secos,

madhuchandra foi colocado com cuidado sobre a madeira, e, depois, recoberto por grossos galhos e muitos gravetos,

eshana seshanitara anantha deu cinco voltas em torno do pai e acendeu a fogueira,

(o mendigo pigarreia, engasgado à fumaça de suas palavras)

evandro parou a história para pedir outro copo d'água, então,

    bebeu quase tudo e suspirou, retomando o fôlego,

...quando a cremação terminou, chandra ia muito clara pelos céus – era o tithi de paksha, quinto dia do calendário lunar, dito panchami,

purushotam, solícito, trouxe um vaso de barro, com água do ganges, para que eshana a espargisse sobre as cinzas que, recolhidas, foram dispersadas, logo depois, no leito sagrado de ganga,

ela viu aquele pó tão querido diluir-se nas águas que não param de correr e chorou mais, sozinha neste mundo,

era a hora de pagar a sua dívida maior,

sem dizer nada, caminhou na direção da madeira, buscando, a cada passo, um rastro de possível altivez,

...mas teve medo e se virou, na esperança de encontrar o vazio,

resignou-se, porém, quando viu que purushotam a seguia, também em silêncio, cabisbaixo, cobrindo as suas pegadas,

(evandro fecha os olhos, fazendo suspense, antes de encarar ~~tonds~~ osmar com firmeza)

você tem outro chokito?,

corri até a despensa,

(mendigo folgado...)

nada de chokito,

...mas, de certo modo, contrariando o hinduísmo, para o bem da minha curiosidade e o de kamadeva, tinha prestígio,

evandro quis comer em silêncio, antes de continuar, o que me irritou, porque, pra piorar, cuspia uns caquinhos de coco, dando a entender que preferia o outro chocolate,

tive a certeza disso quando, ao terminar, bochechou com o resto da água e gosmou tudo na sarjeta, lavando a boca de cara feia,

retomou daí o enredo,

...entraram num nicho estreito, encantoado entre os feixes que se espalhavam por pilhas sucessivas de lenha, dobrando ruelas, becos e esquinas de madeira, material futuro para a efêmera casa dos mortos, edificada em cidades de um único habitante, sempre,

eshana vislumbrou-se de repente também morta e cremada – entretanto, sem as chamas que a levassem do mundo material, liberta da própria pele,

...do corpo que a escravizava e, em breve, a castigaria, conspurcada pela promessa,

teve vontade de chorar, mas segurou as lágrimas, trancando-as na consciência da palavra empenhada, única herança paterna,

...joia sem valor, sabia disso, mas era tudo o que possuía,

assim, recostada num amontoado de grossos troncos, deixou cair lentamente o sári, submissa,

...os panos amontoados eram um altar e o andor de alvo tecido sob os pés, como se eshana seshanitara anantha flutuasse, carregada pelo invisível, ao rés do chão, e, ao mesmo tempo, em desmedida altura, porque também sagrada,

o tempo esqueceu-se de si, suspenso, quedo no que foi, porque é, quando será...,

chandra vazava luz por entre os galhos empilhados, pontuando a pele da moça com delicadas manchas azuis, dançantes, conforme se movimentava,

...nacos do deus do amor?,

eshana seshanitara anantha fechou os olhos,

...a misericórdia infinita de krishna não lhe valeria?,

– eis, em mim, o pagamento prometido, homem...,

antes, porém, revele-me ao menos o seu nome, para que possa conhecer quem foi meu salvador e, agora, será o carrasco...,

purushotam teve de se esforçar para dizer o que imaginava desde que a vira, represado em si por horas que pareciam carregar muitas e muitas vidas,

...o silêncio, a custo, tirou as mãos de sua garganta, e ele pôde respirar as palavras,

– não sou ninguém, minha princesa!,

eshana abriu os olhos,

...se me chamam purushotam chandrachud, tal nome, diante do amor que sinto, hoje – e, mais ainda, antes mesmo de conhecê-la, quando insciente a esperava na escuridão de mim –, é nada!,

...de modo que tudo o que fiz por sua honra, meu amor, daqui por diante também nada será, ...ou, ainda, há de ser muito pouco, grão de areia perdido às margens sem tamanho do ganges, se porventura comparado a tudo o que farei por você, até o dia de minha morte, se assim mo permitir, minha querida, única entre todas,

eshana seshanitara anantha abaixou a cabeça, pousou as mãos no rosto,

purushotam chandrachud caiu a seus pés, então, experimentando o gosto bom da terra onde eshana pisara, matéria para o adobe da refundação de sua nova e verdadeira existência, como há tanto ansiava, ainda que descrente do mundo,

– levante-se..., não sei se o compreendi, senhor purushotam...,

ele explicou suas intenções, entretanto, sem se levantar, sem olhar sequer o rosto da amada,

– quero me casar com você, mulher cujo nome também desconheço, mas que, depois de sabê-lo, há de ser, para mim, as palavras mais sagradas...,

ela sorriu,

– não por isso, meu senhor, ...eshana seshanitara anantha,

– ah, felicidade que não cabe em mim!,

...o que me responde, pois, eshana seshanitara anantha?,

as lágrimas outras, que não aquelas do medo, agora secas, começaram a rolar sem pejo pela face da mulher,

– mesmo que ninguém tenha pintado a mehndi em minhas mãos e meus pés, senhor,

...ou as iniciais de seu nome, encobertas no meu corpo, para que as descobrisse na primeira noite, sob a luz dos candeeiros,

...mesmo que não venha montado num cavalo branco,

...usando um rico turbante,

...empunhando uma espada com pedras preciosas engastadas no metal,

...mesmo que eu não possa lhe oferecer um pote com iogurte e mel, provas de minha doçura e pureza,

...nem troquemos os colares nupciais e os aneis, meu senhor,

...e que ninguém tenha massageado nossos corpos com os óleos mais aromáticos,

...nem tenhamos entoado, juntos, os mantras da tradição,

...e, por fim, mesmo que nenhuma chama sagrada levemos para o lar, a não ser a lembrança da cremação de meu pobre pai, fruto cerimonial de sua coragem, de sua generosidade e compaixão, querido purushotam chandrachud,

...digo sim,

        ...sim,

                ...e sim,

...três vezes, a triratna que, desse modo, lhe oferto como dote sem peso, joia tripla de buda, de dharma, de sangha – aum do sopro criador!,

apenas nesse momento purushotam teve o pudor de olhar o rosto de eshana, chorando ainda mais que ela, sem levar os olhos, porém, para a nudez radiante do corpo da amada, que o cegava, mesmo estivesse com as pálpebras fechadas,

            ...mesmo que espalmasse as mãos diante do rosto,

– vamos!,   vamos embora daqui, eshana, meu amor,

                ...vista logo seu sári, por krishna!,

– não, purushotam...,

com a negativa, ele ficou sem saber o que fazer, extático, temeroso de perder a vida que supunha ter recebido momentos antes – tempo que, mesmo assim, teria valido sua inteira existência,

– ah, purushotan, ...casamo-nos aqui, agora, com as palavras mais puras que tínhamos,

...e agora, portanto, deve ser a nossa primeira noite, sob o benfazejo teto de chandra,

...vem, purushotam chandrachud, vem...,

o herói secou suas últimas lágrimas,

(evandro se abaixa e beija o chão, antes de continuar)

...eshana seshanitara anantha abriu as pernas e trouxe purushotam para perto de si, colocando a mão do amante em sua yoni, cujo brilho, a partir dali, ele refletia, ao mesmo tempo que o carregador lhe oferecia o lingam, para que dela fosse, até o fim dos dias – que tornaram a corporificar, por isso e apenas então,

tudo o que foi, é, e será,

...assim, tanto se amaram que purushotam chandrachud perdeu-se inteiro na yoni de eshana seshanitara anantha, a primeira e última mulher-baleia, cujo marido, cada vez mais dentro dela, nela, por ela, pôde desaparecer deste mundo, desnascido na profundidade infinda de sua bela esposa, ambos felizes, neles mesmos, cada um em si e, também, no outro, por seu vasto e verdadeiro modo de ser

...e não ser,

evandro, affonso e simpatia foram embora sem que eu pudesse comentar com eles alguns detalhes narrativos que me intrigaram bastante,

incoerências estilísticas, conceituais e históricas que desautorizavam, de certo modo, o inteiro teor do relato,

o uso de moedas, por exemplo, seria um acréscimo póstumo, com certeza, uma vez que o lastro monetário do arroz não teria sentido para os ciganos, afeitos mais ao brilho duro e tátil do metal, nos bolsos, que aos arrotos evasivos e vaporosos de um estômago cheio, concorda?,

ou a verdade seria bem outra, enganosa, e aquele ruan boris roni, do clã kalon, seu companheiro de viagem, por certo guardando a história esperta e quase clássica para os bobalhões meio letrados, hein?,

...estes sim, gentes que compõem uma comunidade espalhada feito tiririca, ainda mais que os gitanos, gastando papel à toa, pelas estantes, quando a saliva já seria um considerável desperdício hídrico,

isso se o enredo não fosse invenção apenas daquele neocínico mendigo, do que não duvido nada, procópio...,

sim, penso no professor astolfo, também, mais perto dos embusteiros do que dos filósofos, hoje tristemente confundidos,

enfim, como lhe disse, evandro, affonso e simpatia caíram fora, não houve meio de segurá-los, nem oferecendo outro prato de comida, acredita?, sugeri alguma bebida mais forte, amparado pelo senso comum, mais que pelo preconceito, juro,

chico-bufa não teria recusado,

no entanto, até isso foi em vão...,

o mendigo prosador me disse que era abstêmio e caiu fora, prometendo voltar com narrativa melhor, outro dia,

mais moderna...,

quando a cadela tinha de morder seu dono
era o título daquele próximo prometido capítulo,

ou,

a verdadeira história de jiang qing, madame mao, presa por hua guofeng como líder da camarilha dos quatro, mas cujo maior crime teria sido, na verdade – fato que a história oficial omite –, o assassinato do grande timoneiro, envenenado aos poucos pela esposa, que não aceitara a separação, em 1973...,

ao citar a data, já estava de costas, arrotando grosso as reticências,

...como diz o ditado, *barriga cheia, pé na areia,*

sentença cuja validade,
a bem dizer, está sublinhada na vida de todos os mendigos, homens que,
dados os mistérios práticos da existência, poetizam adivinhados o que
foi, noutras paragens, aquilo que ainda, por incerto, há de ser...,

não seja tonto!, claro que há, no adendo ao kama sutra,
falhas geográficas, teológicas e conceituais, como lhe disse,

mas não são todas minhas,

nem importantes...,

e ele narrava até que bastante bem, o que é inegável,

ora, ora, autoria é a fabulação daquele que tem a palavra,
milésima segunda noite que cai, inapelavelmente, borrando de tinta o
azul que respiramos, carregado de nuvens ou estrelas, de acordo com os
ventos da história, ...e, também por isso, uma inspirada e eloquente
promessa da morte, não acha?,

...quando não, a bazófia de um silêncio ao qual estaremos atados,
mais dia, menos dia,

...e fim de papo!,

sorte, meu amigo, teve dinarzad,
que só precisou se enfiar por debaixo da cama da irmã, e, no fim – o
melhor dos começos, se as fábulas estiverem mesmo corretas –, saiu de
lá casada com o irmão do rei,

não se chateie, procópio,

       sim,   mais de uma vez soprei o céu da conversa,

                                           admito,

...não me custa fazê-lo, já que está com essa cara enevoada de bobo, né?,

enfim,

     tomás tinha problemas com duas bocetas, mas, tenho certeza, não desaparecera em nenhuma, por mais que nelas se enfiasse,

     teria caído no mundo, atrás de uma falsa liberdade que não o livraria dele mesmo, onde quer que fosse?,

  veja,

     se um peixe monstruoso regurgitou jonas, na praia, só para que o profeta ficasse muito puto com o sucesso de uma tarefa da qual se esquivara – evidente sacanagem divina –, mais razões teria o nosso amigo de fugir daquelas duas mulheres que o engoliam e, ao contrário da historieta bíblica, exigiam dele, apenas para elas, com exclusividade, o vômito pegajoso de seu amor, que jamais aceitariam ambíguo, por isso, todos os amigos esperavam pelo seu regresso, uma hora ou outra, arrependido de uma fuga sem saída, por assim dizer, o que, infelizmente, não ocorreu, como todos agora sabem,

depois do colofão, qualquer enredo é clássico, né?,

fica fácil soletrar as entrelinhas...,

só eu imaginei, naquele momento, por reconhecidos fatos particulares, que nunca mais veria meu amigo, por certo noutra forjada existência, nalgum canto perdido deste brasil, se perdidos já não fossem todos os lugares daqui,

...e mesmo azelina, pobrezinha, que passou por umas poucas e boas, mas por outras tantas, muitas e más, também,

o preconceito,

o falatório...,

disseram-me que ela queria sair da cidade, voltar para o norte,

ou mesmo que já saíra, tomando desconhecido rumo,

boatos,

no fim de tudo, quem a culparia?,

           de todo modo, eu também estava errado, concorda?,

está com sede?,

        vamos até o bar, tomar uma coisinha mais forte,

                depois continuamos...,

^^^

fiquei bem nervoso,

                    estava na baia, disseram-me para ir embora, *resolver um probleminha, em casa,*

                    levei um puta susto, é lógico,
mas o encarregado me jurou que não sabiam o que era,

só telefonaram, osmar...,

quem?,

não falaram...,   mas já chamei um táxi,

    isaura andava reclamando de umas dores intermitentes nas costas, que se refletiam até a barriga, mas não dei muita bola, coitada,

                    então...,

tive um mau pressentimento,

                  na portaria, enquanto esperava o carro, não me contive e liguei para o orelhão que ficava em frente à casa de tomás e rebeca, lembra?,

    o jeremias sapateiro passava por lá e atendeu à chamada,

era um sujeito meio abobalhado,

                    pedi-lhe, *por amor a são crispim e são cipriano*, que corresse até a minha casa para ver se havia acontecido alguma coisa grave,

        ...*eu ligo daqui a cinco minutos, de novo, jeremias!*,   *vai, vai logo!*,

                noutra ocasião, diria que gastasse correndo o solado das botinas, martelando o pedido com um argumento que lhe desse motivos concretos para raspar, no chão, a meia-sola do favor,

        ...mas não tive esse discernimento,

                ele quis saber o que era, pode?,

...*se eu soubesse, jeremias, não tinha telefonado, porra!*,

                        vai!, vai logo, homem!,

      não deu tempo, entretanto,

            nem bem havia colocado o telefone sobre o aparelho, o taxista chegou, buzinou e abriu a porta do automóvel, antes mesmo de que eu saísse da fábrica, cordialidade que me assustou ainda mais, porque supus que o motorista soubesse de alguma desgraça e, por isso, correra tanto – além de arreganhar o carro para que eu não perdesse mais alguns segundos com a maçaneta..., mas ele não tinha qualquer notícia, o desgraçado,

...e cobrou o que quis,

cidade pequena não tem taxímetro, você sabe, e o filho da puta calculou o preço baseado em meu visível desconforto,

limpei a carteira e ainda fiquei devendo...,

a cara feia que o motorista fez, cioso de minha falsa promessa de acertar o restante depois, era para inglês ver,

...ou para operário, que rima com otário, ver, porque a corrida fora muito bem paga, isso sim!,

lazarento!,

(bate a porta com força, de propósito, e sai em disparada)

entrei, ninguém em casa,

puta que o pariu!,

saí e fui ver se o jeremias estava no orelhão, esperando a chamada com novidades..., não estava,

    eu tinha uma ficha no bolso, liguei para o serviço do meu cunhado,

não acharam o desgraçado,   ...bateram o telefone na minha cara,

    corri até a sapataria,

        a porta abaixada...,

puta que o pariu, duas vezes!,

    voltei voando,

        emboquei nas casas vizinhas...,

        a maioria no trabalho, claro,

a não ser a molecada, que não sabia de nada, também, nem queria saber, verdade seja dita,

respirei fundo, engoli seco,

    o jeito era esperar,

        fazer o quê?,

tomava um copo de leite, na cozinha, quando bateram,

abri a porta correndo e reconheci o mauro,
carteiro que dividira com tomás as mucosas de azelina,

fiquei acabrunhado, mas disfarcei,

com antecipado perdão sintático-semântico, procópio,
acha que criamos, com estranhos, laços que se nos embaralham em nós?,

...ou toda criação se prende, inevitavelmente, às teias emaranhadas
de inquestionáveis individualidades, porque estamos, cada um por si,
condenados à solidão, fiapos de uma corda bem arrochada ao pescoço,
hein?,

somos nós, cegos, nós-cegos de nós?,

valha-nos *são wittgeinstein!*,

juntando com as outras pontas desta conversa,
viu como as voltas e revoltas, torneios e circunvoluções fazem distintos
sentidos revolucionários, procópio?,

o estafeta segurava uma pequena caixa,

...o senhor poderia colocar o rg e assinar aqui, por extenso?,

(oferece a caneta)

vi que usava uma aliança, daquelas largas, exageradas, na mão direita,

vai se casar, meu amigo?,
    não,   é só uma aliança de compromisso,
assim é bom!,   como se diz por aí, pra casar e pra morrer...,

(devolve a caneta)

...mas a sua cara é de apaixonado!,
desse jeito, é?,
se eu pudesse apostar, diria que está caidinho e babando arrastado...,
não sei,

    ...na verdade, ela não queria,   acabou de sair de um relacionamento,

...e como se chama a felizarda?,

azelina, ...*trabalha na papelaria santa escolástica, lá no centro,* conhece?,

não..., acho que não, só se for de vista,

ele se despediu, sorridente, e eu fiquei por uns instantes à porta, seguindo seus passos, enquanto avaliava os fatos e as desgraças que levam um homem a se decidir por outros caminhos, como tomás,

...ou como aquele carteiro, mesmo, por que não?,

senti o leve afago de uma antiga inveja, não posso mentir, mas o arrepio passou logo, quando vi o carimbo do serviço postal na caixa de papelão, com o meu nome, logo abaixo, manuscrito em letras grandes, de forma,

virei-o,

rebeca era a remetente,

rebeca?,

achei estranho...,

abri a caixa, que continha um caderno espiral, grosso, de dez matérias, com o cebolinha na capa, andando de bicicleta,

o próprio,   ...aquele mesmo, claro,

havia um espaço retangular, em branco, sob o desenho, simulando uma etiqueta onde o aluno teria lugar para colocar o nome, a matéria em questão, o ano letivo, a sala...,

naquele caso, a esposa de tomás fora econômica, não obstante exagerada, escrevendo, em letras grandes, apenas a palavra

DIÁRIO

embora estivesse ansioso por notícias da minha esposa, não tinha o que fazer, e a curiosidade, sempre, é maior que os receios,

comecei a lê-lo, é lógico,

até hoje me emociono...,

rebeca jogava as frases no papel, soltas, como se tentasse apanhá-las numa arapuca, montada às pressas sob o céu da boca,

como se trançasse, com as cordas vocais, apenas as palavras intuídas,

...exageradas num constante desequilíbrio,

meio funâmbulas, sempre,

às vezes, escrevia com raiva, tomando o tamanho de duas,

três linhas,

noutras, caprichava, escrevendo com muito vagar, tentando provavelmente se entender,

compreender os outros, não sei,

talvez até fabricar o entendimento,

...ou ainda conceber, nela, o que deveria ser a caligrafia mesma da vida,

quem sabe?,

  rabiscava, também,

    ...acho que buscando as letras estapafúrdias do idioma ideográfico de seu ódio,

olha, procópio, ninguém sabe que o guardei,

  ...nem mesmo que ele existe,

    não o mostrei à polícia,

      a ninguém,

        nem a isaura,

    então reforço agora, com mais veemência, a sua promessa anterior de sigilo tumular, hein!,

  sei que sou culpado, de algum modo, mas...,

    dividir isso com você, mesmo depois de tanto tempo, ao contrário do que se poderia supor, há de me aliviar de um peso que a distância vai despejando sem parar nos pratos da lembrança...,

  o que lhe revelo, conto antes para mim?,

        peso-me?,

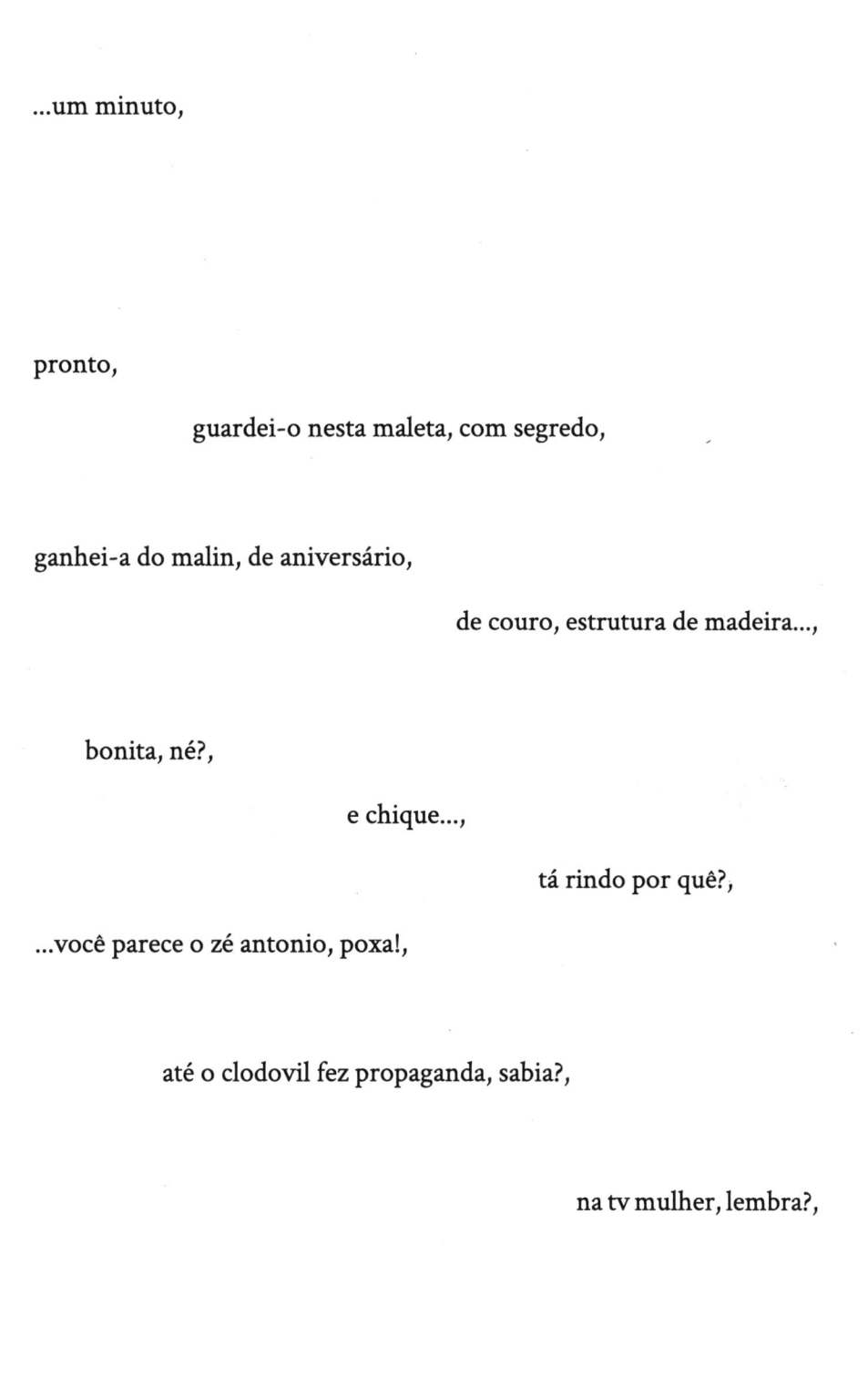

...um minuto,

pronto,

        guardei-o nesta maleta, com segredo,

ganhei-a do malin, de aniversário,

            de couro, estrutura de madeira...,

    bonita, né?,

        e chique...,

                tá rindo por quê?,

...você parece o zé antonio, poxa!,

      até o clodovil fez propaganda, sabia?,

                  na tv mulher, lembra?,

olha,

      ia queimá-lo, mas não tive coragem...,

sente-se aqui,

    vamos vê-lo juntos, pode ser?,   desde o começo, porque...,

às vezes, sozinho, abro as páginas ao acaso, a ver se descubro uma frase,

    uma palavra,

...qualquer coisa que me desculpasse do que talvez nem tenha feito,

                                      então...,

      calma,   já lhe disse...,

                             escute,

(abre o caderno, começa a lê-lo)

o osmar apareceu no pronto-socorro,

...doente,

pensei que fosse morrer, mesmo, enfartado,

depois de tudo, sei que o desgraçado fingia,

acha que eu sou boba,

foi só pra me dizer que o tomás tem uma amante,

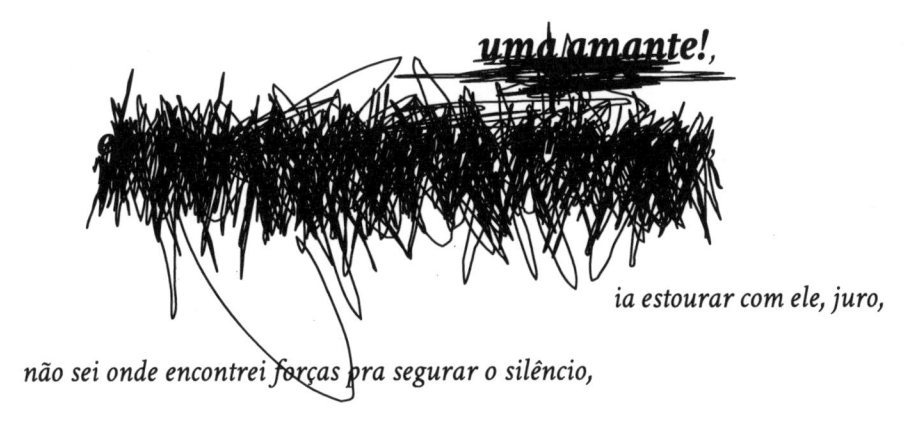

uma amante!,

ia estourar com ele, juro,

não sei onde encontrei forças pra segurar o silêncio,

a gente, poxa,

uma vida inteira dedicada a um homem e...,

não quis saber mais nada,

fiz bem,

...não queria uma lasca de unha daquele lazarento,   daquele fingido, ele disse tudo,

tomás arrumou uma amante, rebeca!,

depois, pensei que meu marido mesmo pudesse ter pedido pra que seu amigo me contasse,

sim, só pode,

...sem coragem de dizer "não" pra esse casamento de merda que eu carreguei nas costas, essa é a verdade,

filho da puta!,

ele deve ter pedido, sim, dois lazarentos,

conheço os homens,

o osmar quer que eu dê um fim na situação,

não por minha causa, tenho certeza, mas pelo amigo,

pelo coleguinha que se viu amando outra pessoa...,

isso não vai ficar assim,

ah, não vai, mesmo!,

vou descobrir tudo,

...passar essa sujeirada a limpo e do avesso,

a torto e a direito,

a reto e a esquerda...,

de baixo pra cima,

de cima pra baixo,

...e pros lados, que não sou boba nem nada!,

ele vai ver uma coisa,   ah, se vai!,

isso não vai ficar assim, não,

quando a

a página seguinte foi arrancada,   veja,

o que rebeca teria escrito, procópio, que apenas os garranchos não deram conta para despalavrar em riscos e rabiscos de um alfabeto que ela aprendia a soletrar na pele, tracejando o sofrimento?,

...porque dá pra ver os sulcos raivosos da folha removida, aqui, na página seguinte,   ó,

tentei ler esses fósseis desfeitos do amor, fantasmas de sua raiva,

não deu,

um palimpsesto inconcebível da solidão?,   hein?,

sei lá por que escreveu um diário, procópio,

...a loucura regrada?,

bom...,   só nos resta continuar, né?,

não há outro caminho a não ser encher de novo os pulmões, depois das palavras ou dos suspiros,

...tanto fez, tanto faz, não pensa assim?,

besteira!,   suicídio não é problema filosófico,

...é prático,

deles,   então fiquei esperando,

                         era meu primeiro plantão de fim de semana,
depois de escancarar a sem-vergonhice,

                              faltei sem desculpa,

          foda-se,   não estava com cabeça pra essas mentiras,

     eu tinha certeza,

ele se aproveitaria do meu trabalho pra se encontrar com a biscate, é lógico,

         minha mãe dizia que homem gosta de puta,   e estava muito certa!,

    homem gosta de puta...,   quer se casar com mulher direita,
dona de casa, mamãe de seus filhinhos, e o cacete...,

                              mas gosta é de puta,

           e, quanto mais vagabunda, melhor,

   não demorou muito e ele saiu de casa,
      estava com a camiseta polo que lhe dei no último aniversário,
filho da puta, desgraçado, lazarento,

     quer ficar bonitinho à minha custa,
  passou até gel nos cabelos, gumex, sei lá,

  caminhou pro meu lado, eu não esperava, levei um susto,
     tinha ficado zanzando meio disfarçada, antes,
pra não chamar a atenção dessa vizinhança enxerida,
     ...gentuça que cheira merda de longe,

tive de entrar na padaria do galo e torcer pro desgraçado não fazer o mesmo,
   se ele me visse, o que eu iria dizer?, o quê?,

  não fez e não me viu, graças a deus,
      mas pegou o circular e eu fiquei sem ação,
porque não poderia entrar no mesmo ônibus, né?,

nenhum táxi por perto, nada,

perdi o meu homem de vista,

...perdi o meu homem de mim?,

quase chorei de raiva, juro,

no desespero, a gente aprende outras lágrimas...,

mas foda-se,

fui pro hospital, pra não aumentar a cota dos meus prejuízos,

mas já sei o que vou fazer...,

as decisões acertadas também despencam de repente,

inteiras, quase prontas,

...é só fazer uma concha bem fechada com as mãos,

ontem saí quietinha da cama, mais cedo,

um pouquinho que mexo, ele acorda,

tem o sono leve,

nem sonhar direito ele sonha,
o que deveria ser um aviso escancarado que eu não vi, que não entendi, dando conta de um homem preso à vigília da carne...,

homem é tudo igual,

sempre ouvi isso,
sem compreender a extensão de uma semelhança calcada em erros,

por que os homens não se parecem nas civilidades, hein?,

os dias não passam,

não está fácil mentir os hábitos,

deus é testemunha,

não quero que tomás perceba meu

exatamente nesse ponto, procópio, ouvi a porta de casa se abrindo,

era a minha mulher,

fechei depressa o caderno, joguei-o na gaveta,

o que aconteceu, isaura?,   alguém ligou lá na firma e...,
eu que liguei,   ...*mamãe sumiu de casa, osmar!,*

sumiu...,

(começa a chorar)

sim,   dona cátia, minha sogra, desaparecera, lá na grande são paulo,

demoraram pra avisar...,

dois dias depois, tem cabimento?,

supunham encontrá-la rapidamente, creio,
para se livrarem da pecha de um óbvio desmazelo,

bobagem,

alzheimer é isso...,

eu entraria em férias no mês seguinte, de modo que, com um telefonema, consegui antecipá-las,

corri até a rodoviária e comprei duas passagens para a capital,

ela fora passar uma temporada na casa de um sobrinho, em cotia,

ia se consultar por lá,

um medicamento novo, qualquer coisa assim,

por aqui, diziam que não havia o que fazer, a não ser cuidar-lhe com carinho, atenção...,

a gente se lembra disso com muita tristeza,

lá atrás, em apenas dois anos, abobalhara-se de todo, num repente ladeira abaixo, descambado, acredita?,

não, não,   era nova, tinha 57, 58, quando notamos,

de uma panela esquecida ligada, no fogão, para a espera do marido morto, foi pá-pum...,

a vida, né?,   o arroz se queima,

a esperança foge da porta de casa,

os mortos não voltam...,

mas era verdade também que, depois desse galope, a doença parecia puxar as rédeas, num trotezinho marchado por anos e anos, o que deu alguma tola esperança aos filhos que, desde então, começaram uma via dolorosa de incontáveis passos manquitolados com a velha, pra lá e pra cá,

eu mesmo lhes disse que era perda de tempo,

todos me olharam feio, juro...,

inclusive isaura, de repente mais irmã que esposa,

...à exceção do nininho, verdade seja dita, cuja mão de vaca contabilizava, no próprio casco, as despesas médicas antevistas e logicamente divididas entre os parentes, fato que o compelia a entrar sempre com menos *nas vaquinhas*, como ele mesmo as denominava, por problemas vários advindos, com certeza, também, da sua condição de não contar com mais de dois dedos nas patas, detalhe anatômico que por certo lhe emperrava os cálculos para além de determinada pequena quantia...,

foi assim, daí essa última viagem, a consulta...,

um descuido, entretanto,

pronto,

...a velhota caiu fora,

olha,

    não fosse o desespero de isaura – e, conhecendo-lhe a parentalha –, diria que, com a atitude, sua mãe comprovava uma possível e completa remissão do mal, caso que deveria, portanto, ser estudado a fundo pelas ciências médicas, visto que dona cátia demonstrara, sem dúvida, uma cabal lucidez de seus atos...,

            tomamos o ônibus naquela tarde, mesmo,

      lá, não tínhamos muito o que fazer, a não ser rodar a cidade, os hospitais, albergues, colar cartazes, indagar em bares, lojas, pontos de ônibus, na rodoviária e em pequenas pensões,   essas coisas,

   um saco, procópio,

        projeto mal começado de uma odisseia ao avesso!, sem qualquer esquema,

     título, cena, hora, órgão, artesanato, cor, símbolo ou técnica,

...depois de vinte e dois dias, quando eu só queria voltar pra casa e passar, pelo menos, a última semana de férias no sofá, coçando o saco que estava cansado de carregar pra todo lado, dona cátia reapareceu, lambida, feliz, sem se dar conta da própria existência, segundo o geriatra, opinião da qual discordo, pois a aventura parecia ter-lhe feito muito bem, tamanho o sarcasmo que despejou em todos, o que não anularia, à vista disso – e muito ao contrário, portanto –, a minha bem fundamentada hipótese de uma cura ao menos temporária, ora, ora, para a minha tristeza, porém, isaura quis ficar mais dois dias, cuidando da mãe,

ou dos restos dela, não sei,

nacos de maternidade que, talvez, fossem de fato melhores do que a presumida inteireza passada, quando os pais pulavam miudinho *pra cuidar da prole...*,

não,   bobagem, procópio,

o sentimentalismo familiar do clã burguês é imposto pelo mercado, deixa de ser besta!,

opa!,   muito mais do que os instintos,

vai tomar no cu, procópio!,

nunca pensei que você fosse iludido, a tal ponto, pelos princípios mais enraizados desse neoliberalismo de merda,

isso aí é um fiapo de carne que se enfia no vão dos dentes, sem palito, longe do alcance das unhas, de propósito,

resto oferecido como refeição possível do dia seguinte, pra você lamber os beiços, depois de chupar inutilmente os dentes...,

tss, tss, tss,

as mãos não cabem inteiras na boca, meu amigo!,

...enraizado na liberdade, é?,　　　　　　sei...,

　　　　　　um sistema que se nutre da desigualdade, poxa,
entranhada em todas as esferas da vida,

　　　　　　　　simples, simples,

　　　numa sociedade de dentistas, as gengivas sangram de alegria,

　　　　procópio, procópio...,　ponha isto na cabeça,

　　　　　　　　você está numa árvore,
mas dependurado no galho mais baixo, dentro de uma gaiola em que se
imagina voando até o horizonte,

　　　　...deixa de ser aluado, seu trouxa!,

　　　　então, tá,　　　espaneja as asinhas no poleiro, vai!,
come o almeirão e o alpiste que lhe oferecem,

　　　　　　　　...mas de biquinho calado, viu?,

　　　　ou, melhor,

de biquinho que solfeja a toada das pautas alheias...,

canta direitinho que vão lhe soprar o fundo da gaiola, todo santo dia,

    e trocar o jornal, claro, para que faça as suas necessidades com a leitura adequada, aceitando de vez o seu lugar na sociedade,

        ui-ui-ui,

    aliás, pensando bem, acho que pra eles o ideal seria o passarinho aprender a assoprar, isso sim,

    a meritocracia, né?,

    ...sentir-se realizado por engolir aquele fiapo fedido de carne e arrotar no tom,

    ...**bobão!**,

enfim, voltando para a fuga da minha sogra...,   sei que é triste,

    mas o amor filial, nesse caso, recrudesceu de um desmembramento, quando a ideia de família foi esboroada pela doença,

    sim,

    o poder humanitário das desgraças,

altruísmo?,   ...altruísmo, procópio?,

    pffff, desisto,   você não aprende, mesmo,

em casa, finalmente, assim que olhei a cômoda, lembrei-me do caderno do cebolinha,

no entanto, apenas no dia seguinte, sozinho, voltei a ele,

no fim das minhas tristes férias, seria um lazer barato, confissão choramingada, com alguma condenscendência, de uma medeia caipira que eu conhecia bem,

...autora muito distante da verve de eurípides, ou mesmo de sêneca, o que ninguém haveria de negar,

mas a vizinhança de um caso aumenta muito o valor literário dos textos, não pensa assim?,

(*agora termino esta porra...*)

não, não sabia exatamente o que esperar,

no mínimo, tudo aquilo explicaria a fuga de tomás, ao contrário dos motivos de dona cátia, com certeza,

no meio do mato, procópio, quem mastiga um talo de capim encontra as razões do tempo, além dos gostos e agostos, se me permite uma tirada pseudoproustiana,

...sem contar que eu queria entender o motivo pelo qual a maluca me enviara a obra manuscrita, poxa, texto que começou me descrevendo como reles e farsante personagem,

fazer o quê?,

morrer do coração de verdade, pra desdizê-la?,

...ora, ora,

as personagens espelham os olhos do leitor ou o tato dos cegos, é ou não é?,

afofei as almofadas do sofá, peguei uma cerveja, um saco de amendoim torrado e continuei de onde parara, antes da maldita viagem a são paulo, *não está fácil mentir os hábitos, deus é testemunha,*

não quero que tomás perceba meu fingimento, porque

            ...sei lá por quê,

então, vou empurrando os costumes com a barriga,

       com o baixo-ventre,

    com a boceta,   *é,*   *com a boceta,*

   ...sempre ouvi minhas amigas contando que já fingiram gozar,

     eu ria delas,   *umas tontas,*

fingir só pra que o bonitão se sinta gostoso?,

        coisa mais besta...,

            mas ontem eu fingi,

não sei, *parecia o certo,* *certo pra mim,*

   e de repente estava achando gostoso gemer de mentira,

cheguei a rir, disfarçada,   *...uma espécie de troco pelo que ele me fez,*

 pelo que me faz,

  ...um dinheirinho que lhe devolvo pra que eu mesma possa gastá-lo, pagando-me alguma liberdade que não consigo saldar,

       mendiguei moedas pingadas?,

no hospital, pensei isto, olhando os pacientes gemerem, também, na fila de espera,

devo ter lido em algum lugar,

ou alguém me disse, não sei,

"as desgraças se agarram a tudo o que foi, de costas para o futuro, somente para estragar as lembranças do que nem sequer será, depois",

então, nada de sobras,　　　nem de planos...,

o jeito certo de se pensar a existência?,

      não tive vontade de escrever nada, nesta semana,
porque escutando o vazio de mim, ecoado em todas, todas,

  todas,

   todas,

      todas,

todas,   *todas,*

            todas, todas,

    todas,

      todas,

todas, todas, todas, todas todas todastodas,

           todas as tarefas,

              todas,

    ...cansei,

  como não respirar essa fumaça,

        quando ardendo tanto o peito?,

comecei a tomar um remedinho, anteontem, sem receita, mesmo,

...e estou meio assim,

pode ser isso,

comprei na farmácia 2, do antão,

ele disse que demora um pouco pra fazer efeito,

não sei se compensa,

é, poderia ter perguntado pro doutor nélio...,

mas o antão sabe o que ele receita, pra que aborrecer o chefe?,

não gosto de dever favor,

de todo modo, acho que vou parar,

quero sentir a raiva inteira, quando pegar o tomás no pulo,

...quando agarrar o homem caindo, só pra soltá-lo, em seguida, e vê-lo se esborrachar,

maldita hora...,

mas qual a maldita hora, quando amaldiçoado é o coração batendo?,

será preciso contar as pancadas para ouvir a dor?,

tenho vontade de...,

nem sempre é bom dopar o desespero,

      na verdade, acho que nunca é bom,

não quero carregar as angústias como se mudasse uma poltrona de lugar,

é preciso coragem pra arrebentar tudo,

      atirar as dores e os móveis pela janela,

    largar o sofá rasgado na beira da estrada, ...e foda-se,

   amanhã é sábado,   tenho medo,

      a semana passou arrastada,

   tirei forças sei lá de onde para puxá-la, cosendo os dias,
juntando os trapos desfiados,

 ...minha mãe me ensinou a costurar, a cerzir, me obrigou...,

tem que aprender alguma coisa pra poder se virar, menina!,

é,   aprendi até demais, mãe,

     aprendi muito,   exagerei...,

eu me virei tanto, mãe,

   ...me desdobrei tanto que agora só o por dentro, embatumado,

e eu assim, comigo, desvirada desse jeitinho, mãe, ...o mundo súbito no peito, como se fosse, ele, as mucosas, a azia, a baba, o cuspe...,

   emagreci mais de três quilos, de tanto coçar as rugas, acho...,

        se é que tem jeito,

   ele nem notou, o desgraçado,

às vezes, paro na frente do espelho e repuxo a pele do rosto, com os dedos,

  vou me alisando, querendo voltar o tempo com as mãos,

       tenho vontade de fazer uma plástica,

não pode ser muito..., pra não ficar com aquela boca de boceta, né?,

será que o doutor francisco me dá um desconto, se esticar só um pouquinho?,

 não, que bobagem!,

    o tempo não tem zinhos nem tiquinhos,

o tempo é ão, é zão, o tempo ribomba em nós, ribomba de nós,

   ...mesmo aos pedaços, porque de um couro barato, vagabundo, enrugado e sem cor, foi isso,   não o vi passar por mim,   ...o tempo, essa bijuteria que vai pesando, a pele infeccionada com os dias, supurando os meses,

...os anos e anos a fio,   grisalhos, não,   não o guardei, nem tinha como,   ...o tempo não cabe nas gavetas, não aceita tinturas,   ...foi isso,   não me resguardei, e pronto,   estou feia, melhor fugir dos espelhos, mesmo,   mais fácil, pelo menos, querer não queria,   mulher nenhuma,   no entanto..., será que ela é bonita?,

...mais moça que eu?,

amor...,   que amor?,

se o amor se agarra às carnes, ele não existe, carrapato-estrela que chupinha os restos de alma encravados na pele,

...e olhe lá,

a gente arrancando esse amor à unha, espremendo,

difícil dizer isso...,   *ainda amo o tomás,*

tive uma ideia maluca, hoje de manhã,
quando chorava a mudez falsa de um autocontrole que nunca tive, trancada no banheiro, com medo de um homem de repente estranho,

peguei um vidrinho de perfume, esvaziei-o e comecei a guardar as lágrimas,

quando tivesse vontade de perdoá-lo,   ...quem sabe?,
abriria esse perfume vencido, molharia a ponta dos dedos, viajando pelo corpo,

pescoço,

pelos lábios,

seios,

no meio das pernas,

dentro de mim,

...o ódio fecundado pela solidão de enganosas intimidades que me afastam de todos, daqueles que, de uma hora para outra, não se reconhece mais...,

estou louca?,

pronto,   coloquei uma lâmina de barbear na minha bolsa,

estava decidida,

        ia cortar a garganta na frente dele,
assim que o lazarento se encontrasse com a piranha,

     olhá-lo sem dizer nada, firme, na cara dele,

o filho da puta ia disfarçar, é lógico,
    e eu abriria a bolsa,
       ...devagar, como se procurasse uma caneta,
pegaria a lâmina e me rasgaria fundo, cortando peles,
         ...carótidas e jugulares,
  não sei se tem jeito,
    faria força pra esguichar o sangue nele,
   pra morrer de olhos abertos, encarados, vendo o seu rosto se apagar,
a luz murchando-se em mim,

      ██████████████,

combinei com um taxista da rodoviária, rapazinho que não conhecia,

fui sincera, disse-lhe que seguiríamos um sujeito que pegaria um circular, e coisa e tal...,

namorado?,

não, marido...,

respondi na cara dura, certa de que a verdade não o assustaria,

ele ficou meio ressabiado, sim, mas topou sem mais perguntas, afirmando apenas que seria um pouco mais caro,

não tem importância,

ele percebeu que eu mentia, tenho certeza,

foda-se, pensei,   ...mas me arrependi, porque ninguém diz isso, né?,

eu tinha escrito tudo antes, numa folha de caderno, que lhe repassei correndo, para que não tivesse mais tempo de refletir,

o horário,   o endereço da padaria do galo,

ele deveria disfarçar, do outro lado da rua, recomendei,

meu marido é esperto...,

senti, então, que o motorista fraquejava, antevendo sangue, talvez, de modo que me vi obrigada a completar a descrição,

é um bom homem, mas é esperto...,

eram quase duas da tarde,

                      tomás subiu noutro circular,   ...gelou a barriga,

                      supus que jogaria meu dinheiro fora,
porque esse ônibus ia pro outro lado da cidade, caramba, lá pra gatolândia, destino muito diferente daquele que tinha tomado, quando peguei o desgraçado abrindo o zíper, antes de mijar pra fora da privada,

  o ponto final lá na puta que o pariu,   ...na puta que o pariu!,

        pensei isso e ri, por dentro, porque se o fim da linha fosse lá, mesmo, na puta que o pariu, muito provavelmente era nesse lugar que a sua amante safada, vagabunda e sem-vergonha se esconderia...,

                      apertei os lábios,

          do banco de trás, olhei o rosto do taxista pelo retrovisor,

dei-me conta, então, de que fazia tempo que não me alegrava,

            ...mesmo que dessa maneira, a risada engolida,
pra não chamar a atenção de um estranho,

                aí, do nada, deu vontade de chorar, juro,

mas quem esconde os próprios dentes há de saber tomar um copo de lágrimas, sem derramá-las,   sem engasgos ou soluços,

        fiz força,   pensei naquele vidrinho de perfume...,

é isso, rebeca!,   nem boca, nem olhos,

    o que disse pra mim, trancando-me os sentimentos,

                          ...colocando a atenção nas pessoas que estavam dentro do ônibus, enquanto tentava adivinhar o momento em que tomás saltaria dele, afastando-se para sempre de mim,

entramos no conjunto habitacional e meu marido desceu no terceiro ponto,

            enfiou-se numa casa branca, no meio do quarteirão,

paguei o motorista e saí do carro, meio perdida,

            quando tomás reapareceu na entrada da casinha, sorridente, umas duas horas depois, vi mais ou menos a cara da moça, recortada pelo vão da porta,

    eles disfarçavam,

        ela não parecia bonita,   *mas jovem, sim, quase menina,*

      tive a sensação de conhecê-la, não sei...,

                        besteira turvada de raivas?,

foda-se a desgraçada, foda-se!,

não sou daquelas que ficam com mais raiva das biscates,

não, não...,

queria mesmo era ver o meu marido, perceber nele os trejeitos do amor, traído em gestos confessados,

o modo de andar,

de balançar um braço, apenas, quando nervoso, ...ou muito feliz,

senti uma pedra em mim, pesando o corpo, os olhos,

...estava cansada, muito, muito cansada,

tinha ficado em pé, na esquina, o tempo todo, pronta pra correr até eles e...,

bom, não fiz nada...,

abri a bolsa, joguei fora a lâmina,

corri, nem sei pra onde,

comecei andando depressa, pro outro lado,

é, acho que só depois corri, fugindo de tudo, procurando me deixar também lá pra trás, tivesse jeito..., quando entrei em casa, à noite, inventei uma desculpa,

                        disse que deveria voltar ao hospital,

        que duas enfermeiras faltaram,

agora?,

      daqui a pouco...,   *vim comer alguma coisa,*   *tomar um banho,*

    fiz uma xícara de arroz, tirei do congelador um potezinho de feijão, refoguei-o, fritei dois bifes, cortei um tomate e piquei meia cebola,

    ...os olhos arderam, e as lágrimas escaparam quietas, disfarçadas de alimento,

            comi com ele, mastigando palavras decoradas de outro tempo,

as sentenças serviram, letra por letra, ainda que com outro sabor, o que sabia só em minha língua, pra mim mesma, em bom português, fazendo força pra engolir tudo e não me engasgar...,

    a vida girou sem chiar os eixos,   *...fiquei assustada com aquilo,* *e se tudo foi sempre assim, meu deus, mentira de outros alguéns que disseram as palavras repetidas de outros, ainda, e de outros mais, antes deles?,*

     somos ecos de ecos?,

    criei coragem e olhei o homem que tinha sido o meu homem, mas que não era homem pra dizer que não queria ser meu homem,

   na mesa, porém, mastigando a carne, ele estava o mesmo,

ele era o mesmo, em si,

...de modo que eu me via obrigada a encarnar aquela outra que o desposara, e, naquele momento, morria aos poucos em mim, entre os molares de um sujeito estranho, atento ao prato de comida,

     ele me devorava?,

tomás, para de raspar o garfo nos dentes, homem!,   *...que aflição!,*

ele riu de mentira, culpado, mostrando-me os incisivos desgastados pelo hábito, dormi no hospital,

era madrugada, quando o primeiro pesadelo me acordou,

revirei-me na cama,   demorei pra pegar no sono, de novo,

e o segundo pesadelo me sacudiu mais forte,   mais dolorido,

um braço emergia do assoalho, debaixo da cama, e agarrava o meu tornozelo, puxando-me para um buraco sem fundo, onde caía,   caía,   e caía,

sem parar,

boiava, extática, despencando no infinito,

...ou no tato insensível das peles de um estranho, entre mim e tomás?,

uma voz, com a minha voz, dizia lá longe que eu não estava sozinha, mas, quando gritava por socorro, era a voz de tomás que se ouvia muito nitidamente, som da minha própria garganta, cortada de fora a fora num imenso rasgo que unia as orelhas, despejando sangue e palavras sem sentido...,

experimente minha suavidade e, depois, deixe-me se for capaz..., *levantei-me,*

        acendi a luz,

                olhei embaixo da cama, sem pôr os pés no chão,

    como sou boba, meu deus!,

fui à farmácia do hospital,

        peguei uns comprimidos,

                tomei dois de uma vez,

mas não conseguia dormir,

        não conseguia,

não havia meio...,

      ouvi passos arrastados, então, crescentes em burburinho azafamado,

lembro-me de que me recostei na cabeceira da cama, atenta, todos os doentes combinaram gemer juntos, na porta do quarto, em procissão pelos corredores e pelas ruas de uma nação destruída,

iam declamando as doenças e, no fim da litania, gritavam, descompassados,

KYRIE ELEISON!,

KYRIE ELEISON!,

gargalhadas ecoavam fortes, como resposta, entre estrondos de uma salva de canhões do corpo clínico dos oficiais da santa-casa,

os mazelentos recomeçaram a oração de suas dores depois dos 21 tiros, chorando ainda mais alto,

KYRIE, sim...,

eu escutava, desacorçoada de tudo, o repinique da chuva mansa que salpicava o país de vozes padecentes,

...minha vista escureceu,

não é 7 de setembro!,

...é 2 de novembro!, *berrei, com todas as forças,*

mas o tiro de guerra dos médicos e das enfermeiras padrão, em uniformes verde-oliva muito desbotados, continuou aquela maldita marcha fúnebre, plágio malfeito do hino nacional...,

tampei os ouvidos e comecei a fazer barulhos desconexos com a boca, para encobrir o desespero com a minha incoerência,

fugi,

...entrei num dos quartos do inamps, no fim do corredor,

ali, um sargento, ou capitão, não sei, com o quepe virado para trás, cantava para o meu marido,

...tomás estava dependurado, nu, e sangrava como um porco,

só deixo o meu cariri, no último pau de arara!,

não pude virar o rosto para um espetáculo do qual era meu dever participar,

dei uma risada gostosa,

bem feito, desgraçado!,

e cantei com aquele militar doente e sádico, fazendo a segunda voz,

só deixo o meu cariri, no último pau de arara...,

e bati palmas,

e pedi bis,

o militar não gostou,

começou a babar e a rosnar,

o artigo 30, da lei número 5.700, de primeiro de setembro de 1971, é categórico!,

...nas cerimônias de hasteamento ou arriamento, nas ocasiões em que a bandeira se apresentar em marcha ou cortejo, assim como durante a execução do hino nacional, todos devem tomar atitude de respeito, de pé e em silêncio,

o civis do sexo masculino com a cabeça descoberta, e os militares em continência, segundo os regulamentos das respectivas corporações,

...a senhora fere o parágrafo único cabalmente, por ser vedada qualquer outra forma de saudação!,

urrou, ainda, que eu lhe faltava com o respeito e pagaria os delitos amarrada a tomás..., saí correndo e enfiei a cara numa parede de espelhos que circundava a sala inteira, sem saída, ...ela se estilhaçou com o choque, e os cacos rasgaram todos os rostos, cortando vidros e peles, *pensei que fosse enlouquecer, juro,*

                              e tudo se apagou,

                                                      o espelho espatifado ferindo as córneas,

não vi mais nada, cega de um mundo que se recusava a enxergar seu povo,

                  os galos cantavam, quando tive a ideia...,

                                                                    depois dormi,

          ou acordei, agora não me lembro,

fiquei um bom tempo sem escrever,

imaginava que, se me afastasse deste caderno, a vida pudesse voltar ao que era, mesmo aceitando a mentira como eventual verdade, restos sussurrados de outras épocas,

de outras eras, até, não sei explicar,

no fundo e nos rasos, outra falsa e rematada besteira...,

o universo cai em si, o tempo todo, para fabricar, em suas carnes, o tempo mesmo, matéria que o conforma enquanto, aos poucos, se dilui,

a frase é do osmar, ele gosta de se exibir, daí essa mania, escrever suas maluquices em cartões enfiados nos presentes de aniversário,

...de natal,

sim, a frase era essa, ou quase essa,

então,

vou repassar o que houve, com poucas palavras, recriando o que calei até resvalar no vazio,

...e continuar, ainda que aos pedaços,

sei que é impossível juntar meus cacos...,

                                                       colados,
serão outra imagem de mim mesma, riscada e distorcida pelas fendas e trincas,
pelos espaços do vidro que se tornou pó,

                     ...matéria escura das carnes,

em outras palavras,

          estou ali,

                   porque sou ali, eles,

não enfiada naqueles nacos sem luz, por obscuros,   não, não,

      sou o que falta,

                 o buraco,

                           o vazio,

    ...a permanência em vão,

———— ✕ ————

em novembro e dezembro, trabalhei como nunca, dentro e fora do hospital,

        juntei todo o dinheiro e, no fim do mês, com o décimo terceiro, comprei um "pois é",

        ...um poizezinho,   é assim que dizem?,

        fuscão 72, azul bebê,

            ou "azul diamante", como sublinhou o dono,

        tirei a carteira de motorista antes de comprar o carro, é lógico,

        disse a tomás que estava cansada de correr a pé, pra lá e pra cá, feito barata tonta,

        e fui fingindo ser quem pensava ter sido, cada vez mais descrente de mim,

tomás não abandonou a amante, aquele desgraçado!,

        descobri os detalhes, muito discretamente,

            e fui levando,

no começo, tinha esperança de que ele...,

mas não,

tomás estava preso a azelina e, se fosse escolher alguém, seria ela, com quem se relacionava havia mais de dois anos!,

dois anos!,

amor?,

a gente caleja para aguentar as asperezas,

mas vai perdendo também a noção da maciez,

então fui obrigada...,

...aprendi a ler, na cartilha da dissimulação, o beabá das mentiras, este caminho único, de pedras, para alfabetizar a vida,

o meu castigo?,

ia silabando os vergões da palmatória nas linhas da mão,

e repetia comigo, em voz baixa, decorando cada sopro, no vento assoviado das pancadas do destino,

eu aguento!,

...só mais um pouco, rebeca,

fechava os olhos, mas o mundo teimava-se, turrão,

...em lembranças,

quando...,

meu deus, faz tanto tempo!,

ontem mesmo eu ainda era criança...,   mamãe, vovó, a nossa casinha...,

gostava da escola,

não de tudo,

...só eu apagava a lousa para a dona marelena,
as outras meninas morriam de inveja,

no entanto, nem tudo assim, apenas alegrias,   bobo de quem não percebe,

até hoje,   a gente procura esquecer o pó que respirou, mas...,

basta tossir, mesmo que por outros motivos,
e o nó na garganta desses tristes ontens se apertando de agoras,

e as alergias...,

é, as alergias,   isso mesmo,

as alergias é que revividas, isso sim,
arranhando este presente de letras engasgadas de falsas alegrias,

...dá vontade de chorar,

a diretora batia nos alunos...,

        antes podia, né?,

                dona dagmar dinguer da costa,

    por trás, a gente falava,   dona dogmar,   dona dogmar...,

e ria muito, depois de uns latidinhos e umas rosnadas,

            os meninos falavam que ela era perebenta...,

na diretoria, guardava um esqueleto, em tamanho natural,

        ele ficava em pé, num suporte, o riso largo,
encarando o desditado aluno que entrasse na sala por alguma torta estrepolia,

      era o marido dela, a gente espalhava,

    a diretora é que teria feito aquilo com ele, coitado, na noite de núpcias,
depois que o infeliz a vira pelada, pela primeira e última vez,

      todo mundo ria e morria de medo, não vou mentir,

    o pavor da voz dela, esganiçada,   dos tapas e cocres,

...da caveira, seu homem que ela mesma aprisionara ao sorriso, em pessoa,
daquele jeito amarrado em arames, no fundo de um cômodo,

                o amor?,

por que, tomás?,

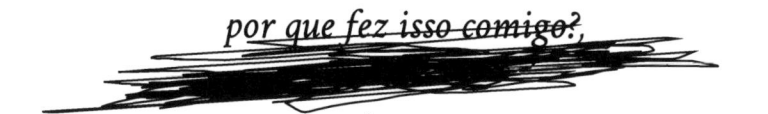

　　　　　　　　por que fez isso comigo?, ~~ ~~

bem,   dei um basta, pronto,

　　　　　　　　　　...sabia que devia ser a professora, só isso,

　　　melhor ainda,

　　　　　　　...devia ser a diretora dos meus dias,

o seu zé chegou ao hospital sozinho, numa carroça, no dia de ano,

                        disse que demorou pouco mais de três horas,

            amarrou o cavalo nas pilastras da escada e entrou pela porta da frente,
sem passar pelo pronto-socorro, furando as filas,

gemeu que estava se sentindo muito mal, antes de vomitar bastante no saguão,

                  uma menina e um rapaz, que estavam sentados,
aguardando a vez, vomitaram também, ao vê-lo,

                     sobrou pra janete, da limpeza, coitada...,

    bom,   ela está acostumada, né?,

o seu zé morreu durante a cirurgia para desobstruir o intestino,

                            o caso chegou perdido,

senti um calafrio,

     ...e li com os dedos, na pele arrepiada, que a hora era aquela,

tomei a frente,

    peguei o prontuário e liguei para a sua única filha, que morava em recife,

    ela veio de avião até campinas, alugou um carro, creio, e enterrou o pai no túmulo da mãe,

    ficou hospedada no **palace hotel** *e foi embora dois dias depois, sem visitar o sítio de onde o pai prometera só sair morto, juramento que não pôde cumprir, pobrezinho,*

    até a última hora, acreditamos na volta,

numa segunda chance,

    ...o maior erro de ser?,

    ela deixou tudo nas mãos do doutor guilherme,

    além de dar conta do inventário, o advogado venderia toda a criação da propriedade, algumas ferramentas e máquinas, receberia pelas sacas de café, estocadas na cooperativa, essas coisas,

    mixaria...,

    e voltou para recife,

    liguei, no dia seguinte, com uma proposta para arrendar o sítio, desde que deixasse os móveis da casa,

    no começo, ela desconversou, queria vender a propriedade,

disse-lhe, então, que depositaria antecipadamente os três primeiros meses,

    e fechamos,

enquanto o doutor guilherme ultimava os negócios, rapei minhas economias, zerando a poupancinha que fizera para as emergências, enfiei a cara num papagaio, no mesmo banco, e transferi o dinheiro, quinze dias depois da tratativa, como havíamos combinado,

em dois dias, preparei tudo, por lá,

    hoje cedo, disse a tomás que teríamos uma comemoração especial, no aniversário do nosso casamento,

  29 de janeiro,

    ele disfarçou a careta, porque sabia que seu fim de semana com azelina tinha ido pras cucuias,

    senti uma coisa boa dentro de mim...,

no sábado, pela manhã,
coloquei o que faltava no fusca e fomos para o **sítio voçoroca**,

ele queria dirigir...,

de jeito nenhum, tomás!,

só lhe contei os detalhes no caminho, claro,

era para ser uma surpresa, mas não aguentei,   ...um presente!,

um fim de semana romântico, no campo,

a gente meio distante, ultimamente,

o desgraçado falou que eu estava trabalhando muito, isso sim,
que a culpa não era dele,

...e que também tinha seus negócios, caramba!,

correr atrás do que fazer é pior do que bater ponto, concluiu,
medindo a minha reação com premeditada rispidez,

acho que inventava alguma cutucada que ensejasse uma briga que me fizesse
mudar de ideia e dar meia-volta, liberando-o da esposa,

não sou besta...,

respondi que iria parar com os plantões de vez,
só pra ficar mais com ele, então, todos os fins de semana, **tadinho...**,

o tempo todo, momô da minha vi...,   **sem me desgrudar,**   **você vai ver!,**

notei que se arrependeu do comentário, porque ficou olhando a beira da estrada
sem dizer nada, as faixas do asfalto passando, enquanto procurava, ao levantar
o rosto, às vezes, um horizonte distante pra se esconder, o que ficava difícil, à
medida que a estrada subia e recortava as

"*montanhas cafeeiras do sul de minas*",

conforme anunciava uma placa turística, logo depois do rio canoas,

ficamos alguns minutos em silêncio,
remoendo, cada um, os grãos inteiros dos nossos sempre malogrados planos,
pensei, ecoando calafrios alheios e, ao mesmo tempo, tão próximos,

ri dessa minha repentina consciência,   quase gargalhei,
e ele fez questão de não perguntar o motivo, trancado que estava, ali, em nós...,

depois que parei de sorrir, tomás quis saber se o aluguel fora caro,

respondi-lhe que não,

e que a gente, inclusive, ia querer repetir o programa outras vezes,

...muitas,   muitas outras vezes, **momô da minha vi!,**

ele embirrou mais, e estalei um beijo no ar, na sua direção, pra que sentisse o meu amor sem poder se desviar dele...,

filho da puta!*,*

...a minha felicidade não era balela, bem como o seu mau humor, claro,

sim, não tenho como negar, ficamos em remoído silêncio, cada qual torrando-se de suas próprias e enganosas verdades, remexidas por dentro,

até que saímos do asfalto,

seriam cerca de quatro quilômetros por uma estradinha de terra muito ruim, sem cascalho,

o caminho, às vezes, roçando umas pirambeiras de dar medo,

quando levei algumas coisas pra lá, ontem, achei que o fusca encravaria, caso chovesse..., mas o tempo estava bom, uma seca dos infernos,

o sítio é grande, ...uma fazendola, quase, tem perto de cinquenta alqueires, segundo a filha do seu zé, dona deolinda,

não sei se é verdade,

*ao telefone, fingi que sabia, mas me assustei,
supondo que, por isso, ela quisesse um valor muito alto,*

*não quis, com a graça de deus,
aceitando a minha primeira oferta, que foi, aliás, bem baixa,*

lógico,   ela sabia da bosta do país, quem não sabe?,

*só aqueles que fingem não saber, por interesses e mamatas,
ainda que sonhadas no embalo das alienações ou das lembranças,*

o doutor carmeliano é desse tipinho fascistoide aí, cruz-credo,

*o pai dele, fazendeiro falido, de perdidas propriedades, não é flor que se cheire,
agora sem eiras, beiras ou alqueires, culpando os fracassos da mão direita a
partir dos movimentos mais livres da esquerda...,*

*em outras palavras, incapaz de encarnar uma fração à direita,
nega-se a ser o zero à esquerda que é,*

tenho nojo deles, de ambos,   ...como todos, no hospital e na cidade,

doutor carmeliano,   ...urologista do caralho murcho, como dizem por aí,

*bom,   com a crise,
demoraria pra dona deolinda vender a propriedade num preço justo,*

*e o aluguel...,   sem contar que,   ...bom,
tem gente que precisa arrancar o cordão umbilical a cada ato, seria isso?,*

se é verdade o que dizem, ela nunca se deu com o pai, então..., a casa se enfia num vale agradável, cercada de morros altos que fazem do verde, mesmo desbotado e, agora, amarelecido, uma dobradura bonita, no horizonte muito azul, quase ao alcance das mãos,

num dos lados, a mata chega pertinho da varanda que rodeia toda a construção, possibilitando que se abanque à sombra, numa de suas arestas, a qualquer hora do dia, o ano inteiro,

        dá pra ouvir os passarinhos,   a algazarra dos saguis,

        ...um córrego passa ao fundo, a uns cem metros,

a gente ouve o barulho soprado das águas, também,   é tão gostoso!,

        imagino que, na época das chuvas, ronque mais grosso,

tomás foi dar uma volta, escondendo a contrariedade,

fiz o almoço mais cedo,

        salada de rúcula com pedaços de manga e tomates cereja, temperada com azeite extravirgem, pimenta-do-reino, cebola crua picada bem miudinha, uma pitada de sal e mostarda,

filé à parmegiana, batatas souté, na manteiga, com alecrim e alho picado,

        ...tudo acompanhando o arroz integral bem soltinho,
com folhas de louro, pra perfumar,

        também comprei uma garrafa de vinho tinto, seco,

pedi que ficasse sentado à mesa, paxá das vontades satisfeitas!,

eu traria os pratos montados,

as taças...,

acendi uma vela, num castiçal de vidro que comprei para a ocasião,

faz parte do presente, meu rei!,

ele sorriu de verdade,

percebi que gostou daquela excêntrica nobreza,
provavelmente vagando em pensamento pelo vasto império de dois territórios,

mas deixa esse henrique viii comigo, deixa

misturei os hipnóticos no seu prato e na sua taça, bem diluídos,

        inclusive na sobremesa, mousse de chocolate meio amargo,
com chantili e cerejas frescas, que coloquei em potes individuais, é lógico,

        não deixei que exagerasse na comilança,
dada a segunda parte do meu presente,

    ele relaxou, enquanto comia,

disse-me que era um homem feliz, ao rapar o doce com a colher,

        senti um arrepio,

    bobagem, pensei,

        é só o remédio, fazendo efeito...,

levei meu rádio-gravador,   *coloquei uma fita,*

        gayane, de khachaturian,

    gostamos muito, por causa do filme,

ele se deitou no sofá e não demorou pra desmaiar,

        desliguei o balé,

   tinha deixado a maca de rodinhas num dos quartos,

       era de uma ambulância que estava parada fazia dois anos,
no terreno do fundo da santa-casa, quebrada, os pneus murchos,

     iam arrancando suas peças aos poucos, pra que as outras duas,
do mesmo modelo, continuassem rodando,

        o desleixo de sempre,

   não pedi pra ninguém, nem dei satisfações,

      entrei com o fusca pelo portão da rua tiradentes,

peguei as chaves, no quadro da portaria, e pronto,

         amarrei-a no bagageiro da capota e saí,

   foda-se,

  quem viu achou que fosse uma escada, acho,

        ou qualquer coisa assim,

tomás dormia profundamente,

                                                  coloquei a maca ao lado do sofá e o rolei,
ajeitando o corpo da melhor forma que pude,

                         ele parecia mais pesado...,

suspendi a armação e o levei até a copa, que era toda azulejada,
              preparei-a ontem, com os produtos que peguei no hospital,
ficou um brinco!,
          se quisesse, podia comer no chão...,

prendi-o bem à estrutura de ferro, travei as rodas e fui buscar o material,
tudo previamente esterilizado, claro,

lavei as mãos, coloquei as luvas e fiz-lhe uma infiltração com anestésico,
nas duas coxas, perto da virilha,

comecei com a perna direita, pra dar sorte,

depois de preparar a região, cortei a pele em semicírculo, deixando uma boa sobra para o final, quando fechasse o coto,

apliquei-lhe o torniquete e, com o bisturi, fui desfazendo devagar a anatomia da coxa, aprofundando-me nela, cada vez mais, como se descascasse uma cebola,

espantei-me com a minha calma,

a segurança nasce do ódio, também,

...ou do muito amor?,

sim, uma cebola,

...mas era um bulbo diferente, que não me fazia chorar,

ao contrário, quanto mais por dentro dele, quanto mais desfazia as camadas dos seus passos errados, mais tranquila eu ficava,

tive a certeza, então, de que agia certo, pelo casal que encarnamos, como se pudesse circum-navegar um caminho que chegasse finalmente a nós mesmos, lá do outro lado de quem éramos, sem tempestades ou calmarias,

o meu homem, só meu, sendo-o por mim,

só isso,

a partir daquela data, eu seria as suas velas e sopros,

o seu rumo,

o astrolábio,

*um conjunto de atos simples,
como fechar as janelas do quarto, aos primeiros respingos da chuva,*

*fiquei aliviada, ao identificar veias, artérias e nervos,
ora ligando-os, ora seccionando-os, com mais facilidade do que imaginara...,*

quando alcancei o fêmur, foi fácil,

*levei a tico-tico do tomás, 220 v, e serrei-lhe o osso,
lixando, depois, as arestas que ficaram com os cantos meio vivos,*

fechei tudo,

suturei a pele, com cuidado,

pronto,

      descansei por cinco, dez minutos e repeti a operação, na perna esquerda,

foi mais fácil ainda,

      e fim,
            nome de tudo que recomeça...,

      por cautela, apliquei-lhe uma injeção com antibióticos,
reforcei o anestésico,

      consegui acariciar seus cabelos, ajeitando-os na testa,
deu um frio na barriga, porque fazia muito tempo que apenas mentia os gestos, embrulhados em intenções vingativas, em raivas contidas, mal seguradas,

    mas agora o amor vencia,
            e respirei, aliviada,

claro que tinha medo de que morresse,

      mas o sítio é grande, não é, dona deolinda?,

                        sim, sei,   quase cinquenta alqueires...,

cavei, por precaução, uma cova na mata, perto de um jequitibá-rosa,

                  dá pra vê-lo da varanda,

      usei um enxadão,

            no meio da mata, a terra é mais macia, mas a seca...,

acho que foi por isso,

        fiz duas bolhas, uma na palma, outra no dedo anular,

                só vi depois, já rasgadas, doendo,

        passei uma pomadinha,

        cavei um buraco bem fundo, por causa dos bichos,

vou usá-lo de qualquer modo...,

      tomás ou as suas pernas,

    só não as enterrei porque achava importante que ele as visse,
depois de um tempo, acostumado à perda,

não por maldade,

    ou, pelo menos, não só por maldade...,

   é preciso que um homem olhe pra trás, antes de bater os pés no capacho,

não, não faço piada, juro,

    o arrependimento é barro que não gruda somente nas solas,
porque emporcalha, muito antes, os passos, o caminho, as decisões,

  e a gente vem arrastando tudo, soltando pedaços pelos caminhos,

    sujando a casa com os torrões dos erros,

      lá atrás, o chão é sempre de terra,
e, hoje, o agora carrega os restos ressequidos de nossas escolhas,

  não, não fiz nada de terrível, longe disso,   não sou louca...,

   só juntei o pó de novo daqueles ontens desfeitos, malfeitos,
e formei novo barro, com a água do meu suor, das minhas lágrimas,

     era meu direito, é meu direito, ainda,

o seu zé tinha um freezer antigo, desses grandes, horizontais,

                                                                        está funcionando,

enrolei as pernas em sacos de lixo e as guardei, bem guardadinhas,

        até coloquei os tênis, de novo,

                                  tomás sempre teve as pernas bonitas,

levei-o para o quarto e fui tomar um banho quente, que ninguém é de ferro,

acordei de madrugada, com os gritos do meu marido,

                                não falava coisa com coisa,

        apliquei-lhe morfina e fui me deitar,

aproveitei e tomei quarenta gotas de dipirona, porque a cabeça latejava,

                              somente agora sentia o esforço dos últimos dias,

        tranquei a porta e enfiei uma toalha molhada de banho, por baixo, no vão,
para abafar a voz do meu novo marido,

demorou para que lhe explicasse...,

ele pensava que tinha sofrido um acidente,

chegou a falar da fábrica,   da guilhotina,

deixei,

por isso, os primeiros dias foram pacíficos,

fazia os curativos, dava-lhe os analgésicos, o banho de toalhinha, abraçava-o, consolando um choro que se arrastava, às vezes, por horas,

era tão gostoso velar as suas dores sem remédio!,

não queria comer, dizendo preferir a morte?,

dava-lhe a comidinha na boca...,

cheguei a mastigar um pedaço de maçã, repassando o caldo com um beijo, foi a primeira vez que ele sorriu, depois de tudo...,

        fiz o certo, disse pra mim mesma,

                e chorei com ele,

até que, de repente, caiu em si,

        eu esperava, claro, mas...,

ele já estava recuperado,   *ou quase...,*

    contei-lhe tudo,

        fui daquela vagabunda da azelina à cirurgia,

                ele urrava, afirmando que ia me matar,

        xingou-me de tudo quanto foi nome,

não adiantava dizer que não era vingança,

ou que não era só vingança...,

era o maior amor,

o amor maior, tomás!,

amor!,

tentei chegar perto,

ele me deu um murro, machucou a minha boca,

lazarento!,

ah, é?,

corri até o freezer,

quando tirei uma de suas pernas do saco plástico, levantando-a pelo tornozelo, do jeitinho que fez o bellini, com a jules rimet, ele desmaiou, *coloquei as duas pernas sobre a cômoda, encostadas na parede, na frente da cama, os pés apontando para fora, 15 para as 3,*

ou 9 e 15, tanto faz,   ...a verdade não tem ponteiros,

dei um laço duplo nos tênis e enfeitei o arranjo com um vaso de orquídea, ao lado de uma imagem velha de santa bárbara, desbotada, o gesso todo machucado,

ficou bonito,

não é ele que faz arte?,

não foi ele que aprendeu com dona rosa quem era farnese de andrade?,

...não duvido de que tenha comido a dondoca mal-amada, também, sugerindo pra ela uma **assemblage** *bem safada,   ...bem sacana!,*

descobri que recobrou a consciência quando começou a gritar novamente, pedindo socorro,   pelo amor de deus,   essas coisas,

deixei-o se esgoelar,

quando se cansou, entrei no quarto,

ele recomeçou o escarcéu,

fui embora para a cidade, então,

não melhorou, na manhã seguinte, infelizmente,

tentou agarrar meu pescoço, quando me aproximei com uma xícara de café e um pãozinho francês, com bastante manteiga,

ia "me enforcar...",

queria me ver morta, com a língua de fora, os olhos esbugalhados...,

bom,   era preciso agir logo,

saí da casa, entrei no fusca e caí fora, acelerando forte,

estacionei longe, numa entrada do pasto, e voltei a pé,

fiquei à espreita,

quando adormeceu, depois de duas horas, mais ou menos, entrei no quarto, de mansinho, e apliquei-lhe um sedativo,

ele acordou, com a picada, claro, mas fui rápida,

depois que apagou, reforcei o sossega-leão e fiz tudo de novo,
arrancando-lhe agora os dois braços,

não tinha outro jeito,
se quiséssemos experimentar alguma perspectiva de vida em comum,

vida a dois...,

ou a um e meio,

sei lá,

faço piada?,

não!,

diminuindo-se, antes, aos pedaços,
ele poderia se ligar com alguma verdade inteira à esposa!,

já escrevi isso,

mas reescrever é moldar, na própria boca,
o mantra da consciência histórica, como o filho da puta do osmar dizia,
...das aceitações mais justas, íntimas, negadas pela força do sistema,

e ele está certo,

    olhei os braços, então, dentro de uma bacia grande, de alumínio,
e cogitei ampliar a obra de arte sobre a cômoda, no quarto, sugestionada pela
imagem sacra, talvez,

      tinha guardado as pernas no freezer, *de novo,*

  um corpo de cristo sem o corpo,   *algo assim,*

uma espécie de devoção eucarística upcycling,

  entretanto...,   *bem, tomás sempre teve problemas com jesus,*

    pensei que pudesse não gostar do resultado,

      e desisti da instalação,

meu marido teria de aceitar a nova existência,

     vida que passava pela minha,
a partir daquele dia, sem os refinamentos padecidos de quem se gabava de
carregar o mundo nos braços...,

    macho alfa o raio que o partisse!,

enterrei os quatro membros ao pé do grande jequitibá-rosa,

fiz questão de acomodar as pernas na posição correta, os braços com os dedos entrelaçados sobre o peito vazio, na altura certa, dentro do buraco,

é isso,

acho que vou tomando gosto pela arte,

tanto, que não tive coragem de jogar a terra,

um artista se faz também ao acaso?,

mero capricho?,

fui até a cidade, trouxe a máquina fotográfica e fiz várias fotos,

36 poses,

não vou revelá-las, evidentemente,

...não agora, pelo menos,

guardarei o rolo como um segredo, no fundo da gavetinha do meu criado-mudo,

sim,

pode ser que tomás, no futuro, depois de reveladas as tais fotografias, – com uma desculpa artística qualquer para tamanha esquisitice, no laboratório –, até ache graça, justificando, lá adiante, o acerto dos meus atos passados,

quem sabe?,

nesse caso, faremos um poster,

...uma ampliação, dessas que se coloca em moldura chique, dependurada na parede da sala, atrás do sofá,

ou sobre a cabeceira da cama,

eu mesma assinarei os nomes, autor da obra-prima de nós,

de repente uma editora publica e até ganhamos uns trocados, por que não?, estou muito preocupada,

        tomás não está bem,

                não sei se escapa...,

estou fazendo de tudo,

        mas a febre...,

    não sou supersticiosa,

        nunca fui,

      mas será que as mãos de tomás, dentro da cova,
cruzadas sobre o peito ausente, estarão cobrando a presença que falta?,

por onde suas pernas quereriam correr?,

            por via das dúvidas, vou acender uma vela,

ontem, não me contive,

              peguei o enxadão e reabri o buraco,   até porque...,

bem,

      mesmo que ele morresse, tirava aquilo da cabeça,

        um fedor desgraçado!,   descruzei a obra,

          deixei-o mais ou menos em posição de sentido,
à espera de um comando que a vida exerceria nele, sob minha voz,

esquerda, volver?,   a época é propícia...,

      lembrei o grupo de discussão deles,

  de vez em quando eu participava, em casa, quando esticavam algum assunto, depois do encontro,

      grupo de estudos políticos e artísticos,

    achava interessante, mas sentia que fabricavam também as mesmas peças da inutilidade social que punha em movimento a alienação de todos,

          eu mesma sempre me perguntei se o desatino pode nascer de uma extremada consciência..., *tapei as narinas, olhei as pernas e os braços de tomás, dentro do buraco, e tive ânsia de vômito,*

não, não vou pra cidade comprar outro filme, mas as fotos, agora, seriam perfeitas, se eu desse um título sugestivo àquela composição negativa, fotografando dia a dia o vagaroso apodrecimento de um cristo sem corpo, descido de sua cruz, cidadão brasileiro que exerceria na pele a decomposição política do país,

*acho que seria presa e torturada...,
esses tarados por aí não entendem bosta nenhuma de arte,*

ainda mais esta, ...como diria tomás, jesus ausente de si,
um work in progress *do caralho, cambada de burros!*,

ou body art,

isso, buchada de body art, *na opinião do osmar, se não me falha a memória, ...usou essa expressão a respeito de piero manzoni, se não me engano,*

então...,

o osmar é um filho da puta metido, ...bigorrilha presunçoso,

o sem-vergonha é que deve ter apresentado a biscate para o meu marido, tenho certeza..., bem,

       resolvi enterrar a santa bárbara, junto,

dizem que não presta ficar com imagem quebrada dentro de casa,

              não iria levá-la ao cruzeiro, lá na vila santa clara,
nem ao cemitério, se ali mesmo tinha os nacos de um jesus depositados num meio profano sepulcro, por assim dizer, o que daria portanto quase na mesma, se é que não fosse melhor, até,

       por isso,   *...terra por cima,*

   fiquei comovida, sabe,

          a santinha, no meio dos braços de tomás,
fazendo o coração de gesso da nossa falência,

           ...os erros lascados da vida,

   não vou mentir,

       ficou bonito,

           bem bonito,

pode ser apenas acaso, mas hoje ele amanheceu melhor,

começou a gemer,

só apliquei um pouco de morfina quando aumentou o volume das dores, evidência de que vai permanecer neste mundo...,

à noite, começou a me xingar,

fiquei feliz!,

...ele sai dessa!,

não escrevo há um bom tempo, de novo,

      o trabalho, mesmo dobrado, triplicado, não paga as contas,

          só de gasolina, puta que o pariu!,

    ...quando as preocupações se engancham às ocupações, não há o que fazer,
senão dependurar-se no trabalho, enxotando os pensamentos mais bestas,

      tomás está deprimido,

         parou de conversar,

              desistiu até dos xingamentos,

contei-lhe que clara nunes tinha morrido,   ele não ligou,

os cotos estão em ordem,

         troquei o antidepressivo,

a dor fantasma é um inferno,

        ...mas ele tem de se acostumar, fazer o quê?,

hoje de manhã, perdi a paciência com aquela gemedeira,

escolheu o demônio, homem?,

        agora o enxofre é com você!,

ontem, recomeçou a falar,

        não lhe dei confiança, até pra que não valorizasse a teimosia anterior da mudez,

        ...uma hora, um casal deve se acertar, poxa vida!,

ele queria que o levasse de volta pra casa,

não iria dizer nada a ninguém,

juro pelo que há de mais sagrado!,

...vou até pedir uma aposentadoriazinha, né?,

sugeriu que poderíamos inventar um acidente,

qualquer coisa, rebeca!,

não aguento mais...,

as lágrimas escorreram sentidas, balbuciando as mesmas palavras, mas quase todas pela metade, murchas, as letras engolidas com soluços, como se a repetição e a falta fossem me enternecer,

ah, seu bobinho!,

ele se espantou com a minha reação,   ...ou falta dela, não sei,

e chorou rebentado, dessa vez, embaraçado por novas e desconhecidas linguagens,

...a pedagogia da dor não tem limites,

em todo caso, cheguei a me perguntar se as lágrimas eram sinceras,

estarei amolecendo?,

no almoço, permitiu que lhe desse a comida na boca sem o olhar de ódio que fincava em mim, toda vez,

não sei se apenas um divertimento inventado pra me afligir,

ou fúria suspensa, mesmo, o outro lado de um amor escorrido que o obriguei a represar,

faz tempo que começou com isso,

foi percebendo que a sua força estava nos olhos, só neles, e que agredia muito mais sem dizer nada, mirando-me daquele jeito, porque seu rancor espelhado na alma, se é verdadeiro o provérbio que escancara essas janelas no rosto,

por maldade, mudei o ângulo do espelho da cômoda, para que ele se visse aos pedaços, largado na cama, meio homem, meio nada,

bem,

...estou acostumada, mas tenho algum medo, sim, dele, mesmo nesse estado,

fui vendo com o tempo, no entanto, que isso lhe faz bem, resquício das metades que ficaram,

que a ferocidade desse olhar o consola,

então sublinho discretamente algum falso pavor, rima avessada de um sentimento retorcido,

...o amor, quando o vidro estilhaça o outro lado de seu reflexo, acho,

pois é,   ...eu também sei fabricar alegrias,

desde que veio para o sítio, dou-lhe banho na cama, usando compressas, sabonete líquido, uma bacia e um jarro...,

no começo, punha luvas, ainda,
hoje me pediu pra usar o chuveiro,

não devia, mas fiquei com pena...,

não tinha uma cadeira de rodas, ali,

                                      coloquei uma poltrona dentro do boxe,

        dessas de cabeceira de mesa, com palhinha indiana,

fui ao quarto e o peguei por trás, apoiando suas costas em meu peito,

        pesava mais do que eu imaginava...,

                      perto de 50 quilos, tenho certeza,

tinha tempo que não o abraçava,   *fiquei comovida,*

                            tive de disfarçar,

        coloquei-o apoiado ao encosto e a um dos braços da pequena poltrona,
num ângulo favorável para que não caísse, e liguei a ducha,

                    ele sorriu, quando a água escorreu pelo corpo,

fazia tempo...,

    ri, com ele,

lavei sua cabeça com o meu xampu,

           ele fechava os olhos, quando eu massageava o couro cabeludo,
variando a intensidade, riscando as unhas, de vez em quando,

           pra quem não tem dedos, coceira é tortura,

amor?,
      consciência de pequenos prazeres a dois...,

           o cabelo estava oleoso,
peguei a esponja, em seguida, e fiz muita espuma,
              ensaboei-lhe o corpo,

    vi que gostou, quando passei a mão nos testículos,
        depois no pau, arregaçando-o com os dedos, pra lavar a glande,
contraiu os músculos da barriga, de prazer,
           tirei as mãos e ele me olhou,
        não teve coragem de pedir, mas eu o conhecia bem,
ficou de pau duro...,

não lhe disse nada, como se a indiferença fosse uma escara da traição,
sem cura, sem lugar, na cama desfeita de um casal descoberto pela infelicidade,

o pau murchou,

terminei o banho,

sequei-o,

e o carreguei de volta ao quarto,

havia uma tensão diferente nele, no caminho de volta,

parecia mais leve, como se as pernas fantasmas, além de toda dor,
pudessem assombrar os seus passos, aliviando-nos de um peso difícil,

não sei explicar,

ele não teria o descaramento de me pedir nada, já disse,
por isso me abaixei e o coloquei na boca, como se fosse a obrigação de alguém
que deve bater o ponto, antes de começar o turno,

endureceu-se mais rápido,

movimentei-me de leve, a princípio, apertando os lábios na cabeça do pau, bem devagar, umedecendo-o com cusparadas,

...cuspi com alguma raiva, também, não vou mentir,

o amor baralha as afecções...,

peguei-lhe os bagos, enquanto o masturbava, chupando as bolas com mais força, uma de cada vez, antes de engoli-las inteiras, as duas, enfiando-as com os dedos, até me engasgar,

ele me pediu pra ir com calma...,

não lhe obedeci,

mordisquei-lhe o pau inteiro, para ouvi-lo gemer de dor,

sim, eu tinha razão,   ...dona dogmar tinha razão,   ...o sofrimento é mestre,

eu estava gostando mais do que ele,   juro,

passei a língua em seu cu...,

...e experimentei esfregar de leve o coto da perna,

ele suspirou de outro jeito,

        ficou me olhando, embasbacado,

tirei minha roupa, ajeitei-o na cama,   ...enfiei-o em mim,

    era meio estranho,   diferente,

                mas gostoso...,

        eu o controlava sozinha,   ...ou quase,
porque ele se entortava um pouco, ajudando no ritmo, abaulando-se,

   ...lembrava um galho mais leve, numa ventania que o envergava,
preso ao tronco onde, fazia pouco, brotara,

      senti arrepiar-me de gozo, inteirinha,

mas...,   os vendavais também derrubam as árvores, pensei,

  puta que o pariu!,   não era hora de imaginar desastres,

e apeguei-me à agitada calmaria de peles e cascas,   ...às folhas caídas do amor,

    tomás era o membro que me faltava,   pronto!,

        o mais importante, na verdade,
porque diminuído de uma inteireza nociva que eu lhe arrancara, tumoroso,

  ...que eu extirpara de mim,   em mim,   ...para mim,

não tinha pensado nisso,

        podar as pessoas...,

                senti um calafrio bom,

eu mesma passava as mãos no meu corpo, e ele gostou de me olhar, fazendo-as suas, de algum enxertado modo,

      ...dando corpo àqueles fantasmas de condutas passadas,

gozei antes de que ele esporrasse,

           enquanto ele gozava, pouco depois, acariciei de novo os dois cotos das pernas, ao mesmo tempo, com força,

              ...e ele gemeu como nunca!,

,a pele muito fina começou a sangrar, e aquilo me excitou ainda mais,

talvez tivesse passado as unhas sem perceber,

        acho que foi isso,

            e gozei de novo,

debrucei-me no meu homem, então,
redobrada em mim mesma, mas por fora do que sou,

...ou do que fui, engurujando-me,

lambi seus sovacos com força, como fazem as leoas,
nas vísceras da gazela quase morta,

...da presa ainda viva,

depois passei os dentes nas cicatrizes, ali, tão próximas, doloridas em mim,

queria gozar mais uma vez,

apertei os dentes,

mas não consegui...,

senti a boca vermelha de um batom intuído em sangue,

e gostei,

...fui gostando mais e mais,

do sabor,   não sei explicar,

sim,   gostei muito daquilo...,

acho mesmo que foi melhor do que gozar de novo...,

a resposta que me faltava?,

porque às vezes passam besteiras pela cabeça da gente, sim,

...mas a sensatez também pode passar, ainda que em destrambelhada correria, por que não?,

...teria lido, com unhas e dentes, o braile de corpos finalmente numa só carne?,

não sei,

ele estava de olhos fechados,

arrependido, tenho certeza,

enchi o peito, enquanto meu homem se aquietava dentro de mim, fingindo um desfalecimento que lhe devolvesse a dignidade nunca exercida,

um filho da puta...,

estiquei o corpo sobre ele, espreguiçada,

...virei-me e, quase sem querer, vi, no espelho da cômoda, pela primeira e última vez, os nacos de nós, em postas entrelaçadas que formavam um bicho estranho, parindo-se de si, um só, mas a partir de dois seres inexistidos,

corri para o banheiro sem dizer nada, com vontade de vomitar,

corri sem olhar pra trás,

eu fugia de quem, meu deus?,

abri a água, enfiei-me nela e fiquei uns minutos sem me mexer, de olhos fechados,

acalmei-me,

talvez a felicidade seja isso,

apenas aceitar as dores,

fazer delas, com o barro tirado da carne, a argamassa das atitudes,

...e erguer assim as paredes desse dia a dia,
porque o relento é a nossa condição, mesmo sob o teto enganoso das peles,

os caminhos da vida hão de desembocar em novos e inescapáveis ensejos,

                                                            será isso?,

dormi em paz, hoje, depois de muito, muito tempo,

                              ...amanhã, recoloco o espelho em seu lugar,

tomás é esperto,

                não tocou mais no assunto a respeito de sua volta pra casa,

espera que eu mesma lhe diga isso,

hoje me pediu pra passear lá fora,

    queria ver o sol,   as nuvens,

        aceitei a hipocrisia, eu própria sua imagem,

mas não tenho uma cadeira de rodas,

    você sabe, tomás...,

        ele passou o dia amuado,

    disse-lhe, então, que arrumaria uma, no hospital,

        que ele tivesse um pouco mais de paciência,

depois me arrependi,

    na santa-casa anda faltando tudo,

        ...cutuquei a enfermeira-chefe,

nem emprestada, imagine...,

    sem chance, rebeca,

resolvi pedir pro benedito portugal,

ele é vereador,

elegeu-se distribuindo cadeiras de roda e muletas pra deus e o mundo,

quer ser prefeito, dizem,

ou provedor da santa-casa, vai saber,

desde que belzebu transfira o título pra cá, o que não será difícil de acontecer, por óbvias questões demográficas e administrativas, o safado é capaz de arrumar uma prótese até para o sobrinho distante do pai das trevas,

conhecedora de sua consciência filantrópica e política, disse-lhe que a cadeira era para uma prima, muito pobrezinha, que mora na vila carvalho,

prometeu-me,

...porém, sem poder aprazar a entrega,

devia ter falado que a família dela é grande, todos desempregados,

  ...saberiam agradecer, na hora certa,

    não disse, ...errei,

      agora é esperar,

é bem possível que esse desgraçado chegue a prefeito, mesmo...,

o inverno veio com força,

 um pedaço da veneziana, na janela do quarto, se soltou, apodrecido, e um vento encanado atravessa os vãos, por debaixo da vidraça, entre as duas folhas, retorcendo os frios e os calafrios,

    tomás acordou espirrando,

posso enfiar um retalho de pano de prato, na fenda,

      uns pedaços de sabão de pedra, amolecidos, como fazia a minha mãe,

quando endurecem, vedam a brecha,   mas...,

entrei no barracão do seu zé, que fica a uns 300 metros da casa,

    talvez ele tivesse um pedaço de madeira que eu pudesse pregar no buraco,

ou mesmo um recorte de folha de latão,

        qualquer coisa assim,

    logo que abri a porta e acendi a luz, vi uma carriola de pedreiro,
encostada na parede do fundo, atrás de uns caibros velhos,

       poxa, isso serve!,

   tive de encher o pneu com uma bomba manual, dependurada ao lado,

trabalheira...,

    mas funcionou,

o seu zé era um homem precavido, todo mundo falava isso, deus o tenha,

        lavei-a bem,

                deixei-a no sol, pra secar,

                          pronto,

dobrei um edredom dentro do carrinho e entrei com ele no quarto, de ré, pra facilitar a passagem, depois,

            imitei os freios a ar de um caminhão,

       tomás fez uma careta, mas compreendeu,

chegou a sorrir,

      vamos?,

           a cadeira vai demorar um pouco...,

                      pensei nisto aqui,

acho que vai funcionar,

   era um final de tarde bonito,

        coloquei-o apoiado em três travesseiros e saí da casa,

ele me pediu pra ladear a mata, seguindo o córrego,

de vez em quando parávamos, porque eu precisava descansar,

  aproveitávamos pra olhar as árvores, as teias de aranha que, com o sol, refletiam uns repentes lampejados, iridescendo cores que o vento aprisionava, serelepe, num gingado bonito de fios e luzes,

              bom,

            não sei se foi isso...,

eu estava momentaneamente feliz, *supunha que ele...,*

          por que, rebeca?,

não respondi,

ele teimou, grifando o tom da voz,

***por quê?**,*

deixei os olhos fugidos para a copa das árvores, antes de abaixar a cabeça,

as sombras dançavam na terra,

peguei a carriola e o protegi do sol, carregando-o até a catira mais escura do chão...,

enrolei o cachecol em seu pescoço,

ele continuava a me inquirir, com os olhos umedecidos,

...e as pensadas palavras, então, ainda mais secas,

os silêncios gritados,

mas quem saberia os porquês?,

era a minha vez de fechar os olhos,

dei três ou quatro passos, procurando os dedos do sol com as maçãs do rosto,
um quentume bom,
afastei-me dele,

fiquei assim, nem sei por quanto tempo,
..até sentir as unhas da luz, na face, me arranhando de leve,
um calor súbito e arrevesado,
porque vinha de dentro, também,
mormaço que nascia de nós,

...mas o vento gelado teimava,
rasqueando aquele cateretê que sacudia os galhos aflitos,

abri os olhos,
...a luz mais forte, depois das trevas?,

apertei as pálpebras, tranquei a dor pelas metades e pus novo reparo nas folhas, balançando ritmados e verdes nãos,

gostávamos tanto dos bailes do círculo operário!,

tive vontade de chorar,

a esperança pode ser uma continuada e convivida ausência?,

avistei a casa abandonada de um joão-de-barro, ali perto,

estava rachada, de alto a baixo,

não,   não existem coincidências...,

por isso fiz questão,

mostrei a ele a casa vazia,   quebrada,   o lar desfeito...,

apontei com o dedo,

perguntei-lhe se os ossinhos da fêmea traidora, joaninha-de-barro, estariam ali, trancafiados, ela morrendo devagarinho, espiando o mundo pela fenda,

...pelos erros,

é, foi a minha resposta,

       curta e delicada, porque ao avesso,

              bem do jeito que os homens detestam...,

ele não gosta tanto do tonico e tinoco?,

      sim,   ele a entendeu,

          ele a compreendeu,

...a tal ponto, pensei, que só o silêncio seria uma possível tréplica,
a voz trancafiada dos nossos maiores desacertos,

   toda misericórdia é recíproca?,

       ...ou as nossas impiedades?,

    no fim, ele se rendeu,

          vamos mais pra frente, rebeca, por favor...,

depois de uns cem metros de mudez, pediu-me pra virar,

        um ipê roxo estava florido, ainda, no alto do morro,

lá no alto?,

    você consegue...,

        no caminho, tive de parar pra descansar algumas vezes,

  não era uma subida forte, mas a carriola...,

ele estava tremendo,

  puxei uma ponta do edredom, que cobria à toa as pernas ausentes,

        achei que fosse o frio, apenas,

    no entanto, na penúltima estação das minhas fadigas...,

você precisava me transformar em sua cruz, né, rebeca?,

      eu sou a sua cruz,   **...é isso, rebeca?,**

dessa vez, não esperei,

       respondi uma mistura resfolegada de ódio e cansaço,

    pois é, tomás,

        dizem que jesus ganhava a vida fabricando cruzes,
ofício que aprendeu com o padrasto,

     então é isso, sim,

...sofremos as culpas carregadas que empurramos para os outros, sempre,

ele deitou a cabeça e começou a chorar,

      não tive um pingo de dó, juro,

   apenas olhei o ipê e sorri,

vamos, tomás,

   estamos chegando...,

debaixo da árvore, lá no alto, sentei-me, recostada ao tronco,

precisava respirar,

vinha de um plantão, no dia anterior,

o corpo doendo,   um mal jeito na coluna,

meu marido estava quieto, olhando longe,

passei os dedos pela casca rugosa do ipê,

...a memória nas juntas e dobras do corpo,

resto de movimentos perdidos?,

tomás,

o que foi?,

uma vez...   você desenhou um coração com os nossos nomes, lembra?,

na praça da matriz,   ...faz tanto tempo,

mas antes de riscar a flecha o jardineiro apareceu, puto da vida!,

saímos correndo, está lembrado?,

...será que foi isso, tomás?,

ele permaneceu extático, ...ou não entendeu nada, pode ser,

tem horas que a gente fica assim, meio boba,

subi a voz,

...será que essa falta pontiaguda riscou no ar as nossas falhas, tomás?, uma incompletude que varou as nossas vidas?, hein?,

meu homem fingiu não ouvir,

deixei-o olhando a paisagem,

foda-se,

conheço o meu esposo...,

não me arrependo de nada, concluí, ...de nada,

nem de carregá-lo bufando até o alto daquele morro,

...queria apenas que tomás visse o pôr do sol,

    que o avermelhado que rasgava o azul vencesse a força daquele arroxeado que começava a se espalhar no chão e nos ventos, aos pedaços,

    haveria uma lição naquilo tudo,

   talvez a natureza nos fizesse bem, morrendo para renascer...,

bom, sei que é besteira,

    todas as horas são a mesma hora,

      mas vivemos de enganos, então...,

o calvário das pessoas, sempre?,

      eu seria o seu dia seguinte, e o outro, depois o outro e o outro, pétalas de ametista fincadas no vento?,

não, bobagem..., não nasci pra sísifo, não,

     ...chega disso, rebeca!,

quase me levantei, pra ir embora,

    talvez fosse preciso escapar dali,

...já, já a noite, isso sim,
e nenhuma cor refletiria os tons dos dias idos e apodrecidos,

    dados e tomados,

        perdidos,

           esfarelados...,

não,   nenhuma cor, mesmo,

    nem a do céu, doente sanguíneo na enfermaria,
morrendo quietinho, sem um ai,   pschhhhh...,

    é, é isso,   nem um céu cardíaco,
expirando a noite aos poucos, retorcida de azul e revirada naquele chão, onde
boiávamos entre púrpuras de uma falsa riqueza de pétalas preciosas,

    eu sou uma tonta meio romântica, só isso...,

vou ficar,   ficar, pensei,   deitei-me...,

    vou estar e ser,   aqui e ali,   e lá,   e em todos os lugares,

   ...mesmo assim, algo me turvava,   um pressentimento?,

    olhei o relógio,

        foda-se,

   pra baixo, depois, todo santo ajuda,

    ...ou o demônio, que seja,

acho que cochilei, não sei,

        ou me perdi, cosendo uma nova existência por dentro de nós,

    ouvi um grito pavoroso,

        de onde vinha o horror, meu deus?,

imaginei um pesadelo que estendia as mãos por dentro das vigílias, mas...,

    era ele,

        começou a gritar por socorro, olhando lá embaixo, do outro lado,
na descida oposta àquela que subimos,

nem me dei conta de que a estrada passava por ali, contorcendo-se,

    uma caminhonete vinha devagar, fazendo poeira,

            fiquei assustada,

                levantei-me depressa,

fui puxar a carriola, pra descer uns metros, até o lado contrário, abafando os gritos com a curva do morro sob os pés, escondendo-o atrás da linha do horizonte, na qual nos equilibrávamos,

no entanto...,

não esperava,

nem bem peguei as alças do carrinho, ele girou o corpo sobre o travesseiro, aproveitando-se do galeio que dei, e caiu no chão, rolando em direção à estrada, morro abaixo,

tomás!,

ele não parou de gritar,

fiquei extática, também,

primeiro, por inação,

depois, porque não iria correr feito doida, pasto afora, atraindo o olhar de quem estivesse no carro,

a lucidez, às vezes, precede a razão, urgindo o acerto de atos e entreatos,

...os instintos?,

não,   *ninguém vê um pedaço de gente, supus,*

            ...mesmo que berre a sua humanidade desfeita,

                                incompreensível,

desgraçado!,

          se eu...,

                    no meio do caminho, ele bateu num cupinzeiro,
parando a roda de sua fortuna ali, engastalhado,

              senti um alívio enorme...,

tentou ainda, desesperadamente, sair daquela posição, minhocando o corpo,

    serpenteando-se,

        fincando a cabeça no chão e encolhendo o tronco, para, em seguida,
enluarar-se arrastado, empenando-se no outro sentido, como um prato que não
se quisesse de borco na toalha suja da mesa,

        a caminhonete fez a curva, um pouco adiante,

                                    e desapareceu,

     lá de cima, fiquei vendo a poeira suspensa, paralisada no ar, sem força pra cair de volta em seus caminhos,

          o filho da puta não parou de se retorcer,

     decerto queria rolar até a estrada,

                corri até ele, porque estava quase escapando daquela conveniente sociedade de cupins,

                 mas não desta...,

poderia vir outro carro,

    nunca se sabe,

        ele estava machucado, chorando como um doido, gemendo, a boca espumada, babando,

            quando encostei a mão no lazarento, avançou com a cabeça e me mordeu o pulso,

                desgraçado!,

 olha o que você me fez, tomás!,

     quer tirar sangue de mim, é?,

...me deixa morrer aqui, sua vaca filha da puta!,

não sei explicar, mas a raiva dele foi o repentino alimento da minha calma,

...quer morrer, benzinho?,

...da próxima vez, vou morder o seu pescoço,

maldita!,

vou arrancar um pedaço!,

...você vai sangrar até morrer, sua louca!,

isso..., aí, você morre também, ...e pronto, descobriu um jeitinho, né?,

você é louca!,

...sempre foi louca!,

fui, sim,

mas agora estou curada, meu bem,

...bom,

pensei que tiraria a desgraceira da minha vida cortando o mal pela raiz..., e apontei pra ele, rindo, enquanto varria, com o indicador, as suas beiradas que não existiam,

...mas não, tomás,

é preciso mais,

você vai mais fundo, sempre, né?,

louca!, **louca!**, ***você é louca!***, **louca!**, louca, louca...,

ele não conseguia dizer outras palavras, a voz também engastalhada naquele cupinzeiro monstruoso, que ia crescendo, crescendo, amontoado de esfareladas lembranças,

é...,

você nunca vai entender,

e bati a mão espalmada no peito, aumentando os tapas conforme falava, até encontrar o grito,

...eis aqui você mesmo, **em mim, homem!**, ***olha!***, ***aqui, ó!***, ele destampou uma choradeira mais forte, esta sim, esparramada pelo pasto,

tentei me aproximar,

quis me dar uma cabeçada,

ah, é assim, tomás?,

peguei-o por baixo, nas ancas, em seus hiatos, brusca,
e comecei a arrastá-lo morro acima, com trancos, puxões e repelões,

...na raiva, as forças redobram,

ele gritou bastante, no começo,

devia estar doendo,

xingou,

contorceu-se pra todos os lados, naquele meu anzol,

depois ficou quieto e aceitou seu destino,

o rumo mais fundo e desnorteado que escolheu,

sim, ele,

        ele que escolheu!,

...e me levou junto, bem antes, quando eu acreditava no amor,

              agora, tenho até nojo de escrever essa palavra,

asco...,

            resolvi-me pelo outro lado de um vocábulo, poxa!,

                              ...só isso!,

    colhemos o que plantamos, arepo?,

o quadrado do amor será sempre o ódio,

\

                palíndromo de imperfeitos sentidos,

        ...nenhum dos caminhos desembocando em roma,

na metade do percurso, mais ou menos, estava esgotada,

        sentei-me no pasto, de frente para ele,   encarei-o,

estava muito sujo de terra, saliva e sangue,

        comecei a rir, de novo,

    sua cara me lembrou a de um palhaço que fugia de um circo pobre,

deu vontade de gargalhar, não sei,

      ...talvez porque houvesse me livrado de uma desgraça,

    ele me olhou, assombrado,

        acho que teve um lampejo do que imaginou
ser parte de um acertado julgamento, e não o insulto que imaginava,

        eu estaria louca, mesmo...,

isso me irritou,

    dei pano pra manga inútil desse aleijado?,

queria que ele me visse como a mais sensata das pessoas, caramba!,

        ...alguém que agisse corretamente, em todas as situações da vida,

então parei de rir,

      ele ficou quietinho,

            fechou os olhos, pra não me ver,

                  redobrei a atenção, mesmo assim,
porque ele poderia se revirar e desabalar morro abaixo,

                    mas não,

    acho que teve medo,

        ...ficou em estado de choque,

agarrei-o por trás, com cuidado, e o carreguei, no restante do caminho,
meio de banda, assacolado, de modo que não pudesse dar cabeçadas para trás,

   vomitou,

     tossiu,

        fingi nem perceber,

é,   o ódio cega,

      ...e alimenta as opiniões, por dentro, ainda mais que as forças,

ao parar, na frente da casa, deixei-o no chão,

                                                                                  ele me pediu água,

arrastei-o,

       machucou mais a cabeça, nos degraus da varanda,

                        larguei-o na sala, sobre um tapete de palha, sem dizer nada,

fui à cozinha, enchi o copo e voltei, pra beber na frente dele,

                                                  retornei, enchi outro copo,

               dessa vez, pensou que eu fosse lhe dar aguinha na boca...,

bebi perto dele, de novo,

                      estalei a língua,

depois, peguei minhas coisas e saí,

                                   bati a porta e passei a chave,

ainda ouvia seus gritos, quando dei a partida no fusca,

ele tinha de aprender a me valorizar,

um dia sem água não mata ninguém,

e, se matar,

foda-se!,

a terra sob o pé de jequitibá-rosa ainda está fofa...,

fui direto pra santa-casa,

limpei-me com toalhinhas higiênicas, antes de me trocar,

ainda assim, devia estar fedendo, porque a enfermeira chefe caprichou na careta, quando chegou perto,

...aquela entojada!,

devia ter passado uma água no corpo, depois de bater o ponto, mesmo, era só entrar num quarto vazio, terminei o plantão,

                    mais movimento que o normal, infelizmente,

...a crise adoece o povo de tudo quanto é desgraceira, meu deus!,

as enfermidades começam na cabeça,   sim,

                        todo mundo diz isso,

          mas boa parte delas vem dos bolsos, quando infeccionados,

                  eu que o diga!,

beatriz sabe das coisas,

              não se cansa de repetir que é o brasil,

   e que todo tratamento médico resvala em observações e condutas políticas,
sempre,

      ela é comunista,   ...comunista de verdade,

                        pelo menos diz que é,

tenho orgulho dela, que sabe ser amiga...,

tomás gostava da frase,

        ...aquele filho da puta do osmar também,

                eu que contei pra eles,

"todo tratamento de saúde mental resvala em observações e condutas políticas",

chegaram a convidá-la para fazer parte do grupo de estudos,

        ela não foi, não deu as caras nem explicações ou desculpas,

    ...disse não, e pronto,

                além de comunista, tinha bom senso...,

ou tinha bom senso porque era comunista?,

disse o bordão a ela, brincando, depois que soube que fugira do convite,

esse falso dilema tostines, ela respondeu,

    ...enfiando, goela abaixo dos incautos, muito mais que biscoitos,

                ...ou bolachas, né?,

que diferença!,

    o lazarento do osmar sempre fez a cabeça do meu marido,

        ou fazia...,

descansei muito pouco,

    saí de madrugada,

        voltei pro sítio,

parei o carro mais longe e entrei sem fazer barulho,

    ele estava na sala, poxa, de onde me ouviria chegar, claro,

apliquei-lhe a injeção,

    ele não acordou nem se mexeu,

        ...estaria desidratado?,

esperei, para ter certeza de que o medicamento fizera efeito,
e lhe coloquei um colar cervical rígido, daqueles que vão até o peito,

quero ver dar cabeçadas, agora...,

quero ver me morder!,

afastei-me uns passos,   ele ficou parecendo um busto derrubado...,

no pronto-socorro, aliás, a beatriz viu a mordida no meu pulso,

não sei se desconfiou de alguma briga, porque fez uma cara...,

disse-lhe que fui ajudar uma vizinha, e o filho moço, autista, cismou comigo,

avançou em mim...,

não sei se acreditou,

pedi a ela que me fizesse um curativo, então, pra deixar de ser intrometida,

gosto dela,

é boa amiga, sim,

muito inteligente,

mas seu tanto abelhuda...,

tomás parecia morto, respirava muito lentamente, ...o hipnótico?,
quando acordar, cuido dele,

fui dormir um pouco, deitada no sofá, entraria às 22h,

acordei com suas tossidas abafadas,
acho que fingia contenção, só pra me acordar sem querer...,

ele me olhava com raiva,
fui buscar água,
sua boca estava rachada, sangrando,
bebeu três copos,

não quer conversar, tomás?,

o desgraçado não abriu a boca...,
expliquei-lhe o motivo do colar, continuou fingindo não me ouvir,

passava das onze da manhã, quando voltei,

    fui à cozinha e preparei dois pacotes de macarrão instantâneo,

        piquei uma cebola, um tomate, três dentes de alho, salame,
queijo prato, um pedacinho de gorgonzola, que peguei na geladeira do hospital,

            refoguei tudo no azeite,

    escorri a massa, despejei metade daquele pozinho e misturei tudo,
em fogo baixo,

      desliguei o fogão e acrescentei uma colher de maionese,

      num prato fundo, depois, salpiquei parmesão por cima,
com manjericão fresco, azeitonas sem caroço e um bom punhadico de cacos de
amendoim, quebrados com o martelo de carne,

            ficou gostoso,

comemos no mesmo prato,

    uma garfada pra mim, outra pra ele,

            fiz de propósito,
dando à alternância um movimento de naturalidade casual,

              ...em vão,

o refrigerante estava sem gás,

    mesmo assim, o filho da puta arrotou na minha cara,

nem careta fiz, retrucando-lhe com desdém,

                fui sozinha pra varanda, espairecer um pouco,

      mais tarde, criei coragem,

          peguei-o por trás e o carreguei até o banheiro,

não sei se foi apenas o colar,

             aceitou o bridão sem corcoveios,

dei-lhe um bom banho,

        não lhe tirei o cabresto, que não sou boba, nem nada,

              o pinto, nenhum sinal de vida,

um filho da puta completo...,

          passei mercurocromo nos machucados,

vesti-o com um moletom flanelado e o levei para o quarto,

dormi em casa, hoje, e tive um pesadelo pavoroso,

enterrei tomás vivo, naquela cova, junto com os membros amputados,

ele ressuscitou, três dias depois, inteiro,
e me matou a golpes de santa bárbara, vê se tem cabimento...,

bom,   acho que matou, porque acordei com a primeira pancada,

fiquei tão aturdida que fui à cômoda,
acendi uma lamparina pra nossa senhora das dores e comecei a orar,

oh, maria santíssima que, aos pés do calvário,
pudestes provar de toda a dor que vosso filho amado, nosso senhor jesus cristo,
sofreu em expiação de nossos pecados,

...de nossos pecados,

...ao ver as feridas,   os açoites,   a coroa de espinhos,
os pregos e a cruz, deixastes vosso coração de mãe entregue nas mãos de deus...,

então empaquei de vez,

recomecei a prece duas vezes, e nada!,   ô, cabeça!,

ri de mim,

    da situação,

        de uma jaculatória fantasma, com as palavras amputadas,

por que, meu deus?,

        eu tinha a memória tão boa...,   mais um castigo?,

a gente se perde primeiro dentro de nós?,   é assim?,

a chama boiava na cortiça, medrosa, sobre uma fina camada amarela, no copo,

        eu me esforçava para me lembrar,

            será que coloquei pouco óleo?,

                por isso...,

    ao repirar mais forte, o fogo tremia,

    ...quando percebi, estava brincando de soprá-lo muito de levinho, com as narinas, atenta às sombras,

        é,   preciso comprar óleo, sem falta,

hoje ele me agrediu muito,

                                      disse que nunca me amou,

          que a boceta de azelina era apertadinha,

                                                 gostosa,

enfiava o pinto em mim e nem sentia, de tão arrombada, perto da amante...,

          que eu era assim desde sempre,

                                      estragada,

desconfiou, na primeira vez que me comeu, de que eu não fosse normal,

     uma puta vagabunda,   ...ou mulher lasseada de nascença, o que seria pior,

     porque nem o meu cu era justinho...,

                                  essas coisas,

                                só consegui rir, como resposta,

pra que se ofendesse com a minha indiferença, pelo menos,

                                      mas era mentira,

lazarento,

          então...,   *ele nunca teria me amado, mesmo?,*

deixei-o sem comer, sem beber,

  a cabeça baralhada de besteiras...,

peguei um espelhinho e olhei a minha boceta,

  ...boceta é boceta, caralho!,

  e chorei escondida,

  fui engolindo aquele ódio vomitado,

  fui me empanturrando daquela raiva dele,

  achei que não podia mais aguentar aquilo,

  e se...,

e se eu lhe cortasse a língua?,

  gostei da ideia, coisa simples, até,

e fui me empolgando,

  cortava lá no fundo, perto da úvula,

  ...da campainha da garganta,

sim,

    ninguém nunca mais em casa, pra atender a visita mal educada de uma convivência desbaratada pelo desamor,

    cortava a língua dele, e pronto,
uma colher na chama do fogão, até avermelhar o metal,
      cauterizava brincando...,

eu me peguei rindo..., fiquei com essa mania,
    rir pra mim mesma, até me imaginar feliz,

    de repente, não queria parar de rir, as ideias corcoveando na cabeça, mula brava de uma teimosia alheia que me lançava longe da sela, gargalhada, em forte remoinho goela acima, vendaval das distantes paragens de dentro,

fechei os olhos,

  ...por causa da tontura, rolei morro abaixo de mim, muito mais que ele, quando quis fugir, rolei, rolei..., sem parar,
      sem parar,
       e as nuvens se abriram...,

sarou?,   quer me morder, é?,

　　vou arrancar seus dentes, então, benzinho!,

　　　　três ou quatro por semana,   ...tá bom ou quer mais?,

　　meio que um brinquedo,　　　　pegava um alicate grande,

batia a boca da ferramenta várias vezes, apertando os cabos, antes de começar,

　　...e marcava o tempo de um sambinha mastigado,

"mu-mu mulher em mim fi-fizeste um estrago...",

　　　　　　　　　　　ou um torquês seria melhor?,

　　olha,   trouxe este torquês aqui, do ateliê, meu patrão!,

...nas gengivas murchas, a independência dos ofícios desviados!,

　　　　　gritaria, erguendo a ferramenta,
às margens da baba vermelha de um homem desbocado por inteiro,

...dentes fora, maridos!,

pois é,   fácil, fácil,

                              um sedativo, pra bambear os beiços,

     e, depois de terminado o serviço na boca inteira...,

veja, tomás, fiz outra obra,   olha só!,

          ...estou ficando boa no upcycling!,

                         você me ensinou direitinho, meu mestre!,

                    e mostrava os dentes dele, colados com super bonder, numa tábua velha de carne, daquelas escurecidas, com os riscos mais fundos, na madeira,

     os caminhos da faca, na fome,

                              olha, meu bem,   olha,

  ...sulcados na dor, tomás,

                    em nós, meu aleijadinho!,

                    assinava com o pirógrafo e a dependurava no quarto, sobre a cabeceira da cama, *espia só, homem,* ...*dei até um título ao quadro,*

"o sorriso amarelo do marido",

gostou?, *quer que eu o ofereça pra dona rosa?,*

...*pode ser que depois eu assinasse meu nome na sua pele, também, riscando fundo com a pontinha da faca,* ...*ou, melhor ainda, com um estilete, comprado na papelaria santa escolástica, tirando as rebarbas da carne em "v", queloide da palavra, graças a mim!,*

ah, mas eu não ia parar por aí, porque...,

sei lá por quê...,

entraria no quarto, um dia, cantando chico buarque,

ou caetano...,

"um amor assim delicado,

você pega e despreza,

não devia ter despertado,

ajoelha e...",

se ele não chiasse, eu fingiria...,

      hein?,   não quer me ouvir mais, meu amor?,

                                        ...por quê?,

     chegava mansinha, perto dele,   quase carinhosa,

você não aguenta a minha voz?,   hein?,   ...é isso?,

                           sussurrava, pertinho do ouvido, então,
pra que ele imaginasse que pensava aquilo tudo sozinho,

             que a tragédia nascia da sua cabeça,

...não adianta cantar baixinho, é?,   não suporta as minhas palavras?,   eu dou um jeito...,

ai, que delícia!,

       ...furando os seus tímpanos com uma tesoura de ponta,

   cortava as unhas do meu pé, antes,   perto dele,

       e limpava aquela sujeirinha dos cantos,

             só pra fazer o ferimento infeccionar,

...ou furava com a chave do fusca, mesmo,

                                              tanto faz,   foda-se,

no improviso das raivas, dava partida no motor fundido deste meu homem,

     ...não é uma boa ideia?,

                e, no mês seguinte, pra dar tempo de as cicatrizes rascunharem a vita nuova em suas peles diminuídas,

       pra que ele intuísse que a desgraça não tem fronteiras,

                                          eu continuava,

não, nenhum sofrimento é capaz de vencer uma expansão assim, tão humana,

alguém duvida?, ...ó,

             por exemplo,

        colocava "almanaque", na vitrola, bem alto, e começava a dançar, rodopiando perto da cama, cantando junto, mexendo bem os lábios, pra que ele pudesse lê-los,

              "já te vejo brincando, gostando de ser...",

e parava de supetão, diante do meu homem, simulando outro espanto dos gestos,

...como?, não pode mais olhar pra mim, também, tomás?,

o que eu inventava ouvir, de novo, escrevendo numa lousa pequena, raivosa,

~~então tá, meu bem,~~

~~...vou furar seus olhos com as unhas!,~~

e ia deixando todas compridas só pra isso,

lixava bem as pontas, sempre perto dele, pra saber que mais dia, menos dia...,

olha, tomás, olha os meus dedos , ...as minhas unhas,

...olha o ossinho das falanges, meu joãozinho, ...fortes, gordas!,

e repartia com ele a grande dúvida,

uma inglesinha triangular?, pode ser, pode ser,

...ele não tem mania de rir dos visitantes do big ben?,

quando?,   nas férias, é lógico,

   uma enfermeira não pode ter as unhas compridas!,

    ...você não quer receber uma advertência, né, rebeca?,

mas...,

  que besteira,

   agora tem tanta unha postiça, poxa vida!,

     se a vida mesma, postiça...,

colava umas bonitas, vermelhas e...,

     ploft,

      ploft,

     avisava o desgraçado uns quinze dias antes, claro,

melhor ainda, pedia pra que escolhesse a cor...,

     a última cor,

     azul ou rosa, hein?,

      ...vermelha, mesmo?,

bom,   ...escrevo isso da boca pra fora,

                        mas não sei,

                                      pode ser que acabe fazendo tudo, sim,

        tomás merece,

                eu mereço, antes dele,

ah, meu deus,   ...a enfermeira-chefe me chamou, ontem,

      pediu que eu passasse no departamento pessoal, aquela desgraçada,

                      fui despedida,   a crise, disseram,

        quando melhorar, me chamam de volta,

                                                duvido...,

voltei pro sítio,

        não consegui contar pro tomás,

            só com os bicos não vou dar conta, meu deus,

o contrato vence no mês que vem,

        não sei o que fazer,

vendi a casa, graças a deus...,

        valia mais, só que...,

          o comprador assumiu o pagamento das prestações,

              descontei a comissão da imobiliária,

paguei umas contas,

      o empréstimo no banco,

              sobrou alguma coisa,

antes, cogitei dar um fim no tomás e recomeçar do zero,

                         mas que jeito, se a gente no meio do ábaco,
a existência sendo uma conta que não bate, inumerável?,

     renovei o arrendamento,   ...não foi fácil,

         a filha da puta dessa dona deolinda, encaramujada lá em recife,
bateu o pé num aumento além da inflação,

                     tinha alugado por muito pouco...,

         fiz cu doce, mesmo, e disse que depois telefonava,
nem sei como consegui, porque a boca salgada de tanto chorar...,

esperei dois dias, ofereci um valor à vista,   ela topou,

            fiquei praticamente sem dinheiro,

                       fazer o quê?,

desânimo...,

parece que o desemprego combinou suas desgraças com os serviços abiscatados de enfermeira,

até eles rarearam...,

o mundo em solidárias dores, sempre?,

consegui um emprego pra dormir na casa da dona candinha, avó do polaco peixeiro,

a velha não sai da cama, entrevada,

eles é que deram o preço, aqueles muxibentos,

setecentos por noite,

folga somente aos domingos, sem carteira assinada,

...bem menos do que uma enfermeira costuma cobrar,

nem cuidadora ganha tão pouco...,

a beatriz me aconselhou a fechar os olhos,

depois você coloca a família no pau,

...demora bastante, rebeca, mas recebe os direitos,

        se estiver precisando muito, faz um acordo,

        e quando é que um trabalhador não está precisando muito, beatriz?,

sim,   mas,   ...já é alguma coisa, né?,

                  justiça...,   tô sabendo...,

minha nossa!,

      o mundo a contrapelo...,

        estou pagando em dobro o que fiz com tomás?,

não pode ser, se a vida me deve...,

        tomás é que fez as dívidas...,

        sei que ainda tenho crédito nesta loja falida, caralho!,

foi azar,   só isso,   coincidência...,

                    dona candinha morreu hoje cedo, pode?,

nem um mês de trabalho!,

        e, pra piorar, estão dizendo que eu não cuidei direito da velha...,

        não faltava mais nada,

tomás ficou doente,

                está muito magro,

                        eu mesma, magra também...,

dei um pulo na farmácia do antão,

              o desgraçado não me vendeu fiado,

    sabe que estou desempregada...,

  tirei o restinho de dinheiro do banco..., zerei a conta,

               mixaria,

comecei a criar umas galinhas,

       plantei uma horta,

o seu zé tinha um pomar,   *dei um jeito nele, rocei,*

            fiz as podas,

  tomás fica me olhando, meio perdido,

carrego a poltrona do banheiro, mesmo,

       coloco na varanda, penduro o homem nela,

acho que sabe que vou estendendo nele o varal das perdas sem remissão,

              deve ser isso,

  de longe, meu marido parece uma estampa desbotada,

não, ...o vento não seca as nossas culpas,

      ...nada há de quarar os atos, ...apagar os erros,

na semana retrasada, cuspiu em mim,

      deixei-o mais tempo no sol, pra aprender,

            teve febre, à noite,

a mandioca demorou pra cozinhar, meio encruada,

    uma alegria?,
abacate amassado no garfo, com açúcar e limão-cravo, espremido por cima,
        bom,   a retração das gengivas, depois...,
      nada que um bochecho de água com bicarbonato não resolva,

não comemos mais nada, hoje...,

        preciso dar um jeito na vida, meu deus!,

ele chora sozinho, escondido, quase todos os dias,

parei com o antidepressivo,

deve ser isso,

ele tem de se conformar...,

vou pouco à cidade,

...da próxima vez, preciso completar o óleo do carro,

acendeu a luz do painel,

lâmpada de 60 velas,

caixa de fósforos,

duas pilhas grandes,

açúcar,

sabonete,

pasta de dentes,

tem gente que traça objetivos,

        eu queria rabiscar o passado,

estou com a mão calejada, áspera,

        ...esse creme vagabundo,

    uma semana cuidando do filho recém-nascido da menina do dagoberto,
da transportadora,   *...é engraçado como o dinheiro apaga os instintos,*

a moça tem medo de pegar o filho pra dar banho, vê se pode!,

fiz cocada e doce de abóbora,   *tomás comeu duas vezes,*

brequei-o, senão...,   *e amanhã?,*

        ...sem contar o risco de uma caganeira,

                    beatriz me emprestou um dinheirinho, ontem,
disse-lhe que não sabia quando poderia devolver...,

        logo, logo você se emprega de novo,   *não liga...,*

teve pena de mim,

        não gosto disso, mas não pude falar "não" pro dinheiro,

    é assim que a gente se sujeita, sempre, né?,

amanheci com um dente doendo, lá no fundo,

        mastiguei umas folhas de losna, e nada...,

só melhorou quando fiz um bochecho de água quente com sal,

cravo,

azeite,

água oxigenada,

esse cansaço...,

    fiquei o dia inteiro deitada, ontem,

        só me levantava pra cuidar do meu homem e caía de volta na cama,

o teto passando e repassando o mesmo filme sem graça...,

                o canal melhor dos nossos dias?,

  acho que estou doente,   *ou é só fraqueza?,*

meu avô bebia uma colherada de biotônico fontoura todos os dias,

            minha avó o acompanhava,

    foram longe...,

      juntaram as caduquices e as deixaram de herança pros filhos,

...sobraram rabugens até pros netos e bisnetos,

            não quero isso...,

pode ser o calor,

        dormi umas duas horas, se tanto,

    agora há pouco fiz um chazinho de jurubeba,

acho que melhorei,

    até o tomás bebeu,

        os calafrios se foram,

a bosta do ventilador parou de funcionar,

dei uns tapas nele,

    meu pai fazia isso na televisão, quando não queria ligar,

...ameaçou girar, mas não passou disso,

      fiquei tonta,

à noite, tive de abrir o chuveiro desligado e entrar debaixo da água, de tanto calor...,

tomás me ouviu,

pediu que lhe fizesse o mesmo,

não nos vestimos nem nos secamos, deitados de costas, como se nos evaporássemos...,

foi bom, só assim peguei no sono,

tive de dar um jeito nos ratos,

uma ninhada no barracão,

meu marido me chamou, pensei que precisasse ir ao banheiro, mas..., *sempre detestei a ideia estúpida de ser "dona de casa",*

eu...,

    não sei o que pensar,

           não esperava,

ele...,

   a vida, às vezes, surpreende,

       e o susto empurra o coração,

uma arritmia tropeçada em descaminhos,

     desvios sem saída, incontornáveis, sufocando o peito...,

a gente respira fundo,

     ...entretanto,

  os sonhos de ontem espocando a memória com os pratos empilhados na pia,
cada vez mais,

    caindo e caindo sem parar,

  ...desabados em cacos, no chão engordurado de uma cozinha desmedida,

       sem paredes,

          cheirando mal,

então você,

        você e

            ...você,

sujeitada pela tradição,

          pelos hábitos e costumes,

                      compelida a se cortar,

rapando as lascas de um desastre perpétuo com as mãos em concha,

     com o corpo inteiro arrastado,

       lambendo a louça de anos e anos para guardar-se moída no armário,

entre os potes vazios que ajuntou,

              os vidros que teve de lavar,

       ...um trabalho desgraçado com a cola dos rótulos,

...é só deixar de molho com um pouquinho de detergente,

                o que a minha mãe me ensinou,

sem saber que os rótulos mesmo estão grudados na pele,

     ou coisa pior,

         se somos os rótulos, nós,

            ...aquelas letrinhas miúdas sem jeito de ler,

   a mulher?,

...alérgicos, pode conter derivados de mulher e de mulher, castanha-de-mulher e mulher, conservar a mulher em local seco, fresco e arejado, manter a mulher sempre bem fechada, consumir no prazo que lhe der na telha, de preferência a vida inteira, mesmo depois de aberta,

                        sei...,

resguardar-se nos vidros para guardar a nenhuma serventia da miséria,

                                               com

orégano,

            pimenta do reino,

                          folhas de louro,

colorau,

                  noz-moscada,

                              salsinha,

                cebolinha,

bicarbonato de sódio,

                            canela,   *hortelã,*

          ...e, num susto, enquanto coloca o esparadrapo no dedo,
a mais ordinária de todas as especiarias,   *você*,

isso,

        você mesma, na verdade, bem atarraxada num vidro vazio de palmitos,
você dentro do armário,

                você de todo jeito,   sem jeito,

você,

     você em pó,

             condimento com a validade vencida de nascença,

você,

     tempero insosso,

             mastigada e cuspida, todo santo dia,

          você entre os dentes, palito inútil que sangra as gengivas,
sem conseguir se arrancar dos vãos dessa existência a que se familiarizou,

você com você, na frente do espelho cariado,

                debruçada, aqui,   vencida, de lá,

você com você, então,

        vendo-se ali,

              e lá,

                    mas sem aquis, isso sim,

                          perdida de si mesma,

isso,   essa é a verdade ao avesso, nos vidros,   ...nos potes e nas panelas,

                                ...você sem você,

              obrigada a enfiar a unha do indicador entre os molares,

obrigada a futucar,

        a futucar-se,

                fiapo de carne,   ...de uma só carne,

          dona de casa que se cuspiu com nojo, na pia do banheiro,
antes de escovar a boca suja, com um alívio inexplicável...,

cuidado com o que fala, bequinha!,

        bate na boca, menina!,

                deus castiga, sua tonta!,

                e, como se não bastasse,
aquele restinho de pasta que teve de espremer até descolar a unha do polegar...,

   sim,

      é você...,

a minha avó, coitada, ela é que...,

           ensinar é ajuntar os sofrimentos?,

     aprende isso, ó,

         limpeza é trocar as dores de lugar, minha filha,

o pó que se assenta nas dobras do corpo,

             nas rugas ciscadas ao redor dos olhos,
latejando tudo de novo, sem parar, sabia?,

       não adianta prender a respiração!,

              ...não adianta espanar-se,
é preciso saber se segurar, bequinha, mesmo enquanto cai,

         ...aprender a torcer o corpo nos tombos, feito os gatos,

...a enfiar as unhas nesta vida que despenca o tempo inteiro, levando a gente,

olha!,   *olha a sua avó, menina!,*

demorou, mas hoje sei me agarrar a coisa alguma,   *...a nada,*

pode não parecer, mas um dia eu fui mulher,

...olha pra mim, menina!,

tomás gritou meu nome,

atendi,

estava lá fora,

no caminho, lembrei meu casamento,

um padre antipático,

quando o homem chama...,

filho da puta!,

quando o homem chama, seu padreco de merda,
a mulher mal se ouve, murmurando em silêncio o próprio nome, arremedo de um susto em coro errado, de uma única voz,

...uma afasia pesada, é o que é, seu padrezinho de bosta!,

a mulher mal se escuta,
mulher que nunca se houve, por dentro da mentira das carnes,

espremida,

socada neste pilão de sangue aqui, ó,
moendo os frios na barriga pra fazer os farelos da vida, seu lazarento...,

entrei no quarto,

ele estava com os olhos muito vermelhos,

bom, não vou mentir, até gosto desse chorinho...,

eu...,

estou com uma coceira aqui nas costas, rebeca,

você me chamou só por isso?,

ele não respondeu,

engoliu-se, arrependido,

virei-o, como se trocasse um vaso de lugar,

e passei as unhas,

aqui?,

isso!, aí mesmo, pode passar com força, você....,

...parece picada de pernilongo,

vou lá fora, pegar uma folha de babosa,

não, espera...,

ele se resolveu naquele momento, acho,

...a epifania de uma vingança maior?,

rebeca,

olha pra mim,

parei de coçá-lo,

desvirei-o,

vi que estava emocionado,

que respirava com força, mas...,

eu..., **perdoo você,**

o quê?,

é isso, rebeca,

perdoo você,

eu perdoo você, rebeca...,

fiquei muda,

escapei do quarto, sem destino,

queria sair de casa,

corri pro pomar,

enfiei os braços no limoeiro, pra alcançar um fruto maduro, lá no fundo, sem me preocupar com os espinhos,

                        não sei por que fiz isso...,

machuquei as costas da mão,

                  chupei meu sangue,

perdão?,

      como assim?,

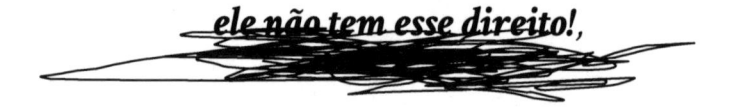

                    ~~ele não tem esse direito!~~,

                precisava correr até o fundo do pomar, sufocada,

                                  não conseguia respirar,

recostei-me na mangueira,

                    um bando de saguis fugiu, assobiando,

olhei o céu, pelo rasgo das folhas,   ...faz tempo que não chove,

        é o quarto ano de estiagem, acho,   ou o quinto,

                assim, nem na sombra,

enxuguei o suor,   ...eu queria me desviar de mim?,

                      perdão...,

      mas que perdão, meu jesus?,

          sequei os olhos,

              a pele dos dedos chorando comigo,

apertei a carne machucada,

      sangrou mais um pouco, o sal ardendo as feridas...,

não,   não há perdão...,

        sentei-me,

      joguei uma pitada de terra, em mim, onde doía,

          e brinquei com o barro mais difícil, entre os dedos,

cheguei a sorrir, boneca de sangue, pó e lágrimas?,

exagero...,

minha avó estava errada, muito errada...,

a gente pode, sim, se refazer,

por que não?,

estou calma a ponto de me decidir,

na beira do abismo, a misericórdia é somente um passo, vó,

basta dar um passo, vó..., um...,

entrei em casa,

e o silêncio...,

a resolução é um convite?,

arranquei uma folha deste caderno, depois desisti,

que bobagem...,

é bom que você veja tudo,

osmar,

não sei como lhe dizer,

você foi amigo dele,

penso que meu amigo, também,

a verdade é um estado de espírito...,

mas é substância dos atos,

por isso, osmar,

...preciso que possa dizer a todos o que fizemos,

o que fomos e estamos,

eu e tomás,

tomás e eu,

mesmo que ninguém,

que ninguém...,

quando a hora atropela os segundos,

tempo de uma dor supurada...,

                              chega,

         não deu...,

não quero complacência,

                    não,   nada disso,

                                        quero que digam:

rebeca,

                              e só,

               é difícil?,

                                        ...depois, mais nada,

sítio voçoroca,

        do seu zé lalindo, lembra dele?,

terceira entrada, à direita, depois da ponte do rio canoas, indo pra arceburgo,

    primeira bifurcação, à esquerda,

        depois, é seguir direto,

            três quilômetros e meio de estrada de chão,

não tem erro,

mas cuidado com a curva fechada, depois da pedra grande,

      levar a vida, osmar, é contornar as ribanceiras,

   acredite em mim,

              eu

chega

procópio, meu amigo, fiquei assustado,
mas sabia que não tinha o que fazer, afinal, depois de tanto tempo...,

mesmo que eu não tivesse viajado,

claro que não o li desse modo, assim tranquilo,

de enfiada,

deixa de ser besta!,

quando ela disse que amputou o marido...,
olha,   cheguei a pensar que fosse obra de ficção, juro,
ela tinha mania de ler, acho que mais do que eu, até,

...então, pra começar a escrever e a inventar-se era um pulinho, concorda?,

minha vizinha de infância teria alguma razão?,

quando me olho no espelho, hoje...,

um lazarento me chamou de paramnético, outro dia,
vê se tem cabimento,

...pode?,

soube, durante as investigações,
que rebeca entregara a caixa com este caderno para beatriz, pedindo-lhe que esperasse duas semanas para colocá-la nos correios,

sua amiga veio falar comigo, depois,

rebeca me disse que era uma surpresa com data marcada, osmar,

...que era um presente pra você,
qualquer coisa para o professor astolfo, também,

desconversei,

então, nada, nada..., uns três meses, né?, ou um pouco mais...,

beatriz contou à polícia, claro,

mostrei uns textos do tomás, do grupo de estudos,
dizendo que não sabia o porquê daqueles papéis,

coloquei uns meus, também, no meio,
pra dar um volume que justificasse o peso da caixa,

acreditaram,

mas não quero me adiantar, procópio,

                    calma,

                                vou lhe contar tudo,

        bem,   passei um dia terrível, antes de ir ao sítio,

guardei o caderno nesta maleta...,

                    mudei o segredo, por precaução,

tinha esperança, ainda, de que fosse apenas literatura, mesmo,

    podia ser que rebeca tivesse escolhido um caminho terapêutico de palavras para aceitar o sumiço de tomás, sei lá...,

                qualquer coisa nesse sentido,

            ...não falei nem com isaura,

no dia seguinte, pela manhã, pedi emprestado o carro do valter,

...do valter de oliveira, você o conheceu, tenho certeza,

bem,   ninguém gosta de dispor do automóvel,
mas disse a ele que era um caso de precisão familiar,

prometi lavá-lo, depois,

e repor a gasolina, com folga,

uns litros a mais, frisei,

ele sugeriu que eu o devolvesse com o tanque cheio...,

dei uma de bobo e não lhe respondi nada,

segui as instruções de rebeca,

havia uma placa velha, na porteira,
que estava fechada só com o trinco, sem cadeado,

SÍTIO VOÇOROCA,

passei pelo mata-burro,

não parei,

algo me dizia pra não fechar a entrada,

...mesmo porque não tinha criação nenhuma por ali,

os pastos desertos,

o fuscão estava em frente à casa, bastante empoeirado,

um dos pneus, murcho,

não era bom sinal...,

bati e chamei rebeca, várias vezes, gritando cada vez mais alto,

                                                                 e nada,

contornei a casa, passeando pelo alpendre,

                                          em vão,

     o silêncio me arrepiava,

voltei à maçaneta da porta principal e a experimentei,

                                estava destrancada, acredita?,

              entrei, meio ressabiado, medindo os passos,

a casa tinha um cheiro estranho,

                        ardido,

                              não,   não era de defunto...,

gritei o nome dela, de novo,

            arrisquei até o de tomás, que saiu mais baixo, sem querer,
meio engolido, nem sei por quê...,

entrei pelo corredor e abri a porta de um dos quartos,

                                                                                                        vazio,

        saí e emboquei no banheiro, ao lado,

                                            precisava mijar,

a privada estava seca...,

                          vi umas roupas no chão, largadas,

fui à cozinha,

                        uma panela cheia de bolor sobre o fogão,

                                    aquilo me embrulhou o estômago,

     por isso esse fedor desgraçado!,

quando entrei no quarto dos fundos, quase desmaiei, procópio...,

                                                                               você imagina a cena?,

sim,   os dois estavam mortos,

                                        um ao lado do outro, juntinhos,

                    mas não olhei direito,

saí correndo da casa,

          cheguei a me sentar no automóvel,

                    liguei-o, pra escapar dali,

                            comecei a chorar,

ela pediu socorro pra mim, balbuciei,

                  na hora, não me dei conta dos prazos, claro,

...e engatei a ré,

          estava tremendo, não pensava direito,   não pensava,

o carro morreu, procópio,   ...a bateria soluçou três vezes a partida,

    negou fogo,

               minhas pernas bambearam,

fechei os olhos e tentei respirar,

                            ...as mãos suavam frio, procópio,

espiei ao redor, então,

        umas galinhas ciscando,   as árvores muito quietas,

                              tentei me controlar,

desisti de ligar o motor,   respirei mais fundo,

                              pobrezinho do tomás...,

criei coragem e voltei,

        fui à cozinha, peguei um pano de prato e protegi as narinas,

o quarto estava fechado,

                abri as janelas sem olhar os corpos,

depois, escancarei todas as aberturas da casa e voltei pro automóvel, correndo,

        o caderno do cebolinha na cabeça, espiralado,

                              era tudo verdade,

                não era literatura,

                                  não era...,

abri a porta do carro e vomitei, meio tonto,

queria desviver o que vi e mal vivi?,

...ou aquilo que vivi e mal vi, hein?,

mas aquele diário...,   a vida são distintos giros e traços, procópio?,

às vezes letras,

outras, rabiscos, assim confundidos?,

ela,   bem,

hoje, eu...,

tudo uma única lição, procópio?,

viver seria arrancar as folhas, deixando, no arame dos cadernos, as páginas sem sentido da existência?,

alef, lam, mim,

o que nunca se saberá por inteiro justamente por conter o todo, segundo os exegetas do alcorão?,

pode até ser,   ...porque loucos, profetas e poetas, procópio, além de rasgarem os papéis, quando escrevem ou discursam, vão baralhando cadernos e sopros, gentes e gentes, deuses e numes,

...e pronto,

com o perdão do palavrório, que é o conjunto fechado e aberto, aberto e fechado, de todos os discursos – indo além porque aquém do que lhe digo, e ficando por isso aquém, pois além do que você ouve –, reescrevemos a vida como um tributo à morte, desembocada naquela rua sem saída de que lhe falei, lá atrás, no começo de nossa conversa, naquele muro onde nos espatifamos, todos passageiros sem o cinto de segurança para o acidente inescapável dos dias,

...este e aquele quarto?,

não..., rebeca tecia as palavas, ao contrário do que disseram,

os subidos passos em direção à sexta chaga...,

ela pediu isso pra mim, já lhe contei,

...que desfiasse a todos o que ela criou, ponto a ponto,

degrau por degrau,

mas não tive peito,

nem mãos, nem pés...,

cumpro com você, meu amigo, um último desejo?,

...me perdoe,

        choro quase toda vez que me lembro deles,

não,   não consegui fugir,

        talvez, por covardia, falência dos atos extremos,

senti que tinha de voltar ao quarto,

        circum-navegar meu destino, entende?,

        vê-los do modo como deixaram o mundo, abandonados de si, perdidos, um no outro,

        ...todo ponto de partida é um retorno, procópio?,

        quando a polícia chegasse, depois, tudo estaria perdido, encaixado numa grosseira lógica forense,   ...que, enfim, é o modo como entendemos a história,

    somos os criminosos dos nossos dias, meu amigo,

        ...réus confessos da existência,

poxa,   não ria dos meus delicados exageros!,

          eu apenas...,

,

                  nada que ver com neruda, seu tonto!,

      até porque, nem todo gênero há de primar pelo bom gosto, que é que tem?,

o triste ressentimento borgeano não resultou de sua obra,

                     ...produziu-a,

ora, ora...,

quando dizer é recortar, jogando fora o entorno, mesmo que rabiscado, como já lhe disse, sobrantes estas palavras aqui, assim oferecidas...,

      já repeti tudo isso nem sei quantas vezes, de ene modos, meio-quadratim dos nossos comportamentos!,

          o obscurantismo é a gazua da ilustração,

sim...,   agora sou eu que tenho de acabar logo com isso,

                  é preciso, não está vendo?,

voltei ao quarto, uma hora depois, mais ou menos,

rebeca tomara arsênico, segundo o laboratório,

mas antes...,

para o marido, ela fora terrível,

não pôde suportar o perdão,

a misericórdia, às vezes, é uma forma refinada de hostilidade,

...e a punição do outro, o mais doloroso autoflagelo,

procópio,   eu vi...,

eu vi!,

antes de morrer, ela se costurou nele,

pelo torso,

pelas costelas, entende?,

o corpo de tomás, sem os membros, estava costurado ao dela!,

...costurado!,

os dois pareciam um,

eram um,

os pontos grandes, repuxando as peles,

ele morreu cerca de três dias depois, cosido ao cadáver da esposa, segundo os médicos,

...os dois sendo um e outro, vário e uno,

...ou eles mesmos, cada um em si, hein?,

já imaginou?, um bicho meio vivo, meio morto,

não, os corpos passaram por aquilo que os legistas chamam de mumificação natural, o que não é incomum, sabia?,

olhando a cena, comecei a chorar, de novo,

só depois percebi que ela escrevera uma frase com o batom, na parede em frente à cama, com letras grandes, lá no alto, para que tomás pudesse lê-la,

para que pudesse interpretá-la, enquanto morria,

deve ter se inspirado nas vigas do *château* de montaigne,   pode ser...,

sim,   subiu na cômoda

...e rabiscou as seguintes palavras,

ATÉ QUE A

ainda hoje me pergunto,

por que ela não terminou a frase?,

o batom acabou?,

ou descreveu de propósito, nas palavras faltantes, a ambiguidade vazia da vida?,

...repetia um ritual inacabado e, portanto, indefinidamente reposto?,

quem sabe não seria só um clichê, hein?,

ATÉ QUE A MORTE NOS SEPARE,

sim, talvez,

...mas agora penso que o fim da sentença pudesse ser outro,

ATÉ QUE A VIDA NOS REÚNA,

não,   não é piada...,

olha,

    preciso lhe confessar,

        quando ganhei coragem, cheguei pertinho dos dois,

    o rosto molhado de lágrimas, que caíam sem que eu me esforçasse,

        chorava sem qualquer convulsão,

como se o pranto fosse o estado natural dos homens, desde o início dos tempos,

    como se eu apenas respirasse,

      como se enchesse os pulmões com as palavras arrancadas de todos os cadernos,

        de todos os livros,

            das bocas todas,

...e explodisse emudecido,
big bang em mim, porque repetimos em miudezas o incomensurável,
esta prisão de singularidades,

e, de repente,

rapaz...,

levei um susto desgraçado, porque tive a sensação de que ela se mexera,
quando eu olhava as feições carregadas de tomás, tem cabimento?,

saí do quarto, claro, tremendo feito uma criança
que tem medo de escuro, antes de arrebanhar outro tanto de coragem,
lá fora, pegando seus cacos no pasto vazio da consciência,

da lógica,

sei lá,

(deixa de ser besta, osmar!)

e voltei,

estavam nus,

    na mão esquerda, ela segurava uma carta de tarô, sobre o peito,

      pus mais reparo,

          THE FOOL,

              estremeci,

os três cordões umbilicais da figura rabiscados,

          ou sublinhados, não sei,

fiquei algum tempo sem conseguir me mexer,

      tinha receio do que ela pudesse ter escrito no verso daquela maldita carta,

    sabia que...,

        e eu tinha razão, procópio,

puxei-a com cuidado, certo de...,   não,   não era certeza,

      também não,

              nem pavor,

tive medo de que ela pudesse me agarrar de repente, sim,   juro,

medo de que ela me costurasse neles e...,

bobagem, né?,

mas tremia inteiro, de novo, então...,

saí do quarto, limpei o rosto com a camisa e, de fato,
li a seguinte mensagem, atrás da carta de tarô,

Osmar,

The Perfect and the Perfect are one Perfect and not two; nay, are none!,

enfiei-a no bolso e fugi, sabendo que rebeca...,

sim,   fui descobrir depois, pesquisando,

uma frase do **liber al vel legis**,

...**o livro da lei**, de aleister crowley,

imaginava que...,

        sabe,

    durante muito tempo procurei esquecer,

        mas justamente por tentar apagar as palavras da memória,
eu as repetia, traduzidas,

primeiro só em pensamento,

        uma vez por dia,

            depois, duas vezes,

                três,

                    quatro...,

até sentir que era preciso murmurar a frase em bom português,

não ria, por favor,

    passei a querer dizê-la cada vez mais alto,

            mais alto...,

    e ninguém devia me ouvir, entende?,

não,   não tinha como evitar, procópio,

                    não tinha...,

pegava a bicicleta e saía da cidade, pedalando feito um doido,

            ...um nó que se apertava mais e mais na garganta, puxado e repuxado por mim mesmo, em mim,

                        entrava num pasto qualquer, com o cuidado de averiguar as redondezas, e gritava, com toda força, várias vezes, até sentir um gosto bom de sangue na boca,

osmar,

o perfeito e o perfeito são um perfeito, e não dois,   ...não, são nenhum!,

um dia, do nada, essa vontade passou,

                    não sei explicar,

    bem, tive uma intuição...,

            até agora me arrepio,   ó...,

supus que a repetira 666 vezes,

ou 664, vai saber, fechando a conta agora, apenas, ao lhe contar o caso,

será?,

fiquei arrepiado de novo...,

(bate três vezes, no tampo da mesa, e fecha os olhos, antes de falar)

"***ai, ai,   ...que este vaso está vazio, mas bem calado***", procópio!,

escondi tudo de todos, claro,

não era só o medo de ser acusado...,

sim,   fiquei com a carta,

guardei-a por vários anos, no meio de um velho baralho, de truco,

esses detetives são estúpidos,   ...uns balordos sem coração, você sabe,

isso,   encontrei um baralho que tivesse o mesmo tamanho,

não foi fácil,

e a carta sumiu no meio das outras,

...um alívio,

de vez em quando, cortava-o de olhos fechados até acertar com ela, enganando os acasos, repetindo os gestos como se desse com o zap de primeira,

...a pura sorte,

eu a lia e relia, na esperança de que não tivesse percebido alguma palavra de rebeca,

ou mesmo de que deveria ir além da seiscentésima sexagésima sexta vez, como supunha, o que me daria um poder maior para entender as fraturas do mundo,

...as quebras sem remendo de mim mesmo,

colocava-a contra a luz,

usava uma lupa,   e nada....,

não, não a tenho mais,

depois de um tempo, cismei que ela estivesse me empatando a vida, espécie de praga que me arrastava para trás, para o fundo...,

escrevi dois versos por cima de tudo,

...do texto de rebeca,

neste corpo, esse corpo que se-

quer aquele corpo, mas um corpo,

em seguida, pus fogo,   juntei as cinzas com cuidado,

joguei-as na privada e dei descarga,
única água corrente que tinha em mãos,

mijei até mais aliviado,
olhando o meu pau por entremeio, como tomás, no reflexo da válvula, lembra?,

...então um triz mais fundo,

e arrepiei-me,

vai embora, jacobina, ao eu por detrás de mim...,

...balbuciei a frase sem pensar, juro, juntando velhos retalhos,
o que só depois pude certificar, nas páginas literárias, arrematando-me,

não ria...,

hoje, tenho de me esforçar pra tirar tudo isso da cabeça,
o que acaba colocando tudo na cabeça, de novo,

esta conversa?,

olha, vou lhe confessar outra coisa,
mas que fique apenas entre nós, hein!,

qualquer um que me perguntar a respeito, amanhã,
negarei o caso de pés juntos, até esfolar os joanetes,

bem,   como lhe disse, imaginava-me livre da carta, entretanto...,

fiquei doente na manhã seguinte, acamado,

supus, então, que o meu procedimento...,

eu não sarava, acredita?,

quase seis semanas de angústias, sonhos ruins, suores e câimbras,

sem contar a febre,

...quando, no meio desse pavor, tive um pressentimento,

uma luz, no quadragésimo dia, o que não pode ser apenas coincidência,

...a sensação de que poderia ter a última resposta antes da pergunta,
não sei explicar,

...uma epifania, mesmo,

                       então forjei outra carta de rebeca, arrependido, copiando, no zap velho do mesmo baralho, o quatro de paus, com a letra miudinha, uns trechos do *opus magnum*, nas palavras de büchlein vom stein der weisen, a respeito do *lapis philosophorum,*

           sim,   decorei-a, de tanto relê-la, tiritando entre os lençóis, escondido de isaura,

                      não,   ela não viu, procópio,

"Primeiro, combinamos; em seguida decompomos, dissolvemos o decomposto, depuramos o dividido, juntamos o purificado e solidificamo-lo.

Desse modo, o homem e a mulher transformam-se num só",

              de todo modo, precisava de alguma frase em inglês, também,

                  peguei um livrinho de william blake, de caso pensado, contrapeso no prato oposto ao de crowley, supus, ante a mesma balança,

"If the fool would persist in his folly he would become wise."

pronto, disse comigo,

        aqui a carta,

           ...a mesma outra carta minha, dela,

    e, no terceiro dia, conforme procedimento a que me obriguei, suspendi a medicação, enfiei-a sob o travesseiro e dormi muito bem, depois de tanto, tanto tempo,

acordei melhor, um outro homem,

        com apetite,

      não me lembrava de qualquer pesadelo,

                       mas,

    ...tive a derradeira ideia salvadora enquanto engolia o café,

        escarafunchei a receita num antigo livro de isaura, manuscrita, fui ao supermercado, comprei os ingredientes e preparei um bolo formigueiro, o plano era simples,

    rasguei a nova mesma outra velha carta em pedacinhos pequenos, mistureio-os à massa, no canto da assadeira;

    quando isaura chegou, eu tinha comido a metade da forma com aquelas minhas palavras de rebeca, *materia prima* desta agora saúde férrea em que me encontro,

    ...ou áurea, vá lá,

porque nunca mais adoeci,   nunca!,   ...e lá se vão quantos anos?,

    sim,   eu colocava em prática um aprendizado, finalmente, assim resumido, se me permite lhe relembrar o aforismo,

    ...ou koan, não sei,

    o peso que carregamos na consciência, chumbado à voz, leva-nos ao fundo de alguém que nos sussurra as verdades em eloquente e dourado silêncio,

    ...e só as ouve, e só as houve quem não quer ouvi-las, por não vê-las,

foi a única frase, no curso, que, de fato, impressionou o professor astolfo, sabia?,

creio, no entanto, que sua perplexidade era tributária da própria ignorância, espanto dos não iniciados, se é verdade que *"o sujeito que pensa, representa, não existe"*,

eu mesmo, quando a proferi, nada sabia, compreensão que se deu apenas anos e anos depois, pelos descaminhos bifurcados da intuição, como acabo de lhe contar, agora, em novas e impensadas palavras...,

ó, até me arrepiei,   ó...,

como li, incerta vez,   *sei que pedalo para o atropelo,*

sim,

isso me assusta um pouco, porque nada garante que tal entendimento se desfaça em outro, num futuro que, talvez, eu já tenha vivido, insciente desta única verdade inalcançável, o que me lembra...,

uma vez o professor nos pediu um texto, sabe, uma dissertação que deveria ser escrita ali mesmo, durante o curso, talvez estivesse indisposto, não sei, e fugisse da responsabilidade da aula,

pode ser...,

propôs um mote muito pertinente, aliás, uma vez que a história geral está unida às particularidades desgraçadas de cada sujeito, como se vê e não se vê num abrir e fechar de olhos, dia e noite,

sujeito..., pfff,

ente cuja compleição se revela encoberta por todos os lados da existência, unindo o corpo ao espírito, entendido como tudo aquilo que também escapa aos sentidos, conforme intuída teoria, torta explanação destas palavras cujo sentido emudeço...,

o professor pediu que escrevêssemos um texto qualquer a partir da seguinte frase,

falei de corda em casa de enforcado,

um minuto...,

pronto, aqui, ó,

leia,

ciclojacigênese da agorania

exeu que antepartido ao mundorido
voltrora a duvidádiva de ser
restalvez hoje o tristemor de ver-
metadívoro eufim disdiluído

avantesmatroz, lanho partimigo
errei transentre afora, até desser
ondeante desmim, então inser-
ido à forra do outro, abacomigo

da provoênea conta, nadalária
zeróis nenhumescidos ao ocaso
não os há, nem ninguém no protofosso

findoente, margulho na encontrária
parte que sobrestou, e me comprazo
ao brincolar a corda no pescoço

...o professor astolfo não disse nada, de novo, depois que li o soneto para todos, explicando-lhes que havia sentidos gráficos que escapavam à voz, motivo pelo qual o repassaria, de mão em mão, para os companheiros,

gostou, mestre?,

ele confessou que não o entendera bem, ao que retruquei não esperar nada diferente, mas que depois, em casa, pesquisando, relendo-o, talvez pescasse alguma coisa e aprofundasse o estupor, minha primitiva e derradeira intenção,

o senhor não conhece jorge de sena?,

ele respondeu que conhecia, evidentemente, mas que...,

nem o deixei terminar,

a aproximação era óbvia, por claro afastamento, bastando perceber que jaci, no título, remeteria à deusa grega do amor, *afrodite anadiómena*, dos famosos sonetos, bem como à própria ágora, em presente e atualíssima agonia brasileira, a de agora, a partir do mote que dera, provável decassílabo ao acaso que, porém, não me escapara, "*falei de corda em casa de enforcado*", repeti, não como um mote, mas observação rediviva e jocosa daquele diálogo...,

daí a primeira e manifesta pertinência do meu soneto, ora,

e continei,

jorge de sena fugiu de duas ditaduras, coitado,

...a primeira em sua terra natal e, depois, esta, de agora e daqui, para infelicidade geral da nação e daqueles que supõem poder viver em paz, no brasil, omissos da história,

não pôde ficar, é lógico, refugiando-se nos estados unidos, onde morreu de câncer e desgosto, ressentido com os portugueses que, depois da redemocratização, não o quiseram de volta, ignorando-o, vê se tem cabimento,

o professor astolfo ainda sugeriu um *bonito pastiche*, sublinhando a ambiguidade do termo com um risinho mastigado,

respondi que ele tinha razão, e que o meu poema era mesmo um bom exemplo desse movimento que dá direção ou perdição a mundos e fundos, até porque *o meu soneto, em linhas gerais, é compreensível, sim, uma vez que propositadamente especular..., o que também me afasta do modelo, para determinados leitores, quando, ao mesmo tempo, me aproxima do autor ibérico, em reformados e deformados sentidos ou ressentidos...,*

e completei, consciente da minha superioridade retórica, para onde o arrastava pelos cabelos, em repuxados acréscimos, depois, *ambiguizantes*, numa explícita e falsa modéstia,

uns lá no alto, professor, por fora,

...enquanto a maioria no buraco interior, mais fundo, entre ideias e excrementos,

...todos nós?,

por fim, caprichando na arrogância, sugeri que lesse um romance de jean paul, nascido johann paul friedrich richter, **siebenkäs**, que eu mesmo lera assim-assim, em francês, quando tentava aprender a língua de voltaire por minha conta e risco, fato que omiti, evidentemente,

...ou, se quiser mergulhar ainda mais fundo, professor, entre de cabeça no encontro bem brasileiro de kalaphangko, o rei de rijo tronco, das **histórias sem data**, *com a bela kinnara, d'as academias de sião,*

e calei-me,

...não sei, procópio,

aquela piadinha aleivosa, como lhe disse, lá atrás,   *siameses*,   pfff,

    talvez influenciado por fiote, também,   pode ser,   pode ser,

os maus pressentimentos,   ...ou seriam pós-sentimentos, hein?,

melhor parar por aqui, meu amigo, no segundo arrepio,

                        ...ou no terceiro, vá lá,

demoraram pra liberar os corpos,

houve quem pedisse que fossem enterrados daquele jeito, costurados,

o ricardo se prontificou a fabricar um caixão especial, em sua oficina,

      uma urna de casal, vê se pode...,

os maledicentes disseram que ele só queria fazer propaganda *degli uffizi*, vai saber,

    bem,   a família de tomás não admitiu a inusitada marcenaria,

        a dela fez coro na veemente discordância, é claro,

dizendo que seria um absurdo,

lógico, procópio!,

    o diário daria as respostas, mas eu nunca...,

        não,   não acharam os restos perdidos de tomás,

nem a imagem de santa bárbara, valha-nos a sombra do jequitibá-rosa!,

isso sempre me martelou, sabe...,

    uma vez, sonhei que a filha de dióscoro andava por aí, com os membros arrancados do nosso amigo, disfarçada de ganesh, pra salvar os próprios peitos,

        acho que...,

    olha,

        vou lhe contar outro segredo,

você...,   olha,   ...isso, apenas entre nós, hein!,

durante esses anos todos,
às vezes eu acrescentava umas frases aos espaços em branco do caderno,
imitando a letra de rebeca...,

 você nem notou, né?,

 não sei por que fiz isso, procópio,
completava as lacunas de uma contrafação anterior?,

 isso,   um copista moderno que produzia,
na verdade, um falso palimpsesto de sobrepostas peles, pretexto em que
todas as camadas fossem lidas ao mesmo tempo,

 ...em mim,   em nós,

outra boa definição para o que chamamos de vida, não acha?,

 ou de morte, hein?,

sim,   uma na outra, repondo-se, continuamente invertidas,

 pois é,   você está começando a me entender, acho...,

poxa!,　　　a história do nosso país, dobrada e justaposta,

　　　　　　　　...pano de fundo e de chão, torcido e retorcido,
em questionável serventia para o balde das goteiras que carregamos, mas somente nos dias de sol e cansaço,

　　　　　　　　　　pode ser, procópio,
quando ela se costurou a tomás, costurou-se ao meu corpo, também,

　　　　　　　　...contudo, não pude morrer, arrastando-os em mim, sem deixá-los se decompor, desvividos na carne que carrego, eu mesmo em estratos natimortos,

calma, calma,　　　não precisa ameaçar ir embora,　　　calma!,

　　　　　　　eu me recomponho,　ó,　　...o velho osmar de sempre,

　　　　...serei um tripulante que perdeu o barco de teseu?,

até porque os fatos carregam sempre outros acontecimentos por dentro, externados, às vezes, simultaneamente,

　　　　　　　　...noutras vezes, porém, de modo desconexo, não raro postos em movimento antes do que foram,

　　　　　　　　　　antes de serem, portanto,

...ou depois de nunca terem sido, entende?,

as tábuas soltas, mas pregadas à minha desventura?,

                                                locke foi longe demais, quando deveria ter chegado perto a ponto de não ir, porque ninguém acorda em si, amanhã, príncipe ou sapateiro,

a impossibilidade do indivíduo é ser ele mesmo, caralho!,

não, calma,   ...já estou mais tranquilo,

                        eu em mim,   mais ou menos em mim,

não precisa se zangar, poxa!,   ...é que esse assunto é tudo, né?,

                     dia desses, por exemplo, alguém me falou de um filósofo contemporâneo, derek parfit, que fez uns experimentos mentais baseados na ficção científica, a partir de um sujeito teletransportado, desfeito e refeito em outro lugar, sendo e não sendo o mesmo, porque outro ele, neste caso, existindo inexistido aqui e acolá, pois tampouco existido, uma vez inexistindo, também, nem lá, nem cá...,

                                  acho que o pensador britânico não precisaria se valer de um enredo visionário, bastando trocar a fábula futurista pela realidade cotidiana, quando um sujeito enche os pulmões e tosse, cuspindo-se de si para encarnar o outro, nele, depois de um gole d'água,

...ou de mastigar um pedaço de bolo formigueiro maior que a boca, não acha?,

      tá bom,   tá bom,

            sei que você não entende nada disso, mas até um zero à esquerda repete a curvatura do planeta, caramba!,

bem,   depois da desgraça, fui me aproximando de azelina...,

  precisava saber,

      por isso...,   bem,

sempre disseram que eu era muito parecido com ele,

        sim,   mesmo sendo quase dez anos mais moço,

    várias vezes nos confundiram, na rua,   então...,

aquela história de cara e focinho,

        bobagem, não acha?,

ela superou tudo muito bem, aquela safada!,

        ...como se nada tivesse acontecido,

é verdade,   sofreu um pouco,   mais com o preconceito,

            disseram que ia se mudar,   essas coisas,

não se mudou,   por isso nós...,

é, meu caro,   creio que isaura vá dormir por lá, hoje,

    nem é preciso avisar...,

                você me desculpe,

        deve ter havido alguma coisa,

    a gente tem de se conformar,   ...fazer o quê?,

                dona cátia não vai longe, coitada,

enfim...,

    você volta quando?,

            sei, sei,   é longe,

mas nenhuma distância é maior do que aquela que nos separa de nós, traga a creusa,

venham almoçar conosco, amanhã, pode ser?,

sabe, procópio,

aqui eu fico muito sozinho,

sim,

...todos os lugares são aqui,

^^

Em memória de Bayja Maffud Cilli e João Baptista Cilli.

Entre os familiares que me imputavam algum sucesso literário, dizia-lhes que sim, em gaiato exagero. Descrente da Fama, divindade cega para as letras miúdas de hoje, retorquia-lhes o suposto elogio com o número exato de meus leitores, catando a matemática, devo admitir, no famoso prólogo machadiano. Onze. Algarismo que, logicamente, incluía minha mãe, tudo para mais que dobrar o cálculo do mestre, confesso.

A partir de agora, porém, com as tintas transparentes da tristeza, altero para sempre a benevolente conta.

Agradeço as preciosas informações de três amigos médicos, a quem pedi conselhos a respeito de amputações caseiras e fármacos variados. Paulo José Britto de Castro, amante da música erudita e da boa literatura; João Paulo Mazotti, colega das primeiras e melhores letras; Rendrik F. Franco, refinado leitor e poeta, além de primoroso bibliófilo.

Devo dizer contudo que notei, nos dois últimos, certo receio, suposição de que este autor estivesse louco, cedendo finalmente à inclinação sociopata de todos, o que comprovaria o antigo adágio, neste caso, em toda a sua extensão.

Tranquilizo-os. Declaro aqui, para os devidos fins, a total isenção e completa inocência de ambos, em qualquer comparsaria ou cumplicidade médica, caso venha cortar ao meio algum desafeto. Ou mesmo apenas um braço do infeliz... um dedo, que seja.

※※※※※※※※※※

Sou grato, também, a Jorge Breogan, da Editora Sundermann, operário do livro que me enviou fundamental obra de Evgeni Pachukanis, sob coordenação de Marcus Orione e tradução de Lucas Simone, A Teoria Geral do Direito e o Marxismo e Ensaios Escolhidos, 1921 - 1929, *valioso instrumento quando, a custo, estudava as ideias difíceis do narrador.*

※※※※※※※※※※

Outro amigo, o maestro Coelho de Moraes, também escritor, teve a afabilidade inenarrável de transcrever a partitura da marchinha carnavalesca que compus, ouvindo-a de minha própria boca, órgão decididamente distante do que a História da Música costumou designar por afinação. Além do agradecimento, portanto, devo-lhe desculpas, aqui expressas, ao menos, na quietude surda e muda do papel.

Não posso me esquecer de Cláudio Aquati, latinista e tradutor do **Satíricon**, *amigo que muito me ajudou na gramática de uma obsecração que, agora, pensando melhor, faria mais sentido se dirigida a mim, quando lutava com as palavras, no começo desta narrativa:* **iam satis est, vir!**

Devo a publicação de **siameses** *a outro amigo, o escritor Luís Henrique Pellanda, que o indicou a Sálvio Nienkötter. A boa e velha falsa modéstia obriga-me a lhes atribuir, agora, uma bondade muito superior ao refinamento literário de ambos, pelo que lhes sou grato. Pago-lhes com um aforismo da lavra do meu narrador:*

"O arrependimento é também uma forma de aprendizado".

Agradeço, ainda, o apoio do Instituto Cultural Itaú, que incluiu este livro entre os projetos selecionados pelo Programa Rumos, 2015 - 2016.

Encerro este acerto de letras com um fato pitoresco, não para encher a despensa, que os menos glutões dirão abarrotada, mas para temperar uns agradecimentos que, francamente, como se sabe, poucos levam ao fim, pela sensaboria mesma do assunto.

Coisa à toa, mas que pode salpicar um certo gosto ao hábito, trazendo meia-dúzia de curiosos para as últimas linhas de uma desgastada praxe, o que é inusual e pode dar alguma publicidade ao livro, mesmo que à boca pequena.

A ele.

Não faz muito, recebi pelos Correios, aqui em casa, um volumoso envelope com os originais de um desconhecido autor. Tampouco sei o que pretendia de mim, escritor menor, sem a mínima influência no mercado editorial, entidade cujos deuses cobram as orações escritas, de preferência, em papel-moeda.

A obra, porém, é seu tanto singular. **Sofismas Bem Brasileiros**. *Por muito pouco não meti um deles como epígrafe deste livro, lá no começo:*

"(...) os romancinhos de hoje repetem a história mal-acabada de leitores muito, muito problemáticos..."

Pois bem. Que o aforismo permaneça aqui, neste local, como perdido marco, frustração de desejos insatisfeitos.

Não, não revelarei o nome do escritor desconhecido, como também não saberei o dos leitores que até aqui se aventurarem. Consolo esses valorosos desbravadores dizendo-lhes que falta pouco – esta sim, uma promessa que dá sentido à existência.

∼∼∼∼∼∼∼∼∼∼∼∼∼∼∼∼∼

Cumpre lembrar, por derradeiro, que tudo neste livro é ficção.

As palavras que se afastam da realidade são apenas minhas. Aquelas que dela se aproximam são obra do acaso, autor de mais verve.

a.g.f.f.

∧∧∧∧∧∧∧∧∧∧∧∧∧∧∧∧∧∧∧∧∧∧

ana, in-verso anacíclico de mim,

e decassílabo, sem ser antônimo,

∧∧∧∧∧∧∧∧∧∧∧∧∧∧∧∧∧∧∧∧∧∧∧∧∧∧

∧∧

"(...) homem, o fragmento despedaçou-se por inteiro, finalmente"

(antônio olavo perre, **manual do suicida**, inédito)

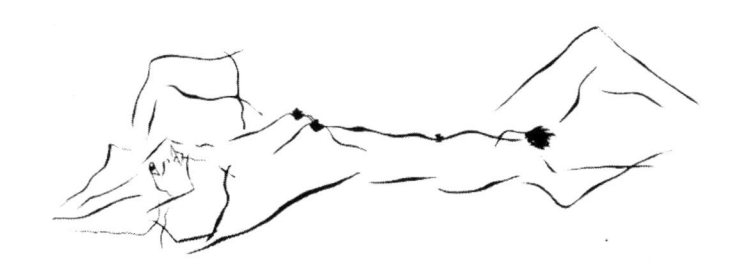

"(...) não queria estar em sua pele."

(alfredo monte, **folha de s. paulo**)

∧∧

pólen soft 90 gr/m2
tipologia crimson text
impresso no outono de 2021